There are a lot
of sinners in the caves.

죄인 : 낙원

SINker
SINners

MIZUKI MIZUSHIRO
PRESENTS

罪人樂園

「우리 탐굴대에
들어와주면 안 될까?」

「아무도 도달한 적이 없는 미궁 심층, 30층도 넘는 지하에서 기적적으로 생환한 젊은 천재 탐굴자! 이 도시는 물론이고 대륙 전체를 뒤져봐도 월보다 깊은 곳까지 내려갔던 사람은 없을 거라던데.」

입을 다물고 침묵에 잠긴 윌에게 리즈가 몸을 밀착시켰다.

풍만한 가슴을 팔에 꾹 누르며 달짝지근하게 교태를 부리는 목소리로 제안했다.

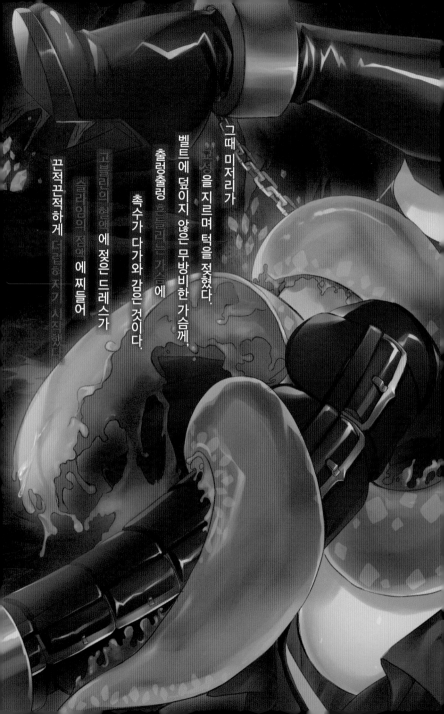

그때 미저리가
비명을 지르며 턱을 젖혔다.
벨트에 덮이지 않은 무방비한 가슴께,
출렁출렁 흔들리는 가슴에
촉수가 다가와 감은 것이다.

고블린의 혈액에 젖은 드레스가
슬라임의 점액에 젖어들어
끈적끈적하게 더럽혀지기 시작했다.

CHARACTERS

With the information,
he challenges
the cavern again.

시스카

리즈

미저리

CONTENTS

SINKer × SINners

With the information, he challenges the cavern again.

There are a lot of sinners in the caves.

죄인낙원

미즈시로 미즈키

직경 약 500미터, 깊이 300미터는 될 것 같은 수
직굴 밑바닥. 암벽을 따라 까마득히 머리 위까지
흩뿌려진 마석의 청백색 광채가 응어리처럼 고인
어둠을 누그러뜨리며 찬연히 빛난다. 정신을 놓
으면 이곳이 깊은 땅속이라는 사실도 잊어버릴 만
한, 별이 가득한 밤하늘과도 같은 절경.

드러누운 채 깊은 구멍 밑바닥에서 올려다보는
이것이 최후의 경치라면 그것도 나쁘지는 않을지
도 모르겠다── 그렇게 생각한 소년은 슬쩍 웃었
다.

"쿨럭!"

웃는 바람에 핏덩어리를 토했다. 붉게 물들었던
입가에 새로운 붉은색을 덧칠했다.

소년은 피에 젖은 채였으며 주위의 지면도 피바
다였다. 왼쪽 옆구리의, 갈비뼈와 내장과 함께 살
점이 뭉텅 도려져나간 상처에서는 선혈이 넘쳐나
지금도 면적을 넓히고 있다. 피웅덩이 속에 축 늘
어뜨린 팔다리는 오른팔을 제외하고는 모두 부러
지거나 짓이겨지거나 처참하게 뒤틀린 상태였다.

깃 없는 셔츠와 재킷, 바지가 찢어져 드러난 피

SINker
×
SINners

부에는 헤아릴 수도 없는 타박상과 열상이 있었으며, 푸른색으로 드러난 문신 같은 무늬가 희미하게 깜빡거렸다.

——오래는 못 버틸 것이다.

'결국, 아무도 지키지 못했어.'

쇠비린내 나는 눅눅한 공기를 들이마시며 소년은 한숨을 내쉬었다.

'내게 검을 가르쳐준 티모시 씨도, 마법의 기초를 가르쳐준 브란데 씨도…… 요리를 잘하는 착한 크리스 누나도, 경박하고 장난만 치지만 여차할 때는 든든한 제이드 형도…… 진작에 죽었어야 할 나를 구해주고 길러준 크레이그 씨도.'

눈을 감고, 가족처럼 소중했던 동료들의 모습을 뇌리에 그려본다. 늘어진 소년의 오른손에 힘이 돌아와 주먹을 쥐었다. 어금니가 뿌드득 소리를 냈다.

'내 목숨조차도. 무엇 하나, 지키지 못한 채…….'

소년의 오른손에는 날 길이 30센티미터의 훌륭한 나이프가 있었다.

나이프 자루를 꽉 쥔 소년의 눈가에 피가 아닌 투명한 물방울이 넘쳐났다. 몸의 상처보다도 훨씬 견디기 힘든 아픔이 가슴을 엄습했다.

'나는, 마지막 순간까지——.'

——찰박.

문득, 물소리가 들렸다.

움직이지 못하는 소년의 발치에서, 피웅덩이를 밟는 누군가의 기척이 다가왔다. 피비린내를 맡은 마수일까. 흠칫한 소년은 감았던 눈을 떴다.

그 순간 시선과 시선이 마주쳤다. 금색의 두 눈. 어둠에 녹아들 듯이 까만 머리카락을 가진 소녀가 소년을 얼굴 위에서 내려다보고 있었다.

그녀의 얼굴은 무시무시할 정도로 아름다웠다. 마석의 빛을 받아 빛나는 하얀 피부는 지나치게 매끄럽고 핏기가 전혀 보이지 않아, 마치 도자기나 석고 같았다. 표정도 없었으며, 너무나도 완벽해 마치 인공의 인형 같은 미모는 무기질적이면서도 섬뜩할 정도로 생생하고 요염했다.

게다가 소녀는 알몸이었다. 늘어뜨린 머리카락이 간신히 가슴께를 가려주고 있지만, 그 외에는 아무것도 걸치지 않아, 요철이 부족한 가녀린 육체와 투명할 정도로 희고 부드러운 맨살이 아낌없이 드러나 있었다. 그럼에도 소녀는 조금도 부끄러워하는 기색이 없었다.

"……죽어가네. 힘들, 겠다."

넋이 나가버린 소년을 응시하며 소녀가 중얼거렸다. 평탄하고 억양이 없는, 유리 방울 같은 목소리. 그 목소리의 울림은 기분 좋으면서도 아름다웠으나——

"편하게, 해줘?"

소녀가 중얼거리더니 씨이익 얼굴을 일그러뜨렸다. 매우 섬뜩하고 부자연스러워, 마치 안면의 근육을 틀어 올리는 것처럼 무서운 웃음. 동시에 시야 가장자리에서 칠흑의 가늘고 긴 그림자 몇 개가 꿈틀거리며 나타났다. 소녀의 머리카락과 같은 색의 체모로 덮인 그것은 거대한 거미의 다리였다.

"————?!"

소년의 입에서 각혈과 함께 목소리를 이루지 못하는 비명이 솟았다. 순간적으로 오른팔을 번쩍 들어, 극심한 통증에 휩싸이면서도 손에 든 나이프의 날을 내리치려 했으나,

"크학?!"

찰나, 눈에도 보이지 않는 속도로 내리꽂힌 앞다리가 끄트머리의 발톱으로 소년의 오른손목을 꿰뚫었다. 그대로 지면에 못박아버린다.

"저항, 하지 마."

추악하고도 꺼림칙한 웃음을 거둔 소녀가 무감정하게 말하며 몸을 내밀었다.

매끄러운 곡선을 그리는 소녀의 허리 아래쪽은 길이가 1미터도 넘는 거미의 몸에 묻힌 것처럼 하나로 이어져 있었다. 인간의 상반신에 거미의 하반신을 가진, 이형의 괴물.

"으……아아아아아아아아아아아아아?!"

소년은 절규하며 몸을 뒤틀어 필사적으로 저항하려 했다. 하지만 힘이 들어가지 않았다.

어느샌가 오른팔에는 감각이 없었으며 몸도 마비된 것처럼 경직되어버렸다. 아마도 다리의 발톱에서 모종의 독이 주입된 듯했다.

극심한 현기증과 허탈감에 사로잡혀 의식이 몽롱해지기 시작했다.

"괜찮, 아. 금방, 편하게 해줄게."

아름다운 얼굴을 끔찍하게 일그러뜨린 웃음. 이형의 소녀가 오른손을 들었다. 팔꿈치에서 손끝에 이르는 부위의 피부에 복잡한 문양이 떠오르더니 극채색의 빛을 뿜기 시작했다. 다음 순간,

"내가, 너, ……줄게."

꺼져들어갈 듯한 목소리로 말하고는, 소녀의 얼굴을 한 괴물이 팔을 내질렀다. 날카로운 손톱이 돋아난 다섯 손가락은 눈을 크게 뜬 소년의 왼쪽 가슴으로 푸욱, 파고 들어가, 살아 뛰는 심장을——

　이 세계 최대의 대륙인 그레일란트의 지하 깊은 곳에는 여러 나라의 영역에 걸쳐진 거대한 동굴이 펼쳐져 있다.

　──그레일란트 대미굴(大迷窟). 이름 그대로, 마치 미궁처럼 복잡하게 뒤얽힌 동굴 내부는 층 구조를 이루었으며 깊은 곳은 30층 이상, 지하 약 수천 미터에 이른다고 전해진다. 하지만 미굴의 실태는 아직도 거의 해명되지 않았다.

　이유는 크게 두 가지. 우선 첫째, 위험하기 때문이다.

　미굴에는 인간이나 다른 동물을 닥치는 대로 공격해 잡아먹는 흉폭한 생물── 마수가 산다. 마수는 미굴 밖의 지상에도 서식하며 사람들의 생활을 위협하지만, 수는 그다지 많지 않다. 미굴 안에는 그런 마수가 득실득실해, 서로를 죽여가며 매일 먹느냐 먹히느냐 하는 치열한 생존경쟁을 벌인다. 그런 곳에 들어가서 아무 일 없이 나올 수 있겠는가.

　그렇다고는 하지만 얻는 것도 있다.

　지상에서는 얻기 어려운, 풍부한 마력이 담긴

SINker
×
SINners

마석이나 특효약이 되는 귀중한 식물, 온갖 용도로 활용할 수 있는 마수의 가죽과 뼈 등이다.

다만 이처럼 수요가 많은 자원은 대부분 비교적 안전한 상층, 10층 미만의 얕은 장소에서도 얻을 수 있으므로 일부러 깊은 곳까지 내려가려 하는 사람은 극소수였다.

그레일란트 대미굴은 깊이 들어가면 들어갈수록 흉악한 마수가 도사리고 있으며 위험도도 급등한다고 알려져 있다. 미굴의 심장부에 이르면 소원이 이루어져 원하는 모든 것을 얻을 수 있다──는 로망 넘치는 전설이나 전승도 있지만, 망상이나 다를 바 없는 헛소리를 진지하게 받아들이고 목숨을 걸려 하는 자는 거의 없었다.

이것이 미굴이 미개척지인 나머지 한 가지 이유다. 어느 정도 탐색이 이루어진 상층을 포함해도 기껏해야 전체의 2할 정도밖에는 조사가 이루어지지 않았다고 보는 요인이다.

──그럼에도.

희귀자원을 수집해 막대한 부를 거머쥐려는 물욕.

혹은 미굴의 구조와 그곳에 사는 마수의 생태를 해명하고자 하는 지식욕.

혹은 아무도 도달한 적이 없는 영역까지 내려가 명성을 얻고자 하는 과시욕.

그러한 욕망에 떠밀려, 자신의 목숨과 인생을 걸면서까

지 미굴에 도전하고 또 도전하는 자들이 있다.

　탐굴자(探窟者). 그것은 수많은 직업 중에서도 가장 본전도 찾기 힘든 가혹한 일이라며 기피되는 직업이다.

　특히, 기꺼이 대미굴 깊은 곳으로 내려가려 하는 무모한 자들은 광탐자(狂探者 / Sinker)───── 정상적인 가치관이 망가져버린 비속세인이라 불리며 두려움의 대상이 되었다.

×　×　×

　"아니, 전에는 진짜 죽는 줄 알았다니깐! 중층까지 지름길 삼아『용의 소굴』에 들어갔다가, 재수도 없게『주인』이랑 만나는 바람에───."

　수많은 손님으로 붐비는 주점《애꾸눈정》에서 굵은 목소리가 그렁그렁 울렸다. 카운터 구석에 앉아 혼자 묵묵히 술을 마시던 월은 낯을 찡그리고는,

　"……시끄럽네."

　라고 내뱉더니 유리잔에 남은 검붉은 와인을 들이켰다. 그의 등 뒤에서는 조금 전의 사내가 잔뜩 취해선 들으란 듯이 큰 목소리로「하마터면 죽을 뻔했다」느니「웬만한 탐굴대면 전멸했다」느니 그치지 않고 떠들어댔다. 어깨너머로 쳐다보니 굵직한 몸집의 사내가 넷, 황금색 맥주를 손에 들고 폭소하며 대머리에 까만 해골 문신을 새긴 동료

의 이야기를 듣고 있었다.

다른 테이블도 비슷한 분위기여서, 가게 안에 있는 손님들은 그야말로 폭력을 생업으로 삼는 자들처럼 하나같이 흉악한 인상이었다. 넓지도 않은 주점에 꽉 들어찬 열기와 활기가 후덥지근해, 월은 한숨을 쉬고는 거칠게 잔을 내려놓았다.

"휴식의 공간이 이래서야 원. 내 마음의 평화는……."

"가게 입장에선 고맙지만 말일세. 한 잔 더 하겠나?"

"주세요."

까만 가죽 안대를 한 키가 큰 남성── 주점의 주인에게 빈 잔을 내밀고, 술이 오기를 기다리는 동안 다시 가게 안을 둘러본다.

이곳은 그레일란트 대륙의 서쪽 끝, 알레자나 왕국의 변경. 젠트라고 하는 시골 소도시의 대중주점이다. 대로를 벗어난 좁은 골목길 한구석에 있어서, 원래라면 이 정도로 번성할 만한 가게는 아니었다. 저녁 무렵부터 밤까지, 소위 대목 시간대여도 만석이 되는 일은 거의 없는, 한적하고 마음 편한 가게다.

그런데 지난 한 달 남짓한 사이에 갑자기 바뀌어버린 요인은──

"설마 그놈의 『대량탈옥사건』이 이런 식으로 영향을 미칠 줄은 생각도 못 했죠."

──2개월 전, 제4월. 이 도시에서 그리 멀지 않은, 그 레일란트 대륙 한끝에 있는 세계 최대 규모의 형무소 《카르타그라 마도감옥》에서 일어난 폭동과 이에 따른 죄수들의 탈주.

폭동의 혼란을 틈타 약 300명이나 되는 죄인이 한꺼번에 도망쳐버린 전대미문의 대사건이 발생했다. 당초에는 이곳 젠트에도 탈옥한 흉악범이 흘러들어오진 않을까 발칵 뒤집혀 주민들은 약간의 공황상태에 빠졌다.

그도 그럴 것이, 카르타그라 마도감옥에 수감된 죄인은 전부 사형을 당해도 이상하지 않은, 중죄인 중의 중죄인뿐임으로.

대부분이 살인귀. 잔혹하게 사람을 살해한 연쇄살인범이나 무차별 살인범, 대량살인범, 엽기쾌락살인범이기 때문이다. 그런 놈들이 하나도 아니고 300명이나 한꺼번에 풀려났다면, 근처의 도시나 촌락을 비롯해 국가의 치안은 크게 흔들리고 세상의 평화는 위태로워질 것이다.

하지만 현실은 조금 달랐다.

"……누가 아니라나. 나도 예상 못 했네. 탈옥한 놈들 대부분이 근처의 도시나 숲이 아니라 지하, 미굴 속으로 도망치는 사태는 말일세."

윌에게 새 술을 꺼내주며 주인이 쓴웃음을 지었다.

──그랬다. 카르타그라 마도감옥을 빠져나온 죄인들이

도피처로 택한 곳은 이 세계에서 가장 위험하면서도 광대한 천연미궁, 그레일란트 대미굴이었던 것이다.

덕분에 우려했던 것과 같은 피해는 거의 없었고 주민의 희생은 최소한도로 그쳤으나, 탈옥자의 체포는 지극히 어려워졌다.

그도 그럴 것이 그레일란트 대미굴은 아직도 많은 부분이 수수께끼에 싸인 비경이자, 지상과는 비교도 되지 않을 정도로 많은 마수가 득실거리는 마경이다. 수색은 좀처럼 진척이 없고, 사건 발생으로부터 2개월이 지난 지금도 100명이 넘는 죄인이 잡히지 않았다고 한다. 그 상황을 타개하기 위해 내놓은 시책이——

"……현상금이라."

월은 가게 내의 벽 한쪽에 빼곡하게 붙은 탈옥자들의 몽타주, 거창한 별명과 함께 기재된 죄인의 이름과 그들의 목에 걸린 현상금을 바라보고 중얼거렸다.

《인육밀매인》 앤소니 B. 로이드, 666만 G.

《신월의 살인마》 새크리프 보즈먼, 1700만 G.

《적기사》 오렐리아 블링크, 8000만 G.

현상금은 제각각이지만 하나같이 거금이었다. 개중에는 몇 년, 혹은 평생을 놀고먹어도 될 만한 금액도 있다.

"정말 대단한 액수군. 그야말로 일확천금이네요."

"그러게 말일세. 그러니까 다들 이렇게 야단법석이지.

탐굴도 할 겸 죄인의 목을 베어다 한몫 잡으려고 말일세. 현상금 이야기를 들은 놈들이 온 대륙에서 경쟁하듯 몰려 들었어. 덕분에 우리 가게는 대박이지."

주인은 다른 테이블에서 주문받은 술을 재빨리 준비하며 만석인 가게 안을 둘러보고는 기분 좋게 웃었다. 반면 윌의 낯빛은 좋지 못했다.

"……."

한 잔에 200G밖에 안 하는 싸구려 술을 홀짝홀짝 마시며, 이 거리가 탐굴자들로 넘쳐나기 전과 다를 바 없이 알코올로 울분을 희석시키고만 있었다. 그러자 그때.

"안녕!"

어두운 기분으로 술만 마시던 윌에게 밝은 목소리가 날아들었다.

남자들의 걸걸한 목소리가 오가는 주점에는 어울리지 않는 소녀의 음성. 동시에 어깨를 팡 두드리는 감촉. 의아하게 여기며 고개를 돌려보니──

"네가 윌 로웬 맞지? 잠깐 얘기 좀 하고 싶은데 괜찮을까?"

연한 화장을 한, 뽀얀 피부의 예쁜 소녀가 생글생글 친근한 웃음을 지으며 적동색의 커다란 눈으로 이쪽을 바라보고 있다.

어깨 언저리까지 가지런히 자란 붉은 머리카락은 손질

이 잘 되어 있었으며, 앞머리에는 하얀 꽃 머리핀을 달았다. 어깨와 허리 언저리 등, 공연히 노출이 많은 상의에 허벅지의 절반 이상이 드러난 짧은 치마. 향수라도 뿌렸는지 과일 같은 달콤한 냄새가 풍겼다.

보면 볼수록 이곳 분위기와는 어울리지 않는 소녀였으나, 노출된 배에는 가녀리면서도 군살 없이 단련된 복근이 잡혔으며, 허리춤에는 호신용이 아니라 전투용으로 보이는 소검의 칼집이 있다.

"아? 어, 저기…….."

"아저씨! 나도 월이랑 같은 걸로!"

소녀는 자기가 물어놓고는 월의 대답을 기다리지도 않고 옆에 앉더니 주인에게 술을 주문했다. 월은 노골적으로 눈살을 찌푸렸다.

"……왜 친한 척이야. 너 누군데?"

"아, 미안해. 아직 소개도 안 했네. 난 리즈리트 모즐리. 리즈라고 불러줘! 참고로 올해 열여섯이야. 월은? 보니까 연하인 것 같은데."

"……난 올해 열일곱이라고."

"아이코-. 연상이었네…… 실례했습니다. 월 선배라고 부를까요?"

"하지 마."

"아핫, 그렇구나. 그럼 역시 그냥 월이라고 부를게!"

월이 무뚝뚝하게 대하거나 말거나, 자신을 리즈라고 소개한 소녀는 어디까지나 쾌활하게 웃더니 의자 위에서 몸을 돌려 쳐다보았다. 열여섯이라고는 여겨지지 않을 정도로 발육이 좋은 가슴이 흔들렸다. 월이 얼른 시선을 돌리자 리즈는 씨이익 입가를 틀어 올렸다.

"──저기. 월은 엄청 유명한 탐굴자라며?"

불쑥 얼굴을 들이대며 속삭이듯 묻는다. 잔을 입가로 가져가려던 월의 손이 우뚝 멈추었다.

"다른 탐굴자한테 들었어. 아무도 도달한 적이 없는 미굴 심층, 30층도 넘는 지하에서 기적적으로 생환한 젊은 천재 탐굴자! 이 도시는 물론이고 대륙 전체를 뒤져봐도 월보다 깊은 곳까지 내려갔던 사람은 없을 거라던데."

"……."

"그러니까, 있지. 월──."

입을 다물고 침묵에 잠긴 월에게 리즈가 몸을 밀착시켰다. 풍만한 가슴을 팔에 꾹 누르며 달짝지근하게 교태를 부리는 목소리로 제안했다.

"우리 탐굴대에 들어와주면 안 될까?"

귓가에서 그렇게 속삭이며 시선으로 가리킨 곳, 구석자리 테이블에는 리즈와 비슷한 차림을 한 소녀가 셋 있었으며 흥미진진한 표정으로 상황을 지켜보았다.

눈이 마주치자 다들 생글생글 웃으며 손을 흔든다.

"저래봬도 다들 실력은 확실하다? 수습 각인(刻印)기사거든. 미굴에는 두 번밖에 간 적 없지만…… 중층까지는 도착했어. 그 아래로도 월의 힘을 빌리면 쉬울 거야! 현상범 팍팍 잡아서 왕창 벌어보자, 응?"

"……그렇군."

역시 현상범을 노리는구나. 탈옥수의 목에 거액의 상금이 걸리면서 리스크에 걸맞은 리턴을 내다볼 수 있게 되자, 원래는 탐굴자가 아니었지만, 실력 좀 있는 『초짜』들도 탐굴에 의욕을 불태우며 미굴 공략에 나서기 시작했다고 한다. 리즈의 일행도 그런 듯했다. 그리고 겨우 두 번의 탐굴로 중층까지 내려갔다면 실력은 상당하다. 다만.

"난 사양하겠어."

월은 단칼에 거절하며 리즈의 몸을 밀어내고, 남은 와인을 들이켰다.

"에에엥?!"

리즈가 얼빠진 목소리를 내며 과장되게 머리를 감쌌다.

"차, 차이다니……?! 미소녀뿐인 하렘인데에!"

"은퇴했거든."

"뭐?"

월은 어안이 벙벙해진 리즈에게서 얼굴을 돌리며 술을 다 마신 다음 말을 이었다.

"옛날에 그만뒀다고. 그러니까 못 도와줘. 현상범인지

뭔지 모르겠지만 난 앞으로 두 번 다시 미굴에 내려갈 생
각 없어."

　강한 어조로 내뱉고 빈 잔을 카운터에 내려놓았다. 생각
보다 큰 소리가 나는 바람에 리즈가 흠칫 어깨를 떨었다.
하지만 그래도 포기할 수 없었는지,

　"그, 그럴 수가…… 왜? 윌은 아직 어리잖아! 모처럼 멋
진 재능을 가졌는데 이런 데서 늙은이처럼 술만 마시다
니, 아깝다구!"

　"아까우면 어때. 쓸데없는 참견이야…… 적어도 생판
남인 너희나 탐굴 같은 걸 위해 시간을 쓰는 것보다는 훨
씬 의미가 있어."

　"……흐, 흐응? 헤에, 그러세요? 그런 식으로 무뚝뚝하
게 굴겠다면 오늘 밤은 갈 데까지 가주겠어! 이대로 아침
까지 계속 설득해서──"

　관자놀이를 실룩거리던 리즈가 정색을 하며 물고 늘어
지려 했을 때.

　"이봐, 관둬."

　주인이 리즈에게 술을 내주며 부드럽게 말렸다.

　"그 친구는 말일세…… 옛날에 소속했던 탐굴대가 마수
에게 습격당해 전멸하고 혼자 살아남은 게 트라우마가 됐
어."

　"엣."

주인이 들려준 사정에 리즈가 입을 딱 벌리며 눈을 동그 랗게 떴다. 주인은 까만 안대에 가려진 외눈에 손을 가져 다대며,

"나도 한때는 같은 업계에 있었지만, 죽느냐 사느냐 하는 탐굴자에게는 그런 사정따위 얼마든지 있는 법이 지……. 다 낫지 않은 상처를 무의미하게 헤집어대는 짓 은 삼갔으면 좋겠네."

중얼거리듯 그 말만을 하고는 카운터에 등을 돌린 채 자 기 일을 하기 시작했다. 방치된 윌과 리즈 사이에 어색한 침묵이 흘렀다.

술을 더 시킬 타이밍을 놓친 윌은 빈 잔을 만지작거리면 서 어떻게든 민망한 시간을 넘겨보려 했다. 이윽고.

"미안해!"

리즈가 벌떡 일어나더니 사과하며 고개를 숙였다.

"내가 너무 생각이 없었지…… 무신경했어. 이유가 있 는 것도 모르고 내 사정만 늘어놔서…… 정말 미안해."

가게에 있던 손님들의 시선이 자신들에게 집중되는 것 을 느꼈다.

"……됐어."

윌은 잔을 내려놓고 뒷머리를 긁으며 말했다.

"난 그렇게 섬세한 놈이 아니야. 주인아저씨가 말한 것 만큼 신경 쓰지도 않으니까, 너도 신경 쓰지 마."

"?! 월——"

"다만 너처럼 시끄러운 여자한테 붙들려서 짜증 났을 뿐이지."

어깨를 늘어뜨리고 의기소침해졌던 리즈가 표정을 활짝 밝히며 원래의 분위기를 되찾으려 했기에, 견제하듯 독설을 내뱉었다. 리즈는 삐죽 입술을 내밀었다.

"짜, 짜증이라니…… 못됐어."

"못됐으면 어때."

아무렇지 않게 흘려넘긴 월에게 리즈가 한숨을 쉬었다. 무거운 공기는 사라지고 리즈의 얼굴에는 힘없는 웃음이 떠올랐다.

"저기, 월."

"……왜. 아직도 뭐 남았어?"

"으, 응…… 저기…… 괜찮으면, 같이 밥이라도 먹지 않을래? 탐굴대에는 안 들어와도 되니까. 짜증나게 군 거 사과하는 의미에서 내가 쏠게!"

"아니, 됐어. 여럿이 떠들면서 술 마시는 거 안 좋아해."

"그렇구나."

월의 대답을 예감했는지 고개를 끄덕인 리즈는 순순히 물러났다. 손도 대지 않은 와인을 남긴 채 몸을 돌리고는,

"……미안해, 방해해서. 그 술은 사과하는 의미에서 줄게. 그럼…… 바이바이. 조금밖에 얘기 못 했지만, 난 꽤

즐거웠어."

마지막으로 불쑥 중얼거리고는 동료들에게 돌아가는 리즈. 그 목소리가 묘하게 쓸쓸하고 슬프게 느껴진 탓인지.

"야."

윌은 떠나가려는 리즈를 불러세우고 쓸데없는 한 마디를 건넸다.

"미굴은 위험한 곳이야. 베테랑 탐굴자도 금방 죽어. 그러니까, 그…… 뭐, 조심하라고."

"응——."

리즈가 돌아섰다. 한동안 눈을 깜빡이며 빤히 쳐다보더니, 윌이 시선을 돌리려 하는 순간 기쁜 듯 활짝 웃었다.

"아핫. 응, 고마워! 윌은 의외로 상냥하구나."

"뭐, 뭐라고? 내가, 무슨……."

"하지만 괜찮아."

리즈는 풍만한 가슴을 여봐란듯이 내밀며 허리춤의 벨트에 달아 둔 소검 자루에 손을 가져다 대더니, 으스대며 큰소리를 쳤다.

"난 엄청 강하거든!"

"……그런 오만이나 자만 때문에 목숨을 잃는 거라고들 하지."

윌은 어이가 없어 탄식하고는, 리즈가 남긴 술을 마시며 못을 박듯 말을 이었다.

"내가 있던 탐굴대는 업계에서도 다섯 손가락 안에 들 정도로 실력 있는 사람들뿐이었는데…… 하층에서 만난 마수 단 한 마리한테 손도 못 쓰고 유린당했어. 우리 탐굴자의 예상을 까마득히 웃도는, 무시무시한 미지의 마수에게."

"미지의 마수……."

리즈가 마른침을 꼴깍 삼켰다.

"그건, 예를 들면——"

다음 순간. 리즈의 입에서 흘러나온 말은 너무나도 뜬금없고 갑작스러웠다.

"인간의 상반신에 거미 하반신을 가진 마수라든가?"

"……?!"

윌의 움직임이 멈추었다. 잔을 입에 가져다 댄 채 굳어버리고,

"너…… 그게 무슨……."

"아, 요즘 자주 소문 들리는 그 마수?"

윌이 물으려 했을 때. 주인이 반응을 보이며 대수롭지 않다는 어조로 말했다.

"미굴 중층, 11층에서 20층 언저리에서 이따금 목격된다는 기괴한 마수야. 그렇다고는 하지만 실제로 습격당했다는 얘기는 못 들어봤고, 내용으로 보면 영 믿기 힘들지만."

"……."

"아마 누군가가 잘못 봤거나, 부풀려 퍼진 소문일걸세. 미굴의 흔한 괴담, 술안주로 쓰이는 헛소리지."

"네~? 그런가요오? 전 있어도 이상하지 않을 것 같은 데요. 월은…… 으악, 얼굴 무서워! 저기, 월…… 왜, 왜 그래?"

"…………뭐가."

쭈뼛쭈뼛 묻는 리즈에게서 고개를 돌리며 혀를 찬 월은 술잔을 든 손에 힘을 주었다. 떨릴 것 같은 손가락과 목소리, 내심의 동요를 억누르며,

"아무것도 아냐. 주인아저씨 말대로 시시한 망상이라고 생각했을 뿐. 게다가 만약 그런 게 정말 있다 해도——"

단숨에 술을 들이켜고 혼잣말처럼 중얼거렸다.

"탐굴에서 손을 씻은 나하고는 어차피 상관없는 일이니까."

× × ×

보온성과 통기성이 뛰어난 얇은 속옷 위에 셔츠를 입고 방검조끼를 겹쳐 입은 다음 7부 소매 재킷을 걸친다. 바지는 두껍고 튼튼한 것을 입고, 그 안에는 레깅스.

마수의 외피를 가공해 만든 부츠는 한 켤레면 《애꾸눈

정》의 와인을 천 잔은 마실 수 있는 값비싼 물건이지만 내구성은 뛰어나 오랫동안 쓴 지금까지도 거의 열화되지 않았다.

부츠와 같은 마수 가죽으로 만든 오픈 핑거 글러브는 착용하자마자 손에 금방 익어, 거의 1년만인데도 유독 피부에 착 감기는 듯했다. 윌은 글러브의 상태를 확인하듯 주먹을 쥐었다 펴고는, 손바닥을 바라보며 자문했다.

"……내가 뭘 하고 있는 거야."

새벽녘. 불이 꺼진 방은 어둠에 잠겨, 창문에서 스며드는 청백색 달빛만이 세간도 별로 없는 살풍경한 실내를 뿌옇게 비춰주었다.

그 어둠이 미굴을 방불케 해, 윌은 마음이 무거워졌다. 하지만 신기하게도 음울하지는 않았다. 오히려 마음에 피어났던 형체 없는 근심이 수그러드는 듯한 기분이라 그것이 공연히 짜증났다.

"이제 두 번 다시 미굴에 내려갈 생각 없다고…… 그렇게 말한 지 얼마나 됐다고."

어젯밤, 단골 주점에서 거의 밤새도록 마신 후. 비틀거리는 발로 귀가한 윌은 침대에 쓰러져 죽은 듯이 잠들었다가──

──『그 녀석』의 꿈을 꾸었다.

인간의 상반신에 거미의 하반신을 가진 여자 마수. 탐

굴자 사이에서는 그럴듯한 소문으로 퍼지고 있다는, 괴담 같은 이형의 괴물. 미굴 중층 언저리에서 이따금 목격된 다는 미지의 마수.

월은 타인의 입으로 전해 들을 필요도 없이 놈을 알고 있었다. 누구보다도 잘 알았다.

탐굴대가 전멸당하고 자신도 죽을 뻔했던, 그 끔찍한 2년 전의 사건 당시부터.

"……크레이그 씨."

지금은 죽은 은인이자 아버지 같은 존재였던 사람의 이름을 부르며 허리의 벨트에 고정된 칼집에서 무기를 뽑아 들었다. 날길이 30센티미터의 나이프. 오랜만에 손에 든 그것은 묵직했으며, 이리저리 살피면 달빛을 반사해 은백색 광택을 발했다.

1년 전, 마지막으로 봤을 때와 비교해 전혀 손색이 없는 광채에 월은 시간이 되돌아가는 듯한 감각을 느꼈다.

싸늘한 칼날에 이마를 가져다대며 눈을 감은 채 자조했다.

"저도 참 바보네요. 이젠 의지할 동료도 없는데……. 기껏 여러분 덕에 살아나 지상으로 돌아왔는데. 또 돌아가려 하다니."

월은 오늘, 지금부터 혼자 미굴로 내려갈 생각이었다. 발단은 술집에서 들었던 예의 그 소문과, 오랫동안 꾸지 않았던 과거의 꿈.

그리고 목적은──

"……그래도 괜찮아요. 그냥 스트레스 해소 같은 거니까요. 진정시키고 싶은 거예요. 이 짜증나는 심장을."

나이프를 쥔 쪽과는 반대쪽 손으로 왼쪽 가슴을 움켜쥐고 내뱉었다. 잠에서 깨어나 꿈에서 벗어난 후로 줄곧 무언가를 호소하려는 것처럼 날뛰어대는 고동. 스스로도 잘 이해할 수 없는 격정을 가라앉히기 위해, 본의는 아니지만 월은 미굴에 내려가려 했던 것이다.

"뭐, 어차피 그리 쉽게 만나진 못하겠지. 그러면 내 기분도 풀려서 이번에야말로 포기할 수 있을 거야."

월은 한숨을 쉬고 나이프를 넣은 다음 활짝 열어놓은 창문에 다가가 하늘을 올려다보았다. 감청색 밤하늘에 별이 빛나는 광경은 언젠가 보았던 절경과 비슷했다.

"하지만 만에 하나…… 그놈을 만난다면. 그때, 나는────."

창틀에 얹은 손을 꼭 쥐며 어금니를 악무는 월. 연갈색 눈동자에는 강한 의지의 빛이 깃들어 어둠 속에서도 형형히 빛나고 있었다.

×　×　×

그레일란트 대미굴은 그레일란트 대륙의 서쪽, 대륙 면적의 약 3할에 걸쳐 펼쳐진 규모의 지하 동굴이다. 안으로 들어가기 위한 입구는 산기슭이나 폭포 뒤쪽 등 대륙 각지에 뿔뿔이 흩어져 있으며 현재까지 확인된 것은 29개. 그 중, 오래전부터 탐굴로 발전했던 젠트 근처에는 북서쪽과 남서쪽, 남쪽까지 모두 3개의 입구가 있다.

이번에 윌이 선택하고 찾아간 곳은 북서쪽. 울창한 숲속, 대지에 뻥 뚫린 직경 약 30미터, 깊이 150미터의 수직굴이었다.

걸어서 들어갈 수 있는 다른 입구와는 달리, 장비와 기술이 없으면 내려가지 못하는 지형이지만 단숨에 3층까지 갈 수 있어 중층 이하를 찾는 실력파 탐굴자나 광탐자들이 즐겨 이용하는 입구다.

"다녀왔습니다."

떨어지면 끝장인 깊은 구멍을 내려다보며 불쑥 중얼거렸다. 시각은 겨우 해가 막 뜨려는 이른 아침. 주위는 어스름하며 구멍 속에는 짙은 암흑이 도사렸다. 지금부터 이곳에 내려간다고 생각하니 두려움인지 흥분인지 모를 전율이 흘렀다.

"……아아, 젠장. 벌써부터 돌아가고 싶어졌어. 하지만 여기까지 왔으니…….."

윌은 앵커가 달린 튼튼한 로프로 몸을 지탱하고, 발이

미끄러지지 않도록 세심한 주의를 기울여가며 강하를 개시했다. 우선 처음에는 신중하게, 천천히. 우툴두툴한 암벽을 박차는 것과 함께 로프를 쥔 두 손에 힘을 주었다가 늦추었다가 하며——

"후우…… 생각만큼 무뎌지진 않았구나. 이 정도면 문제없겠어."

중간에 불쑥 튀어나온 암반에서 한숨 돌리며 앵커 로프를 회수한 다음, 다른 탐굴자가 암벽에 박아놓은 말뚝에 앵커를 고정하고 다시금 바닥으로 향했다. 감을 되찾아가며 서서히 속도를 높였다.

내려감에 따라 점점 짙어지는 어둠 속에서 숨을 들이마실 때마다 느껴지는 미굴의 냄새. 풋내와 흙내, 곰팡내와 짐승 비린내가 뒤섞인 특유의 눅눅한 공기가 견딜 수 없이 반가웠다.

백팩에는 최소한도로 필요한 도구만 담아왔으므로 몸은 가벼웠고, 어제까지 알코올에 흐려졌던 머리는 놀랄 정도로 맑았다. 흥분한 호흡, 솟아나는 땀을 식혀줄 바깥공기가 달아오른 피부에 기분 좋게 느껴졌다.

"……이제 한 3분의 2 정도 왔으려나."

윌은 다섯 번째 암반에 내려와 이마의 땀을 닦고는 헬멧 대신 착용한 후드를 고쳐쓰며 머리 위를 올려다보았다. 수직굴에 다른 사람의 모습은 보이지 않았으며 낙석의 걱

정도 없을 듯했다. 하지만.

"역시 어두워……."

구멍 안쪽에는 지상에서 들어오는 희미한 햇빛 이외의 광원이 없어서 주위는 깊은 어둠에 잠겨 있었다. 윌은 시선을 상공에서 아래쪽, 구멍 밑바닥으로 돌려 그곳에 고인 어둠을 꿰뚫어보듯 눈을 가늘게 뜬 채 눈동자에 의식을 집중시켰다.

그러자 순간, 윌의 두 눈── 연갈색 홍채에 문신 같은 문양이 떠오르더니 눈과 같은 색의 담담한 빛을 뿜기 시작했다. 윌의 시야를 가로막는 어둠이 푸른색으로 엷어지며, 까마득한 아래쪽의 동태가 또렷이 보일 정도까지 되었다.

두 눈의 홍채에 새겨진 《암시(暗視)》와 《시력강화》의 마문(魔紋)에 마력이 주입되어 각인마법이 발동된 것이다.

그리고 이 덕분에 윌은 한 발 먼저 『적』의 존재를 알아차렸다. 어두운 수직굴 밑바닥, 바로 윌의 아래쪽에 있는 도마뱀 같은 형태의 생물.

'오? 저건…….'

──마수다.

멀리서 보기에도 상당히 컸다. 꼬리를 포함하면 길이는 4미터에서 5미터 정도 될 것이다. 땅딸막한 다리로 지면을 디디며 어기적어기적 걷다가 먹이를 찾아 주변을 둘러보지만, 아직 머리 위의 윌을 알아채지 못했다.

'아마 큰도마뱀이겠지. 둔중하게 생긴 것과는 달리 먹이를 발견한 후의 움직임은 재빨라. 들키면 귀찮겠어. 이대로 조용히 다가가서…… 해치우자!'

윌은 소리를 내지 않도록 주의하면서도 속도를 떨어뜨리지 않고 강하해 마수에게 육박했다. 이윽고 거리가 20미터에 접어들었을 때,

"……! 아차——"

암벽을 박찼을 때 부서진 돌조각이 아래로 떨어졌다. 주먹만하다. 헬멧을 쓰지 않은 사람의 머리에 맞았다간 확실하게 큰 부상을 입힐 만한 돌이 운 나쁘게 윌의 바로 아래 있던 마수의 머리에 쿵 떨어졌다.

마수가 홱 고개를 들어 구멍 밑바닥에서 루비 같은 붉은 눈을 윌에게 돌렸다.

"……미, 미안."

윌이 사과하고,

"발이 미끄러져서……."

마수 상대로 변명을 하려던, 다음 순간. 윌의 모습을 포착한 마수가 암벽에 앞다리를 대더니 맹렬한 기세로 수직벽을 타고 오르기 시작했다.

접근을 알아차린 윌은 자신이 내려갈 때까지는 공격하지 않을거라 생각했기에 "으액?!" 하며 눈을 크게 뜨고 당

황했다.

"도마뱀붙이였냐!"

자세히 보니 네 다리 끄트머리에는 발톱이 없고, 네 개씩 달린 발가락 하나하나가 흡반처럼 발달했다. 큰도마뱀과는 비슷하지만 다른 마수였다.

윌은 혀를 차며 두 다리에 의식적으로 집중을 하고는,

"……나 원, 사람 놀라게 하고 있어."

로프를 쥔 채 암벽을 박차며 뛰어, 좌르륵 늘어선 날카로운 이빨로 물어뜯으러 달려온 마수의 턱을 피했다.

그리고 즉시 오른손으로 허리춤의 칼집에서 나이프가 아닌 또 다른 무기―― 날길이 50센티미터의 소검을 뽑으며, 오른손의 마문과 칼날의 마문에 마력을 흘려보내《근력강화》와《검신강화》의 각인마법을 발동했다. 윌의 위치를 지나쳐간 마수가 돌아보기도 전에, 푸른 빛을 뿜는 마문이 피부를 덮은 오른팔과 빛나는 칼날을 높이 들고,

"――이건 답례다!"

원래 있던 장소로 돌아간 것과 동시에 마수의 머리에 소검을 꽂았다.

칼날은 마수의 강인한 비늘과 뼈를 쉽게 관통하고 그 안의 암벽까지도 깊이 뚫으며 마수의 거구를 고정시켜버렸다. 충격으로 수직굴이 흔들리며 잔돌이 후둑후둑 떨어졌다.

"……원망하지 마라."

꿰뚫린 머리에서 검붉은 피를 흘리며 경련하는 마수의 모습을 바라보고 월은 한숨을 쉬었다. 잠시 조용히 기도를 바치듯 눈을 감은 후,

"여긴 약육강식이잖냐."

소검 자루를 쥔 오른손에 힘을 주어, 마수에게 박힌 칼날을 뽑았다. 마수의 몸이 힘없이 구멍 밑바닥으로 떨어져 암벽에는 끈적끈적한 핏자국이 남았다.

월의 오른팔과 검신의 광채가 사라지자 문신 같은 문양 또한 형체도 없이 사라졌다.

체내의 마력을 소비한 데서 오는 가벼운 피로감과 함께, 마수라고는 하지만 생물의 목숨을 빼앗고 말았다는 사실에 대한 정신적인 소모가 월의 기분을 무겁게 했다. 이 감각은 역시 아무리 되풀이해도 적응이 되지 않았다.

『──잘 들어라, 월. 미굴은 원래 우리 인간의 영역이 아니란다. 거기에 발을 들여 목숨을 빼앗는 행위는 큰 죄야. 그걸 항상 잊지 마라. 우리 탐굴자는 모두…… 죄인인 거야.』

과거 월이 속했던 탐굴대. 그곳의 대장이자 월에게는 양아버지나 마찬가지인 사람의 가르침을 떠올렸다.

"죄인……이라."

칼날에 묻은 피를 닦으며 낯을 찡그렸다.

지금 미굴에는 마수 외에도 100명에 가까운 죄인, 감옥에 갇혀있던 흉악한 탈옥수들이 숨을 죽이고 있다.

마수뿐만 아니라 동족까지도 해치는 그 자들은 월이 품는 죄책감도 혐오도 없이, 오히려 좋아하며 목숨을 **빼앗**는 놈들일지도 모른다.

"가능하다면 만나고 싶지 않은걸……."

소검을 칼집에 넣고, 중단했던 강하를 재개하며 월은 진저리를 쳤다.

실제로 이미 몇 명이나 되는 탐굴자, 혹은 현상범을 노리고 내려갔던 자들이 미굴 내에서 흉악범에게 습격을 당해 부상을 입거나 살해당했다고 들었다.

죄인들은 자신의 목을 노리고 찾아온 자들을 해치우고 그들의 도구를 **빼앗**아 무장까지 했다는 뜻이다. 희생자는 나날이 늘어만 가고, 죄인들의 목에 걸린 현상금도 늘어났다.

"……뭐, 어차피 그놈들은 대부분 마수의 먹이가 될 테고."

곧 구멍 밑바닥에 도착해 앵커 로프를 회수한 월은 지면에 널브러진 마수의 시체를 보며 코웃음을 쳤다.

미굴은 인간의 영역이 아니다. 그곳에 서식하는 마수들에게는 월과 같은 탐굴자도 흉악범도 그저 이물질이며, 똑같이 먹잇감에 불과하다.

× × ×

복잡한 층 구조를 이룬 그레일란트 대미굴에는 크게 나눠 네 곳의 계층이 있다. 1층부터 10층까지가 상층, 11층부터 20층까지가 중층, 21층부터 30층까지가 하층—— 그리고 31층 이하가 심층이다.

상층은 그럭저럭 탐굴이 진행돼 지도도 만들어지고 있지만, 중층부터는 미개척영역도 많고, 하층은 들어가는 이도 별로 없는 지역이다. 심층에 이르면 살아서 돌아올 수 있는 사람은 거의 없으므로 그곳의 양상은 전설이나 동화의 영역이 되었다.

월이 현재 나아가고 있는 곳은 상층 중에서도 중반에 접어든 5층—— 폭 2미터, 높이 5미터 정도의 좁은 수평굴이었다.

주위는 짙은 어둠에 에워싸여 불빛이 없으면 자신의 손조차 보이지 않는 환경이지만 문제는 없다. 월의 눈에 새겨진 마문이 어둠을 꿰뚫어 보기 때문에, 랜턴 같은 불빛이 없어도 시야는 충분히 확보할 수 있었다.

'하지만 정말 편리하단 말이지, 마법이란 건…….'

갈림길이 무수히 많아 미로처럼 복잡한 동굴을 지도 없이 헤매지도 않고 나아가며, 월은 인류가 창안해낸 기술과 이로 인해 얻은 은혜에 감사했다.

──각인마법.

그것은 대기로부터 체내에 흡수한 마력을 마문이라 불리는 마법진에 흘려보내 다양한 현상을 일으키는 위업이다.

아무것도 없는 곳에서 불을 일으키기도 하고, 치유능력을 높여 약 하나 없이 상처를 치료하기도 하고, 미굴에서는 귀중한 소금이나 식수를 생성하기도 한다. 일으킬 수 있는 현상은 미리 새겨놓은 마문의 문양에 따라 다르지만, 기본적으로는 마문의 밀도가 높고 면적이 넓을수록 마법은 대규모이면서 강력해진다.

예를 들어 월의 두 눈에 새겨진 《시각강화》나 몸의 일부에 새겨진 《근력강화》 등 신체능력을 향상시키는 마문은 단순하지만, 매우 유용해서 이 세계에서 살아가는 사람들 대부분이 보유한 일반적인 마법이다.

특히 햇빛이 닿지 않는 지하, 위험한 마수가 돌아다니는 미굴에서 이런 신체강화 마법은 없어서는 안 될 생명줄이며, 탐굴자라면 누구나 반드시 몸에 새겨서 다니는 기초 중의 기초다.

'문신하고 마찬가지로 새길 때는 엄청 아프고 값도 꽤 나가지만. 목숨이 있어야 먹고 사는 거지. 죽어버리면 본전도 못 찾는걸.'

탐굴자로서 생존율을 높이기 위해 월이 중요하게 생각

하는 마음가짐은 『될 수 있는 한 쓸데없는 것에는 상관하지 않는 것』이다. 위험한 장소나 마수는 가능한 한 회피하고, 마력이나 체력의 소모는 최소한도로 억제하고 아껴가며 나아갔다. 또한, 어쩔 수 없이 싸워야 할 경우에도——

'……고블린 한 마리라. 집단이 아니라 무리에서 떨어진 녀석이라면…… 좋아.'

완만하게 구부러진 굴 저편, 가는 길 앞에 꿈틀거리는 그림자를 확인한 월은 나이프를 준비했다.

언뜻 보기에 어린이나 원숭이 새끼 같은, 키 130센티미터 정도의 마수다. 커다란 머리에 깡마른 몸, 날카로운 이빨과 손톱이 달린 이끼색 피부의 괴물. 월은 놈의 추악한 모습을 주시하며 두 다리에 새겨진 《근력강화》 마문을 발동하고는,

'잡자!'

아직 이쪽을 보지 못한 고블린이 등을 돌린 순간 지면을 박차고 육박. 벌어졌던 거리를 단숨에 좁히며 손에 든 칼로 등 뒤에서 목을 그어버렸다. 고블린은 단말마의 비명을 지르지도 못한 채 울컥울컥 피거품을 뿜으며 앞으로 쓰러졌다.

——견적필살(見敵必殺). 적의 존재를 먼저 알아차리고 접근해 단칼에 없애버리는 것이 월의 주특기였다. 그렇기에 시각만이 아니라 청각도 강화하고, 주위의 기척이나 이상

을 알아차리기 위한 마법도 항상 발동시켜놓는다.

"⋯⋯응?"

그때 월의 예민해진 청력이 미미한 잡음을 감지했다. 마수의 울음소리와는 다른, 인간의 것으로 여겨지는 술렁임이었다.

수평굴 안쪽, 암시로도 들여다볼 수 없는 어둠 저편에서 들려오는 소란스러운 소리에 월은 잠시 망설인 후,

'뭐, 상관하지 않으면 문제는 없겠지. 가능하다면 안 들키게 주의하고⋯⋯.'

나이프에 묻은 피를 털고, 칼집에 넣지는 않은 채 걷기 시작했다.

월의 기억이 확실하다면 이 너머는 탁 트인 공간이며 그 너머에는 6층으로 내려가기 위한 수직굴도 뚫려 있을 것이다. 어차피 피해서 지나갈 수는 없다.

처음에는 더 일찍 귀환할 예정이었으나, 탐굴자의 성미 탓인지 막상 탐굴을 시작하고 보니 발이 자연스럽게 안으로 향해 일단은 무난하게, 무리하지 않고 나아갈 수 있는 데까지 가보자는 결론에 이르렀다.

미굴을 찾아오기 전까지는 그렇게나 소란을 떨던 가슴속의 고동은 완전히 잠잠해져, 이곳이 위험한 장소임에도 매우 조용한 박동을 새기고 있었다.

'숫자는 아마 셋에서 다섯⋯⋯ 전부 여자? 이건 아마 전

투 중인가 본데.'

다가감에 따라 또렷하게 전해지는 젊은 여성들의 목소리는 절박했으며, 칼부림을 벌이는 것처럼 이따금 금속끼리 맞부딪치는 소리도 들렸다. 무언가 무거운 것이 땅에 내리꽂히는 듯한 소리가 간헐적으로 울렸으며 그때마다 지면이 가볍게 흔들렸다.

월은 일단 수평굴에서 고개만 내밀어 주의 깊게 동태를 살폈다.

돔 형태로 탁 트인 넓은 공간. 천장에는 종유석 같은 마석의 결정이 청백색으로 빛나 주위를 비춰주고 있다. 그런 공간의 한복판에서,

"하아아아아아앗!"

뛰어다니는 다섯 명의 실루엣이 있었다. 다섯 중 넷은 소녀. 검이며 창, 저마다 무기를 들고 『적』을 포위한 채 서로 말을 걸어가며 춤을 추듯 약동했다.

하나같이 노출도가 높아 기능성보다는 외견을 중시한 듯한 복장이었다. 당장이라도 속옷이 보일 것처럼 짧은 치마를 펄럭이며 소녀 하나가 소검을 휘둘렀다. 붉게 빛나는 칼날이 번뜩이더니 피가 솟았다. 그러나 얕다. 소녀는 이를 갈았다.

"아 진짜! 이 녀석 뭐야, 너무 단단하잖아! 내 검이 하나도 안 박힌다구?!"

"리즈! 위험해, 피해——"

"그래그래, 이미 읽고 있었……엇!"

——꽈과앙! 칼날을 수평으로 휘두른 찰나 상공에서 내리꽂힌 주먹을 뒤로 뛰어 피하며 소녀가 거리를 벌렸다. 소녀 대신 주먹질을 당한 지면이 깊이 함몰되며 지진 같은 진동이 엄습했다. 가공할 완력이다.

아슬아슬한 차이로 머리를 분쇄 당하지 않고 살아났지만, 그래도 소녀는 대담한 미소를 지으며 겁먹지도 않고 검을 고쳐 쥐더니,

"둔하기는! 그렇게 느린 주먹 백 번을 날려봐, 내가 맞나…… 응, 할 수 있어! 터프해서 귀찮긴 하지만 이대로 몰아붙이자, 얘들아!"

다시 한번 과감하게 돌진하는 소녀—— 리즈의 격려에 동료들이 "오케이!" 하고 뒤처질세라 공세에 나섰다. 신체강화 마문을 발동했는지 드러난 어깨며 팔, 스커트에서 뻗은 다리에는 푸른 마문이 떠올라 요염하게 빛났다.

"저 녀석들은……."

예기치 못한 해후. 처음 보는 리즈 일행의 싸움을 관망하면서도 월의 의식은 그녀들의 상대, 키가 3미터는 될 법한 거대한 그림자에 빼앗기고 있었다.

"……대체 뭐하고 싸우는 거지?"

바위 같은 근육에 덮인 칠흑색 피부. 하반신에 비해 상

반신의 근육이 기이할 정도로 발달한 윤곽은 인간이라기보다는 고릴라에 가깝다. 처음에는 오우거의 일종이 아닐까 생각했지만, 바지를 제대로 입었다는 점에서 그렇지 않음을 알 수 있었다. 마수는 옷 따위 입지 않는다.

다만 상반신은 알몸이었으며 바지는 너덜너덜했다. 발도 맨발이라 미굴에는 어울리지 않는, 부랑자처럼 남루한 차림이었다.

게다가 손목과 발목에는 커다란 금속제 『쇠고랑』처럼 보이는 것을 찼으며, 그곳에는 어정쩡하게 뜯겨나간 사슬이 달려 있었다.

월은 그것을 보고 겨우 이해했다. 리즈 일행이 지금 싸우는 저 괴물 같은 거한은──

'감옥에서 탈옥한…… 현상금 걸린, 죄인이구나!'

"얘들아, 비켜!"

──그때. 벌꿀색 머리카락을 뒷머리에서 한데 묶은 소녀가 고함을 지르더니 가녀린 몸에 어울리지 않는 대검을 들었다. 다홍색 마문이 두꺼운 칼날을 뒤덮으며 주위의 어둠을 밀어내듯 찬연히 빛났다.

"이쯤에서 센 걸 한번 보여줘야지!"

대검을 들고 돌진해 정면에서 거한을 베는 소녀. 언뜻 무모하게 보이는 공격이었지만 상대는 리즈를 비롯한 나머지 세 소녀의 빠른 움직임과 호흡이 잘 맞는 연계에 애를 먹느라 네 번째 상대의 기습에는 대응하지 못했다. 리즈가 씨이익 입가에 미소를 지었다.

"응, 꽈광 해치워버려!"

동료의 육박에 맞춰 세 소녀가 일제히 흩어지고, 그녀들을 한꺼번에 휩쓸어버리고자 휘둘렀던 굵은 팔은 허공을 갈랐다. 그 직후.

"──《폭렬검》! 잡았다아아아!"

대각선 아래에서 올려벤 대검의 칼날이 거한의 가슴에 꽂혀 굉음과 함께 격렬한 폭발을 일으켰다. 붉은 빛이 어둠을 태우고 불꽃과 연기에 휩싸인 거구가 크게 뒤로 넘어갔다. 직격이었다.

리즈는 "꽈광~!" 하고 신나게 떠들며 폴짝폴짝 뛰었다. 그때마다 가슴이 출렁거린다. 단창을 손에 든 소녀가 눈을 가늘게 뜨고 빈틈없이 거리를 재며 말했다.

"잡았어?!"

"아직 멀었어어어어어어어!"

사내에게 폭발마법을 꽂은 소녀는 외치더니 대검을 올려벤 자세에서 다시 파고들며, 요란하게 타고 있는 상대의 가슴에 두 번째 폭발마법을 꽂았다. 첫 번째 공격에 이미 쓰러져가던 사내의 거구가 뒤로 날아가 불꽃과 연기를 뿜으며 쓰러졌다.

"우와아."

리즈가 입을 막았다.

"우엑…… 완전히 오버킬이잖아. 메르, 좀 심했어!"

"아하하. 뭐, 혹시나 모르는 거니까? 마력을 좀 많이 써 버렸지만."

메르라고 불린 소녀는 대검을 내리친 자세로 쓴웃음을 지으며 숨을 토해냈다.

칼날을 시뻘겋게 달군 마문이 사라진 것과 함께 소녀의 피부에 떠올랐던 마문도 녹아드는 것처럼 흐려지며 사라졌다.

"상대는 현상금 900만 G짜리 거물…… 불법 지하투기장에서 100명도 넘는 사람을 죽인 극악인이니까 말이야. 주의해서 나쁠 건 없잖아?"

"그, 그건 그래……. 《광환의 권노》 조엘 그랜트. 통칭 《매드 조》! 여자나 애들도 봐주지 않고, 관객들의 흥미를 돋우기 위해 잔인하게 가지고 놀다 죽이는 개자식인걸. 그딴 놈한테는 좀 심한 정도가 딱 좋을지도."

리즈는 벌렁 나자빠진 채 꿈쩍도 안 하는 거한―― 조엘이라는 이름의 죄인을 노려보며 혐오와 함께 내뱉었다. 잘록한 허리에 손을 얹으며,

"아무튼, 머리를 가져갈까-? 징그럽기도 하고 싫지만…… 안 가져가면 못 받잖아, 돈. 머리는 내가 자를 테니까 가져가는 건 가위바위보 해서 진 사람이!"

"흐에에?! 싫어어! 머, 머머머머, 머리를 가져간다니이!"

"……나 원. 생각보다 재미없는 상대라고 생각했더니 이제부터가 진짜구나. 메르는 마력 떨어지기 직전이고, 베르나데타는 겁먹었고. 내가 들고 가는 수밖에 없겠네."

"오오, 역시 레이!"

창을 어깨에 걸머진 소녀가 탄식하자 리즈가 웃었다.

"나, 나는 겁먹은 게 아니야아!"

네 사람 중에서도 가장 몸집이 작은 소녀가 해머를 안으며 반론했지만 아무도 반응해주지 않았다.

잠시 미굴에는 어울리지 않는 화목한 분위기가 흘렀다. 이를 다잡은 것은 폭발마법으로 죄인을 해치웠던 소녀의 질타였다.

"너희들 너무 방심하는 거 아냐?"

소녀는 한숨을 쉬더니 검을 한 손에 들고 다가가려는 리즈를 제지했다.

"……아직, 죽었는지 확실하게 확인하지 않았어. 그거 두 방 먹고도 무사할 거라고는 생각하지 않지만. 만에 하나 숨이 붙어있으면 귀찮잖아? 숨통은 확실하게 끊어야——"

"필요, 없는데~?"

대검을 고쳐 쥔 소녀가 사내에게 고개를 돌리려 했을

때. 음정이 엇나가 나직하게 일그러진 남자 목소리가 울려 퍼지더니 소녀의 머리가 뒤에서 붙잡혔다. 손목에 쇠고랑을 찬, 커다랗고 거무튀튀한 손. 소녀가 눈을 크게 뜨고 흠칫 몸을 떨었다.

"죽는 건, 너……니까아."

그녀의 등 뒤에서는 그녀가 죽인 줄 알았던 죄인《광환의 권노》조엘 그랜트가 거구를 일으키고 선혈색의 사위스러운 눈을 형형히 빛내고 있었다.

Screaming Mad

바위 같은 상반신에는 눈동자와 같은 붉은색 마문이, 소녀의 머리를 단단히 붙든 손가락 끝에서 머리카락 한 올 돋아나지 않은 정수리에 이르기까지 빈틈없이 꽉 차 있다. 조금 전 대검과 폭발마법이 꽂혔던 가슴에는 상처 하나 없었다.

"자, 장난하는 거지……?"

머리를 붙들린 소녀의 표정이 굳고 얼굴이 창백해졌다.

조엘은 대조적으로 비웃음을 지었다.

"우선, 하나. 예쁜 목소리로, 울어줘야 해~?"

"아으악?! 아, 아아아아아악?! 안돼, 아파, 아프다니까 아아아?!"

소녀의 머리를 붙든 왼손에 힘이 꽉 들어갔다. 소녀의 얼굴이 고통에 일그러지며 조엘의 손을 떼어내고자 발버둥 쳤다. 뿌득뿌득 손가락이 파고들며 두개골이 삐걱거렸

다. 다음 순간,

"아헥——."

죄인의 손에 붙들린 소녀의 머리는 마치 수박이라도 된 것처럼 어이없이, 콰직 짓이겨지고 말았다.

× × ×

소녀의 몸이 무릎을 꺾더니 앞으로 쓰러졌다. 망가진 것처럼 피를 뿜으며 꿈틀꿈틀 경련하는 팔다리. 방금 전까지 분명히 살아있던, 그러나 무참하게 전락해버린 동료를 리즈 일행은 아연실색 응시하고 있었다.

"메, 메르……?"

리즈가 그녀의 이름을 부르듯 중얼거렸다. 하지만 소녀는—— 머리를 잃어버린 소녀의 시체는 대답할 수 없었다. 검붉은 웅덩이가 천천히 퍼져나갔다.

"아아——."

정적 속에서 헐떡이듯 중얼거린 것은 소녀의 머리를 짓이겨버린 사내였다. 조엘은 피와 뇌수와 소녀의 파편이 묻은 손바닥을 널름 핥더니 구슬프게 중얼거렸다.

"힘 조절, 잘못했어. 더 시간 들여서, 천천히…… 보내주고, 싶었, 는데."

"이 자식이이이이이이이이이이!"

동료를 잃은 소녀가 격앙해 단창을 들고 조엘에게 달려들었다.

소녀의 눈과 몸, 창날에는 각각 서로 다른 색과 문양의 마문이 떠오르고 소녀의 분노를 드러내듯 형형히 빛났다.

"가, 감히…… 감히 메르카를!"

"?! 안 돼, 기다려 레이! 성급하게——"

"죽어, 개자식아!"

소녀는 리즈의 제지도 들리지 않는 듯 무턱대고 돌격하더니 왼손에 든 창을 내질러 조엘의 머리를 꿰뚫으려 했다. 그러나.

"진정해."

혼신의 힘으로 펼친 찌르기는 조엘의 오른 손목에 채워진 쇠고랑에 튕겨나고 말았다. 궤도가 엇나간 창끝이 조엘의 뺨을 스치고 허공을 가르자 소녀는 제정신을 차린 듯 넋이 나가버렸다.

"아……."

소녀는 즉시 창을 빼며 황급히 후퇴하려 했으나,

"괜찮, 아."

피에 물든 조엘의 왼손이 소녀의 오른쪽 발목을 붙들어 사로잡았다. 그대로,

"너도 금방, 쟤하고 같이 갈 수, 있어."

"히익?! 자, 잠깐만! 안 돼—— 끄아악?!"

분노가 공포에 뒤덮여 겁에 질려버린 소녀의 몸을 거꾸로 들더니, 있는 힘껏 휘둘러 지면에 철퍼덕 패대기쳤다. 한 번으로는 끝나지 않았다.

"끄가악?! 컥, 으갸아아아아아아악?!"

두 번, 세 번, 네 번, 다섯 번…… 집요하게, 마치 곤봉이라도 휘두르듯 소녀의 몸을 내리쳤다가는 들어올리고, 들어올렸다가는 내리치기를 반복했다. 그때마다 둔중한 소리가 울리며 귀를 막고 싶어지는 절규와 함께 소녀의 몸이 파괴되어갔다.

"……아아. 벌써 망가져버렸네에. 약하잖아…… 좀 더, 살살 다룰걸."

이윽고 횟수가 열을 넘어 비명이 완전히 끊어져 버리자, 조엘은 이미 원형조차 남지 않을 정도로 짓이겨지고 오른발은 허벅지에서 뜯어져 나가려 하는 시체를 아무렇게나 내팽개치더니,

"뭐, 됐어. 아직 둘이나 있으니까. 다음은, 누구로 할, 까?"

"아……아아아아, 아…….."

두 동료가 눈앞에서 참살당해 넋이 나가버린 소녀들을 본다. 해머를 끌어안은 채 부들부들 몸을 떠는 소녀와, 다리에서 힘이 풀려 주저앉은 리즈. 선혈색 두 눈으로 남은 사냥감을 품평하듯 바라보더니 왼손 검지를 왔다 갔다 한다.

"내 취향은, 빨강머리 애. 그러니까——"

조엘의 손끝이 리즈를 가리키고 멈추었다. 하지만 그의 눈이 향한 곳은 나머지 소녀 쪽이었으며.

"마지막으로, 남겨놔야지. 다음은, 너야아."

"흐아아아아아아아아아아악!"

조엘에게 선택된 소녀는 품에 안았던 무기를 버리고 리즈를 내버린 채 무턱대고 도망쳤다. 곁눈질조차 하지 않고 향한 곳은 윌이 지나쳐왔던 동굴과는 다른 구멍.

이곳은 여러 개의 수평굴이 합류하는 공간이었으며 리즈 일행이 있던 장소에서 가까운 출구까지는 꽤 거리가 있었지만, 소녀의 다리는 상당히 빨라 눈 깜짝할 사이에 거리를 벌렸다. 조엘은 탄식하더니 옆에 굴러다니던 창을 주웠다.

"……아~아. 친구를 버리고 도망치다니, 나쁜 애네."

조엘은 손에 든 무기를 들더니 멀어져가는 사냥감을 조준하고,

"벌을, 줘야……지이."

——부우웅! 오우거와도 같은 완력으로 날린 창은 허공을 찢으며 일직선으로 날아가, 막 수평굴에 도착하려던 소녀의 머리를 꿰뚫었다.

"꺼□?!"

동료의 창에 뒷머리를 꿰뚫린 소녀는 일격에 숨이 끊어

져 지면에 쓰러진 채 두 번 다시 일어나지 않았다.

"아아아…… 그, 그럴 수가…… 벨…….."

"그러어, 면——."

너무나도 쉽게 세 소녀를 없애버린 조엘이 홀로 남은 리즈에게 시선을 돌리고는, 메인 디시를 맞이한 미식가처럼 입맛을 다셨다.

"오래 기다렸지. 네 차례, 야. 친구들은, 금방, 죽어버렸으니까, 너는 오래오래, 시간 들여서, 천천히 죽여줄게. 어떻게, 망가뜨릴, 까아?"

"아, 아흐…… 흑…… 흐아아아아……."

처음의 기세는 어디로 갔는지 리즈는 완전히 겁을 먹은 채 제대로 말도 하지 못하는 상태였다. 다리에 힘이 풀려 주저앉은 모습으로, 검을 쥐는 것도 잊고 그저 눈물만 줄줄 흘렸다.

"시, 시러…… 오, 오디 마아…… 오지 마아!"

"아하. 반응 귀여, 워. 그렇게, 겁먹으면. 더 더, 죽이고 싶어지잖아. 유혹, 하는 거야? 그럼, 바라는 대로——."

"싫어어어어어어어어어어어!!"

조엘이 리즈를 밀어 넘어뜨리고 절규가 울려 퍼졌다. 피에 젖은 손이 리즈의 가슴으로 다가가 옷을 찢었을 때. 윌은 리즈에게서 시선을 돌리고,

'지금이라면 들키지 않고 지나갈 수 있겠어.'

수평굴을 빠져나와 암벽을 따라 빠르게, 그러면서도 기척을 죽인 채 안쪽으로 향했다. 귀에 들어오는 불쾌한 노이즈를 흘려들으며, 앞만을 보고, 담담히 다리만을 움직였다.

　'——이러면 돼. 나는 그저 스트레스를 풀려고 미굴에 온 거야. 죄인 목을 따러 온 게 아니라. 저 애한테 상관할 이유는 없고, 상관하지 않고 넘어갈 수 있으면 넘어가는 게 정답이지. 위험은 회피하는 거니까.'

　"…………려……줘."

　목소리가 들려왔다. 하지만 무시했다.

　"살려줘……."

　살려줘? 왜 일부러 그런 짓을 해야만 하지? 고작해야 한 번, 가볍게 대화를 나눈 게 전부인 타인을. 큰도마뱀이나 고블린 정도의 마수라면 몰라도 저 괴물 같은 죄인을 상대로. 여기서 그런 행동을 취하는 것은 어지간히 착해 빠진 놈이거나, 뒷일 생각 안 하는 바보 정도——

　『월.』

　그때 귀에 들렸던 그녀의 목소리는 과연 환청이었을까.

　정신이 들고 보니 월은 팔다리에 새긴 《근력강화》마문을 발동하며, 방해되는 백팩을 벗어던진 채 힘껏 달려나가고 있었다. 출구를 향해서, 가 아니었다.

　'그래, 그랬지. 나는 옛날부터 터무니없는 바보 멍청이

였어…….'

월은 시야에 쓰러뜨려야 할 적의 모습을 담고, 한번 거두었던 무기를 다시 뽑았다.

《여랑의 어금니》—— 옛 동료가 죽으러 가면서 맡겼던 나이프 마검을 움켜쥐고 도약하며, 마음속으로 쓴웃음을 지었다.

'그러고 보면 나를 구해준 은인들도 착해빠진 바보들뿐이었지!'

"……어이. 개자식아."

조엘의 등 뒤, 머리 위에서 상대를 부르며 공중에서 나이프를 쳐들었다.

"재미 보는 중에 미안한데."

조엘이 움직임을 멈추고 뒤를 돌아보려 했다. 하지만 늦었다.

월은 두 손으로 쳐든 나이프를 조엘의 목덜미, 경추 언저리를 겨누고 마문으로 한계까지 높인 근력을 발휘해 꽂아넣었다.

"방해 좀 해야겠다!"

"으가아아아악?!"

벌렁 몸을 젖히듯 상체를 일으키며 조엘이 울부짖었다. 월은 튕겨나가지 않도록 한 팔을 조엘의 목에 감아 조이면서 나이프 자루를 강하게 움켜쥐고,

'큭?! 너무 단단해서 칼날이 거의 안 박히잖아! 하지만……'

조엘의 몸이 리즈에게서 떨어진 것을 확인하자마자. 나이프의 검신, 상대의 목에 10센티미터 정도 들어간 칼날에 쏟아부을 수 있는 모든 마력을 쏟아부으며,

"──《번개물기》!"
　　　　Discharge

외쳤다. 그 순간 나이프의 검신에 새겨진 마문이 빛나며 청백색 번갯불이 솟아났다. 감전당한 조엘의 몸은 극심한 경련을 일으켰다.

거룡이나 거수, 중층 이하에 서식하는 대형 마수조차 일격에 해치우는 윌의 필살 전격마법이다. 윌이 착용한 것과 같은 글러브나 재킷, 방전 장비를 갖추지 않은 인간이 정통으로 맞고서 버틸 수 있는 위력이 아니다.

'죽일 필요까지는, 없……겠지. 의식을 빼앗기만 하면 돼. 기절시킨 다음 저 녀석을 구해서 즉시 철수하고, 안전한 곳까지 데려가고, 그 다음에──'

그런 생각을 하면서 지면에 쓰러진 리즈를 보았다. 옷이 찢어져 하얀 가슴이 드러났지만 부상을 입은 것 같지는 않았다. 아슬아슬하게 늦지 않은 모양이다.

"윌……?"

리즈가 눈물에 젖은 얼굴을 일그러뜨렸다. 그런 그녀를 안심시키고자 웃으며 윌은 칼날의 전격마법을 늦추었다.

그 직후.

"안 돼, 도망쳐어어어어어!"

리즈의 비통한 외침이 울려 퍼지고, 사각에서 뻗어나온 거대한 손바닥이 월의 몸을 움켜쥐었다. 월은 눈을 크게 떴다.

"뭐?! 이럴 수가! 이 자식, 아직도……!"

"아프, 잖아아아아아아아아아!"

울부짖은 조엘은 투정을 부리는 아이가 장난감을 내팽개치듯 월의 몸을 지면에 패대기쳤다. 충격과 격통에 의식이 거의 날아가고 호흡이 멎었다.

곧바로 옆구리에 꽂히는 통렬한 충격. 돌멩이처럼 걷어차인 월의 몸은 허공으로 높이 떠올랐다가 지면에 털썩 떨어졌다.

"커, 헉……?!"

일어날 수가 없었다. 내팽개쳐질 때 바닥에 부딪친 우반신과 걷어차인 왼쪽 옆구리가 타는 듯이 뜨거웠으며 갈비뼈도 몇 대쯤 나갔다. 기침과 함께 피를 토하고 꼴사납게 몸부림을 쳤다. 고막이 찢어졌는지 귀가 지독하게 울렸다.

그래도 어떻게든 얼굴을 들어보니, 조엘이 목에 박힌 나이프를 뽑아선 아무렇게나 버리더니 분노에 타오르는 선혈색 눈을 부릅뜨고 월을 노려보았다.

"진짜, 넌 뭐야? 한창 좋을 때, 였는데…… 분위기, 파악 좀, 해. 게다가 남자잖아. 기분 다 잡쳤, 어."

"안돼에에에, 윌! 윌! 위이이이일?!"

"——아하."

윌의 이름을 외쳐대는 리즈를 보며 조엘은 깊이 고개를 끄덕였다. 입술을 일그러뜨리며 씨익 비웃음을 짓더니,

"그랬구나아. 그렇게 된, 거구나. 넌 그녀 동료고, 그녀는 네…… 흐흐. 그럼, 취향, 좀, 바꿔볼까."

무엇을 어떻게 해석하고 혼자 수긍했는지.

"힝웃?!"

조엘이 리즈를 억지로 일으켜 세우고는 가녀린 허리를 안아 끌어당겼다. 땅바닥에 엎드린 윌에게 리즈의 모습을 보여주면서, 비어있는 오른손으로 머리를 움켜쥐었다. 누런 이를 드러내며 만면의 웃음을 짓는다.

"사랑하는 사람, 앞에서, 목, 뜯어줄게."

"?! 그, 그만둬어어어어어어어!"

피를 토하면서도 포효하는 윌은 몸을 일으키려 했다. 하지만 마음대로 움직이질 않았다. 조엘의 팔에 힘이 들어가고, 리즈가 고통에 몸을 뒤틀었다.

"아그으윽…… 으아, 아…… 으응아아아아아아아?!"

"봐아, 윌. 얼른 안 하면, 그녀가…… 가버, 릴걸?"

윌은 몸에 새겨진 마문에 있는 힘껏 마력을 불어넣고 이

를 악물며 조엘을 노려보았다. 허리의 칼집에서 소검을 뽑아, 지면에 푹 꽂으며 몸을 일으켰다.

"기다려, 지금 구해줄 테니까—— 리즈!"

"위, 위……이일."

리즈가 눈물을 흘렸다. 고통에 뻣뻣하게 굳었던 표정이 살짝 누그러지며 적동색 눈에 한순간 평온한 빛이 들어왔다.

"처음으로, 이름…… 불러, 줬……네."

"응, 시간 끝."

——뚜둑.

눈물을 흘리면서 웃던 리즈의 머리가, 조엘의 손에 무자비하게 뒤틀려, 과일이라도 따듯 뜯겨졌다.

×　×　×

"리……즈…….."

한쪽 무릎을 꿇고 막 달려가려 했던 윌은 넋이 나가, 조엘의 품에서 선혈을 뿜으며 경련하는 목 없는 몸통을 바라보았다. 이해가 현실을 따라잡지 못했다.

"안됐, 네. 그렇게 다치고도, 일어난 건, 대단, 하지만…… 늦었어. 이건 이별 선물로, 너 줄게."

그렇게 말한 조엘이 무언가를 휙 던졌다. 윌의 눈앞에

떨어졌다가 튕기고 데굴데굴 굴러온 그것은 뜯겨져나간 머리였다. 흰자위를 가득 드러낸 채 혀를 길게 빼문──마지막으로 보았던 웃음이 환각으로 여겨질 만큼 처참한 표정으로 죽은, 소녀의.

"흐흐흐. 너도, 이제부터, 그렇게 될 거야, 윌~?"

"……."

"마지막으로, 남길 말, 있어?"

"……."

"원망하는 말도, 통곡도, 좋아. 들어줄게, 네 마음. 격정. 가만있으면, 모르잖아. 뭣하면 네 눈앞에서, 얘 몸을, 가지고 놀아줄 수도……"

"──그래, 이제 됐어. 잘 알았다, 조엘 그랜트."

윌은 지면에 놓인 리즈의 공허한 눈을 바라보며 중얼거리고 눈을 감았다. 탄식하고 일어났다.

"너는 인간이 아니야. 마수랑 마찬가지…… 아니, 마수만도 못한 개자식이야. 그러니──"

윌은 소검 자루를 쥐더니 리즈의 주검을 만지작거리며 다가오는 상대를 노려보고, 스스로도 놀랄 만큼 조용한, 싸늘한 음성으로 선고했다.

"가차 없이, 죽여주마."

왼쪽 가슴의 심장이 두근 하고 힘찬 고동을 새겼다. 만신창이였던 육체에는 생채기 하나 남지 않았다.

"······?!"

조엘이 흠칫 몸을 떨더니 걸음을 멈추었다. 가학과 조롱으로 넘쳐나던 죄인의 얼굴이 전율에 물들었다. 그때.

"발겨언!"

목소리가 울려 퍼졌다. 터질 듯이 쾌활하고 즐거워하는 소녀의 목소리가.

동시에 윌은 보았다. 경직된 조엘의 등 뒤, 어둠 저편에서 미끄러지듯 다가오는 실루엣을.

"그럼 냉큼 끝내버릴까. 자——."

은색 장발을 나부끼며 소녀가 조엘에게 똑바로 육박했다.

"《울려퍼져라^{Rise}······"

소녀가 터엉, 가볍게 지면을 박차고 높이 뛰어올랐다. 칠흑의 드레스가 펄럭이자 마치 붕대처럼 까만 벨트가 감긴 나긋나긋한 다리가 엿보였다. 다리만이 아니었다. 소녀의 몸은 팔에서 허리, 목에 이르기까지 온몸이 빠짐없이 벨트와 쇠사슬로 묶여 있었다.

"너의^{Your}······"

휙 돌아보는 조엘의 눈앞에서. 허공에 뜬 소녀는 두 손으로 쥔 거대한 무기—— 소녀의 키만큼이나 큰, 가장자리에 날카로운 송곳니 같은 칼날이 무수히 돋아난, 본 적도 없는 형상의 대검을 쳐들고 은색 눈을 흉흉하게 빛내며, 웃음을 띠었다.

"죽음의 포효를!^{Death Voice}》!"

찰나, 검신에 보라색으로 사위스러운 마문이 솟아나고 가장자리에 이어진 칼날의 무리가 맹렬한 기세로 회전하더니. 귀를 찢는 포효 같은 굉음을 폭력적으로 흩뿌리기 시작했다.

바람이 소용돌이치고 대지가 전율한, 다음 순간.

"――《마문이 깃든 톱날검^{Magia Drive Chain Saw}》!"

살의와 함께 내리친 대검의 칼날이, 리즈의 시체를 내팽개치고 참격을 받아내려고 든 조엘의 두 팔을, 손목에 찬 쇠고랑과 함께 가볍게 절단.

"……어?"

눈을 크게 뜬 조엘의 정수리에 박힌 회전 칼날은.

ㄷㄷㄷㄷㄷㄷㄷㄷㄷㄷㄷㄷㄷㄷㄷㄷㄷㄷㄷㄷㄷㄷㄷㄷㄷ ㄷㄷㄷㄷㄷㄷㄷㄷㄷ! 뼈를 깎고 난폭하게 뜯어발기듯 가르며 선혈을 뿜어냈다.

"아가가가가가각?!"

부들부들 경련하는 조엘의 거구. 눈 깜짝할 사이에 두개골을 양단한 소녀의 검은 그대로 수직으로 가랑이 아래까지 베어내려, 강인한 근육 갑옷에 뒤덮였던 육체를 반으로 갈라버렸다.

단면에서 혈액과 내장이 쏟아 나오고, 좌우로 분단된 몸이 바깥쪽으로 벌어지듯 쓰러졌다. 검의 가장자리에서 회전하던 칼날이 멈추자 쩌렁쩌렁 울려 퍼지던 폭음도 멎었다.

"좋아 좋아, 할 일……끝!"

마문이 사라진 대검을 들고 빙글 휘두르며 소녀가 그 자리에서 한 바퀴 돌았다.

검의 칼날에 묻었던 피와 지방과 살점이 튀어, 얼빠진 모습으로 입을 딱 벌린 채 넋이 나가버린 월의 뺨에 철썩 달라붙었다.

"응?"

그제야 겨우 깨달은 것처럼 소녀가 월을 보았다. 시선이 맞부딪쳤다.

——섬뜩할 정도로 요염하고 강렬한 미소녀였다.

나이는 아마도 10대 중반. 월과 그리 차이 나지는 않을 것이다. 죽인 상대의 피를 뒤집어써 붉게 물든 은발에 투명할 정도로 새하얀 피부. 색소가 희박해 덧없는 분위기가 느껴지지만, 가늘고 긴 눈에 깃든 빛은 냉철했으며 잘 벼린 칼날과도 같이 날카롭다.

상복을 연상케 하는 새까만 드레스 위에 튼튼한 로브를 걸치고 소매에 팔만을 넣은 채 어깨는 드러내 허름하게 입은 차림도 유별났지만, 무엇보다 기이한 점은 역시 그녀가 손에 든 대검과——

"너, 너⋯⋯."

팔다리와 몸통, 피부와 드레스 위로 몇 겹씩 칭칭 감긴 칠흑의 가죽 벨트. 대검 자루를 쥔 손끝이며 얼굴, 어깻죽지 등을 제외하면 피부 노출은 전혀 없는 것이나 마찬가지였다.

게다가 손목과 발목에는 새까만 쇠고랑을 차고 있었으며 좌우 손목과 발목은 각각 은색의 긴 사슬로 엮였다.

무참한 모습으로 살해당한 조엘의 시체 너머로 소녀를 주시하고, 상대의 움직임을 경계하며 윌이 물었다.

"⋯⋯너도, 죄인이야?"

"응, 맞는데?"

즉답하는 소녀. 긴장으로 몸을 굳히는 윌에게 소녀가 가볍게 어깨를 으쓱했다.

"하지만 현상범은 아니고, 탈옥 중인 것도 아냐."

"⋯⋯그건 또 무슨 소리야?"

의아해하는 윌에게 키득 웃음을 지은 소녀가 은색 두 눈을 가늘게 떴다.

그 표정은 친근했으며, 머리카락과 드레스와 피부에 튄 피만 없었다면 지금 막 흉악한 죄인의 목숨을 앗아간 인물이라고는 여겨지지 않을 정도로 온화했다.

"난 카르타그라 마도감옥에 수감된 대죄인이자 처형인.
──《톱날검의 마녀》_{Which of Chain Saw}미저리 더머 라고 하는 게, 내게 주어

진 이름이야."

× × ×

"처형인……."

——다시 말해 죄인을 말살하고 처리하는 자. 그녀가 입에 담은 단어를 되풀이하면서 월은 정체 모를 소녀를 빤히 바라보았다.

"그럼 넌——"

"너가 아니고."

월의 말을 가로막으며 소녀는 부루퉁 뺨을 부풀렸다. 행동은 귀엽지만 어마어마한 양의 피를 머리부터 뒤집어썼기 때문에 참혹하다는 생각밖에 들지 않았다.

"미저리야. 방금 알려줬잖아. 남이 이름을 알려주면 자기도 알려주는 게 매너라고 생각하는데?"

"……월 로웬이다."

한 마디 받아쳐줄까도 생각했지만 정론이었으므로 얌전히 이름을 댔다.

소녀—— 미저리가 "응"하고 고개를 끄덕이며 표정을 풀었다. 오른팔 하나로 대검을 들어 가볍게 어깨에 걸머졌다. 그 대검은 칼날과 자루 사이에 해당하는 날밑 부분이 이상할 정도로 묵직하고 컸으며 중량도 상당할 것 같앗다. 하지만 미저리는 태연했다.

"월은 현상금 사냥꾼인 걸까? 현상범 노리는 사람들. 만약 그렇다면, 미안해…… 네가 있는 줄 모르고 사냥감을 가로채버려서."

"아니……."

월은 미저리에게서 눈을 돌리며, 그녀의 검에 양단된 조엘의 시체를 흘끔 보았다. 마수만도 못한 개자식이었지만 이렇게 처참한 최후를 보니 약간이나마 동정의 마음이 들었다.

"솔직히 네가 와줘서 다행이었어. 난 현상금 사냥꾼도 아니고…… 살인을 저지르는 것도, 최대한 피하고 싶으니까."

월이 본심을 중얼거리자 미저리는 눈을 깜빡였다. 의아하다는 표정으로 고개를 갸웃하더니 월에게 무언가를 물으려 했을 때.

"으히야아아악?! 이, 이거 참…… 화끈하게도 해치웠네요."

미저리의 뒤에서 새로운 인물—— 하얀 옷으로 야무지게 몸을 감싸고 거대한 백팩을 멘 소녀가 종종걸음으로 달려왔다가 피바다로 변한 주위를 보았다.

소녀가 쓴 안경은 마도구인지 희미한 빛을 냈으며 어렴풋이 마문이 떠 있었다.

"악명 높은 《매드 조》의 거대한 몸이 두 토막이잖아요 오! 흐에에에…… 다른 여자애들도 끔찍하게 죽었네요. 이것도 당신이?"

"뭐어? 그럴 리 없잖아."

미저리가 피에 젖은 신발로 소녀의 다리를 가볍게 찼다. 소녀는 "그럼 모, 못써요오!" 하며 화를 내고는 은색 휘장이 반짝이는 모자를 고쳐 쓰더니 미저리를 노려보았다.

"하, 하지 마세요! 저는 감찰관이라고요. 또 차면 벌 줄 거예요, 미저리? 자기 입장을 좀 생각하세요."

"네~ 네."

"네는 한 번만!"

"네~ 네, 알았어. 알았습니다아."

"전혀 모르고 있는거죠!? 그렇게 벌을 받고 싶나요!"

"하하, 설마. 마조히스트도 아니고."

미저리는 꽥꽥대는 소녀를 대충 상대하고는, 당황하는 월에게 시선을 돌리더니,

"소개하지, 월. 이 애 이름은 시스카 흐라니카. 카르타그라 마도감옥의 간수이고, 지금은 내 짐꾼 겸 놀이 상대를 맡고 있지."

"아니에요. 멋대로 소개하지 마세요."

시스카라 불린 소녀가 즉시 부정하더니 지친 듯 한숨을 쉬었다.

"뭐, 반쯤은 맞지만요⋯⋯."

대검 이외의 짐이 없는 미저리와는 달리 시스카의 백팩은 빵빵하게 부풀어 매우 무거워보였다. 언뜻 보기에는 짐꾼으로밖에 보이지 않는다.

"저는 그녀를 감시하고 감독하는 감찰관이에요. 죄인이자 처형인이기도 한 이 광견 여자가 너무 폭주하지 않도록 단단히 고삐를 쥐고 제어하는 게 제 역할이죠. 말하자면 사육사 같은 거예요."

"멍멍!"

"⋯⋯⋯당신 정말――."

개 우는 소리를 흉내 내며 너스레를 떠는 미저리를 방치하고, 시스카는 윌에게 눈을 돌렸다.

"탐굴자이신가요?"

"⋯⋯그래."

윌은 고개를 끄덕였다. 시스카는 아무래도 미저리를 비롯한 죄인을 관리하는 감옥 쪽 사람인 모양이었다. 그렇다면 그나마 제대로 된 대화를 기대할 수 있을 것 같다.

윌의 대답을 들은 시스카는 "그렇군요." 하고 수긍하더니 다시 한 번 주위의 참상을 바라보았다. 침통한 표정으로 입술을 깨문다.

"그렇다면 그녀들은 당신의⋯⋯ 우우우. 죄송합니다! 저희가 좀 더 일찍 이곳에 왔더라면 이런 일은⋯⋯."

"아니, 저건 탐굴대 동료는 아니야. 피차 제대로 엮인 적도 없고 얼굴만 아는 정도 사이였어. 이 죄인에게 습격당했을 때 우연히 지나가고 있었을 뿐……."

"어라, 그랬나요? 그렇다면 엄청 착하고 용감하신 분이군요! 여성이 나쁜 놈에게 습격당하려는 걸 지나치지 못하고 가세하시다니."

"어, 아니……."

칭찬을 쏟아내는 시스카에게서 도망치듯 눈을 내리깔고 월은 살짝 주먹을 쥐었다.

실제로 도와주고자 생각했더라면 더 일찍 도와줄 수도 있었고, 그랬다면 이 정도의 희생은 치르지 않았을지도 모른다. 처음부터 그녀들을 저버리려 했던 자신의 행동을 후회하지는 않지만, 그렇다고 이렇게 칭찬을 받으면 민망해져 마치 책망을 받는 기분마저 든다.

그런 월의 속내 따위 알지도 못한 채――

"하지만 월 씨. 보아하니 다른 동료 분들은 안 계시는 것 같은데…… 낙오되신 건가요?"

"……설마. 나는 원래 혼자였어. 동료는 없어."

"네에에?!"

시스카가 몸을 벌렁 젖히며 과장되게 놀랐다. 흘러내린 모자를 고쳐 쓰며,

"솔로 탐굴자라니, 그런 분은 거의 없잖아요? 세 명에서

다섯 명 정도 탐굴대를 조직해 서로 돕는 게 기본이라고 들었거든요. 엄청난 실력자가 아니고선 혼자 내려가는 건 자살행위라고…….”

“윌은 엄청난 실력자겠지.”

미저리가 당황하는 시스카에게 쓴웃음을 지으며 눈을 가늘게 떴다.

“봐 보라구. 여긴 미굴 5층이고, 내가 올 때까지 이 덩치 군이랑 싸우고 있었는데…… 그는 거의 상처하나 없잖아.”

“?! 저, 정말이네요!”

시스카가 윌에게 얼굴을 가까이 하더니 마문이 떠오른 안경으로 그의 온몸을 자세히 훑어보았다.

“옷에 군데군데 피가 튄 곳이 있긴 하지만…… 남들에게서 튄 걸까요? 크게 다친 곳은 보이질 않네요. 마법으로 치유할 수 있는 부상에도 한계가 있으니, 이제까지 거의 부상을 입지 않았다는 뜻이겠죠. 대단하네요.”

“…….”

“후후. 이거 서로에게 멋진 만남인 걸지도.”

입을 다문 윌을 바라보며 미저리가 미소를 지었다. 시스카는 팔짱을 끼고 턱에 손을 가져다대더니 “흐음…….”하며 생각에 잠겼다.

그러나 이내 자세를 바로하고는 진지한 표정으로 윌에

게 몸을 돌렸다.

"월 씨. 당신에게 정중하게 부탁드릴 것이 있어요. 미굴의 『가이드』가 되어 저희와 동행하고 협조해주실 수 있을까요?"

"──협조? 내가 왜…….."

눈살을 찡그리며 묻는 월에게 시스카가 안경을 밀어올리며 대답했다.

"저희에게 주어진 업무는 미굴로 도망친 탈옥자 죄인을 하나라도 많이 처치하는 건데요, 그러려면 미굴 깊은 곳까지 내려가야만 하거든요…….. 월 씨 같은 전문가의 도움이 필요해요!"

"아니, 저기, 사정은 알겠는데."

그레일란트 대미굴에는 30개 가까운 출입구가 있으며, 현재는 전체에 보초가 배치되어 엄격한 감시가 이루어지는 상태다.

다시 말해 죄인들은 미굴의 『밖』이 아니라 『안』을 향해 도망칠 수밖에 없으며, 그들 대부분은 상층 중반부터 중층에 걸친 영역에 숨어 있을 것이라고 한다.

죄인을 찾아내려면 마수가 득실대는 미굴을 공략해야 하며, 그렇기에 쫓는 쪽도 애를 먹고 있었다.

"저는 죄인들을 잘 알고, 미저리는 죄인들을 『죽이는』 능력이 뛰어나지만 유감스럽게도 둘 다 미굴에는 익숙하질 않아서요……. 그래도 사전에 도시에서 실력 있다고 평판이 난 가이드를 고용하기는 했는데요."

"어째서인지 도망쳐버렸단 말이지. 아무래도 내가 도중에 찾아낸 첫 번째 죄인을 화끈하게 처죽인 게 원인이었나봐. 그때 완전히 겁을 집어먹었겠지. 진짜 겁쟁이라니깐, 나 참……. 그 점에서 월은 배짱이 두둑잖아. 나나 내가 죽인 시체를 앞에 두고도 이렇게나 침착한걸!"

"……."

"아니 정말, 대단한 담력이에요. 월 씨라면 걱정 할 필요 없겠죠. 반드시 저희에게 도움이 될 거예요! 아, 참고로 보수는 말이죠——"

"잠깐잠깐. 멋대로 진행하지마."

월은 황급히 목소리를 높인 후 탄식했다. 피에 젖은 검을 걸머진 미저리와 반으로 갈라져 죽은 조엘의 시체를 보고 낯을 찡그렸다.

"맡겠다고 한 적 없어. 감시 딸린 처형인이라도, 미저리는 죄인이잖아? 이 남자하고 같은…… 아니, 그보다도 훨씬 흉악한. 그런 놈하고 같이 다닐 마음은 안 드는걸. 미저리가 방해되는 감찰관과 날 죽이고 도망치지 않으리란 법도 없잖아?"

"그런 걱정은 안 해도 돼요."

단언한 시스카는 미저리의 목덜미, 가장 굵은 사슬 같은 벨트를 쥐고 난폭하게 끌어당겼다. 미저리가 밟힌 개구리처럼 꾸엑 소리를 내며 몸을 틀었다.

"뭐, 뭐 하는 거야?! 난 아무것도…… 노, 놓으라니깐! 야…….."

"이 목줄에는 어떤 장치가 돼 있거든요. 감찰관인 제가 죽는 순간 미저리도 죽게 돼 있어요."

"……응. 그런가."

"네."

놀라는 월에게 웃음을 지은 시스카는 미저리가 소란을 떨거나 말거나 무시하고 말을 이었다.

"게다가 장치는 제 의지에 따라 마음대로 발동할 수도 있답니다. 그러니 도망치거나 배신할 우려는 없어요. 꽥꽥 짖어대는 시건방진 여자애이기는 하지만, 그래봤자 기르는 개. 주인인 저에게 대들 수는——"

시스카가 목줄에서 손을 떼고 득의양양하게 안경을 빛낸 순간.

"카르르르릉!"

"후꺄아아아아아아아악?!"

미저리는 즉시 대검을 버리고 시스카의 팔을 깨물었다. 시스카는 비명을 지르며 목소리를 높였다.

"미, 미저리?! 잠깐…… 그, 그만하세요! 전 감찰관이라고요?! 거역하면 길들이기 위해 아픈 벌을…… 아야야야야, 아파요! 잠깐 진짜로 아프다구요?! 덧니가 피부에 파고들어서—— 끼야아악, 피가?! 피가아아아아아아!"

"……."

긴장감이라고는 전혀 없는 얼빠진 모습을 보이는 시스카와 미저리에게서 시선을 돌린 월은 주위를 둘러보았다.

선혈의 바다. 지면에 놓인 뜯겨진 머리며 파괴된 육체, 소녀들의 주검을 보며 뿌드득 어금니를 갈았다.

『난 엄청 강하거든!』

바로 어젯밤. 주점에서 그렇게 큰소리를 치던 리즈의 탐굴대는 결코 약하진 않았을 것이다. 적어도 중층까지는 문제없이 도달할 만한 실력자의 모임이었다.

그러나 결과는 보다시피 죄인에게 손도 발도 쓰지 못하고 일방적으로 유린당해 전멸. 솔직히 만만하게 보고 있었을 것이다. 리즈 일행도, 월도.

그러니.

'——그만 돌아가야 할 때일지도.'

월은 탐굴을 접고 냉큼 귀환하기로 했다.

탈옥한 죄인들은 예상 이상으로 흉악했으며, 그런 놈들이 마수 사이에 숨어든 미굴은 더 이상 스트레스 해소 정도의 각오로 임해도 되는 장소가 아니었다. 월은 일확천금을 꿈꾸는 현상금 사냥꾼도 아니고, 미굴에 매료된 광탐자도 아니다. 목숨을 위험에 드러내면서까지 탐굴을 계속할 의의는 어디에도 없었다.

"……미안. 가이드 의뢰 말인데――"

피와 흙으로 지저분해진 리즈의 머리. 월은 탐굴자의 말로를 암시하는 듯한 시신에서 얼굴을 돌리며 말을 꺼냈다. 개에게 물린 팔을 눈물과 함께 문지르던 사육사를 바라보며,

"맡을게."

――라고 승낙했다. 의지박약한 자신의 입에서 튀어나왔다고는 믿을 수 없을 정도로 힘찬, 또렷한 목소리로 전했다.

시스카가 눈을 동그랗게 떴다. 하지만 가장 놀란 사람은 바로 월이었다.

"저, 정말요?! 고맙습니다!"

"어? 아, 응……."

두 손으로 월의 손을 잡아 악수하며 시스카가 기뻐했다. 그 기세에 쩔쩔 매면서도 월은 내심 매우 곤혹스러워했다.

'……어라? 나, 지금『맡을게』라고…… 그렇게, 말했어? 거절할 생각이었는데, 왜――.'

"후후, 역시나. 맡아줄 거라고 믿고 있었어."

혼란에 빠진 월에게 미저리가 미소를 지으며 은색 눈을 가늘게 떴다. 표표한 언동과는 달리 그녀의 눈빛은 냉철

해 윌의 마음 깊은 곳을 꿰뚫어보는 듯했다.

"──네게는 강한 의지가 있어."

"의지……?"

"응. 어조나 태도는 차갑지만, 눈은 이글이글 빛나고 마그마처럼 끓어오르는 뜨거운 마음이 느껴져. 마치 무언가에 집착하는 것처럼……. 있지, 윌."

미저리가 웃음을 거두었다. 살짝 고개를 갸웃하며 묻는다.

"너에게는 누군가, 죽이고 싶은 상대라도 있어?"

"뭐? 있을 리 없잖아. 난──"

──두근. 눈살을 찌푸리며 대답하려던 순간, 잠잠해졌던 심장이 크게 날뛰며 아플 정도로 맥동했다. 윌은 견디지 못하고 왼쪽 가슴을 누르며 손가락이 파고들 정도로 움켜쥐었다.

"……아라, 네아……."

얼굴을 일그러뜨리며 신음하듯 중얼거린 그 이름이 굳게 닫혔던 기억의 뚜껑을 비집어 열고 마음의 상처를 헤집어놓았다. 도망치듯 감은 두 눈의 안쪽, 어둠 저편에 잊을 수도 없는 과거의 잔재가 되살아나 윌은 자연스레 떠올리고 있었다.

과거 미궁의 심층에서 맞닥뜨렸던, 끔찍하고도 아름다운 마수의 모습을──.

×　×　×

　2년 전. 심층을 목전에 둔 제30층에서, 뛰어난 실력의 탐굴자인 크레이그 체임벌린이 이끄는 탐굴대《지계의 서단》[Under Oath]는 무수한 촉수가 달린 문어 같은 마수에게 습격당해 궤멸했다.

　유일한 생존자였던 소년 윌 로웬도, 겨우 도착한 심층에서 힘이 다해 숨이 끊어지기 일보 직전이었다. 인간의 상반신에 거미의 하반신을 가진 이형의 소녀. 윌이 이제까지 본 어떤 마수보다도 끔찍하고 어떤 생물보다도 아름다운 괴물의 먹이가 되어서.

　『금방, 편하게 해줄테니까.』

　그 괴물은 빈사의 윌에게 그렇게 말하며 웃음을 짓더니, 극채색 마문에 덮인 오른팔을 들어, 날카로운 손톱이 달린 다섯 손가락으로 가차 없이 왼쪽 가슴을 꿰뚫으려 한 것이다. 그 직전에.

　『내가, 너를 낫게 해줄게.』

　──라고. 부드럽게 속삭이며.

　"응……."

　눈을 떴다. 어스름 속에서 시야에 들어온 것은 찬연히 빛나는 별로 가득한 밤하늘이었다. 윌은 한동안 머리 위에 펼쳐진 절경에 넋이 나간 채 눈을 연신 깜빡이다가,

"……여긴, 어디지? 내가, 왜 잠을…….."

"아, 깼다."

몸을 일으킨 다음 순간. 흑발 금안의 미소녀가, 까맣고 거대한 거미의 하반신에서 돋아난 다리를 와샥와샥 움직이며 다가왔다.

"으아아아아아아아악?!"

월은 고함을 질렀다. 지면에 엉덩방아를 찧은 채 사사삭 뒤로 물러났다.

괴물은 다리를 바스락바스락 빠르게 놀려 순식간에 따라왔다. 거미의 앞발로 월의 몸을 붙들더니 인간의 상반신을 얹으며 눈을 들여다본다.

"……괜찮아?"

"어?"

"몸. 다친 거. 괜찮아?"

질문을 듣고서야 월은 겨우 깨달았다.

의식을 되찾기 전—— 탐굴대를 궤멸시킨 마수에게서 정신없이 도망치던 도중, 실수로 깊은 수직굴에 떨어지면서 무참히 부러졌던 팔다리와 파열된 내장, 온몸에 생겨났던 온갖 크고 작은 무수한 상처가 완치되어 형체도 없이 사라졌다.

오른손으로 왼쪽 옆구리를 만져보니 마수의 촉수가 꽂혀 내장과 함께 도려져 나간 상처도 원래대로 돌아왔으며 너덜너덜해진 옷만이 잔재처럼 남아 있었다.

"마, 말도…… 안 돼. 이게, 대체……."

"고쳤어."

"고, 고쳤어?!"

"응."

괴물은 음정이 엇나간 목소리로 고함을 지르는 월에게 "응." 하고 수긍하더니 오른팔을 들었다.

극채색 마문이 사라지고 새하얀 피부에 덮인 소녀의 가녀린 팔. 의식을 잃기 직전, 월의 왼쪽 가슴을 꿰뚫었던 팔이었다.

"네 심장에, 『재생』마문, 새겨서. 마력…… 피, 조금, 모자라서, 내 피, 썼어."

"재생의, 마문…… 그걸 내 심장에, 새겼다는 거야? 네 피를 수혈해서?"

괴물이 말없이 고개를 끄덕였다. 월은 왼쪽 가슴에 손을 대고 심장 고동을 확인해 보았다.

"──하하. 말도 안 돼."

힘없이 웃고, 찢어진 셔츠 위에서 상처 하나 없는 가슴을 움켜쥐었다.

"빈사의 부상을 흔적도 없이 재생시켜? 내장에 마문을 새겨서? 그런 건 들어본 적도 없어! 게다가 마수의 피 같은 걸 넣었는데 사람이 어떻게 무사해?!"

"……"

괴물은 대답하지 않았다. 무표정한 채, 노려보는 월에 게서 시선을 떼고는,

"아무려면, 어때."

"무시하지 마!"

"내가, 너, 살린 건, 사실."

다시 월의 눈을 바라보며 괴물은 씨이익 뺨을 일그러뜨 리는 웃음을 지었다.

"그거, 대가…… 확실하게, 줘야, 해."

──대가. 괴물의 입에서 흘러나온 지나치리만치 불온 한 단어에 월은 눈을 크게 떴다.

그야말로 심장을 붙들린 듯한 전율에 가슴이 쿵쾅거렸 다. 웃고만 있는 괴물에게, 떨리는 목소리로 물었다.

"……뭐, 뭔데. 뭐가, 목적이야?"

"가르쳐줘."

괴물은 으스스한 웃음을 거두고는 월의 눈을 똑바로 바 라본 채 얼굴을 가까이 가져왔다. 머리카락 끝이 뺨을 간 질이고 따스한 호흡이 와 닿았다.

"너에, 대해. 너희에, 대해…… 나랑 비슷한, 인간들, 궁 금해. 그래서 알고 싶어. 난──."

바로 근처에서 맡은 괴물의 냄새는 꽃처럼 달콤했으며, 담담히 빛나는 금색 두 눈은 보석처럼 맑았다.

그 눈빛에 빨려 들어가듯, 그때까지 윌의 가슴속에 도사리고 있던 공포와 혐오, 괴물 같은 소녀에 대한 경계심이 누그러져갔다. 그녀는 말했다.

"나는, 아라네아. 너랑, 친구, 되고 싶어……."

×　×　×

'……아아, 그렇구나.'

회상을 거쳐, 이해했다. 왜 거절할 생각이었던 의뢰를 맡겠다고 해버렸는지. 왜 주점에서 리즈가 언급한 소문을 듣고 미굴에 내려갈 생각이 들었는지. 그리고 왜 발이 자연스럽게 깊은 곳으로 향하고 말았는지.

'나는 결국, 다시 보고 싶었던 거야. 보고 싶어 견딜 수가 없는 거야. 다시 한번, 그 녀석…… 나의 소중한 『친구』인 아라네아를.'

미굴의 심층에서 아라네아를 만나, 그녀 덕분에 목숨을 건진 후로 약 1년. 윌은 그대로 미굴 속에서 그녀와 함께 생활하고 교류하며 다양한 체험을 했다.

지상에서는 결코 볼 수 없는 경치의 비경, 먹을 수 있는 마수와 먹을 수 없는 마수, 어떤 도감에도 실리지 않은 약초…… 윌은 그러한 알려지지 않은 미굴의 지식을 그녀에게 배웠으며, 자신도 지상이나 인간에 대해, 윌 자신에 대해 들려주었다.

별것도 아닌 그런 대화는 가족과도 같던 탐굴대 동료를 잃고 깊은 절망과 슬픔에 빠졌던 월을 달래주었으며, 몸만이 아니라 마음의 상처까지도 치유해주었다.

무엇과도 바꿀 수 없는 하루하루였다. 그러나.

『──지상 세계, 보고 싶어.』

그런 평온은 어떤 사건을 계기로 갑자기 끝을 맺었으며, 어이없이 사라지고 말았다.

백금색의 눈부신 빛에 휩싸여 상반신이 날아가버린 아라네아의 최후는 지금도 월의 뇌리에 새겨져 있다.

그러므로, 포기하고 있었다. 동료를 잃고, 아라네아를 잃고, 혼자만 살아남은 월은 지상으로 도망쳐 술에 빠진 채, 전부 다 잊어버리고자 했던 것이다.

'……하지만 무리였지. 어떻게 잊어버리겠어. 크레이그 씨와 《언더오스》도, 아라네아도, 나에게서 수많은 것들을 빼앗아가고 동시에 수많은 것들을 주었던 미굴도. 나에게는 전부 다 소중한 존재인걸…….'

은퇴해서도 장비는 버리지 못한 채, 탐굴자들이 모이는 술집에 다녔던 것도 분명 미련 때문이다. 두 번 다시 미굴에는 관여하고 싶지 않았고, 그럼에도 마음속 깊은 곳으로는 또 한번 미굴에 내려갈 이유나 계기를 찾고 있었는지도 모른다.

1년 전부터 이제까지, 줄곧——

"그러면 정식으로, 의뢰의 보수를 말씀드리자면요."

추억에 잠겨들던 윌의 의식을 시스카의 말이 다시 깨워주었다.

"……죄송합니다. 애석하게도 지금 가진 돈이 없어서 선금은 드릴 수가 없지만요…… 생명의 위험이 따르는 일이니까요. 무사히 지상에 돌아간 후에는 상응하는 보수를 약속드릴게요—— 1억 G면 어떨까요?"

"아냐, 보수는 필요 없어."

"흐음, 그러시군요. 그러면 보수는 0G로…… 아니아니 아니아니?!"

대수롭지 않게 사양하는 윌에게 눈을 크게 뜨며 시스카가 뒤집어진 목소리로 말했다.

"1억이라고요, 1억 G?! 제 월급으로 치면 대충 25년 분량! 그, 그런 거금을 그렇게 쉽게 사양하시다니……."

"원하는 건 돈이 아니니까."

당황하는 시스카에게 딱 잘라 말하고 윌은 말을 이었다.

"미궁 깊은 곳까지 가기 위한 『힘』이지. 나는 그걸 빌리기만 하면 돼. 쓸데없는 건 필요 없어."

"——네, 네에?"

시스카가 두려워하듯 "광탐자……."라고 중얼거리며 숨을 삼킨 반면, 미저리는 눈을 가늘게 뜨고 재미있어하듯 월을 바라보았다.

"그렇게까지 강한 너를 몰아붙이는 게 과연 뭔지 흥미가 생기는데…… 물어보면 가르쳐줄까?"

"……."

"후후, 말하고 싶지 않다면 그래도 상관없어. 네 동기가 뭐든 미굴 깊은 곳까지 간다는 목적은 일치하는 것 같으니까. 우리는 네 힘이 필요하고, 너도 우리 힘이 필요하고. 그러니 손을 잡는다. 내 말이 맞지, 월?"

"그래."

월은 고개를 끄덕이고 미저리에게 다가갔다.

"평소 같은 미굴이라면 나 혼자서도 어떻게든 할 수 있고 괜찮을 거라 생각했지만…… 미굴에 내려온 죄인들은 생각보다 훨씬 성가신 것 같아. 협력자가 필요해. 이 괴물 남자를 순식간에 해치운 너라면 다른 놈들도 어렵지 않게 잡을 수 있겠지, 미저리?"

"응, 물론이지."

조엘의 시체를 흘끔 보며 묻는 월에게 미저리가 힘차게 대답했다. 그때 시스카가 다가와 대화에 끼어들었다.

"뭐, 지금 해치운 조엘 그랜트는 별로 대단한 사냥감이 아니었지만요."

"……엑. 그, 그랬어?"

"네. 죄수번호 515 《광환의 권노》 조엘 그랜트. 그가 지하투기장의 권투사일 동안 죽인 숫자는 총 112명이니 제법 많은 편이죠. 인간의 육체를 파괴하는 데에서 성적 흥분을 얻는 악질적인 사디스트고, 과도한 마약투여 결과 만들어진 육체는 경이롭다는 말밖에는 나오지 않아요. 그야말로 괴물, 초인적인 신체능력의 소유자죠. 다만——"

경멸하듯 코웃음을 친 시스카는 안경을 밀어올렸다.

"그래봤자 그게 전부예요. 매우 잔학한 성격 탓에 생겨난 피해를 고려해 현상금은 900만 G로 높게 책정되었지만요. 이보다도 위험하고 흉악한 죄인은 달리 얼마든지 있고요."

"어, 얼마든지……?"

"아하하, 괜찮아. 내가 전부 『처형』할 테니까."

미저리는 전율하는 윌을 안심시키려는 듯 그렇게 선언하며 웃었다. 두려움으로도 어이없음으로도 해석할 수 있는 한숨을 쉰 윌은 미저리의 눈을 들여다보았다.

"그렇구나. 그거…… 든든한걸."

은색 두 눈에 깃든 빛은 조용하고 이성적이었지만, 그 빛의 안쪽 깊은 곳에 어떤 광기를 숨기고 있을지 알 수 없다. 감찰관 시스카가 따라다니고는 있으나 어떤 의미에서는 마수나 다른 죄인보다도 방심할 수 없는 상대다. 그래도——

'……아라네아.'

2년 전, 죽어가던 월의 목숨을 구해주고 그 후로 거의 1년에 걸쳐 어두운 미굴에서의 시간을 함께 보냈던 친구이자 파트너.

그녀와 재회하기 위해서라면 월은 지푸라기가 됐든 처형인이 됐든, 어떤 것에든 매달리고 이용할 것이다.

'기다려. 반드시 찾아내고 말 테니까.'

──그레일란트 대미굴. 빛이 들지 않는 땅 밑바닥에서 흉포한 포식자들이 서로를 잡아먹는 마수의 소굴이자, 법률이라는 족쇄에서 해방된 자들이 기꺼이 서로를 살육하는 죄인의 낙원. 그곳 어딘가에 있을 그녀를 생각하며, 월은 왼쪽 가슴에 손을 가져다댔다.

아라네아가 남겨준 마문은 지금도 월의 심장에 똑똑히 새겨져 박동을 자아내고 있었다.

"……계속 마음에 걸렸는데."

미굴에서 목숨을 잃은 자는 마수에게 주검을 먹혀 새로운 생명의 양식이 된다. 그것이 섭리다.

리즈 일행의 시신에 장례를 대신할 기도를 올린 월은 마수가 몰려오기 전에 이동해 6층으로 내려가, 미로처럼 얽힌 굴 안을 나아가며 목소리를 낮추고 물었다.

"미저리 녀석도 죄인이지? 뭔가 죄를 저질러서 투옥된……."

"네, 맞아요."

뒤에서 따라오던 시스카가 대답하고, 암시 마문이 새겨진 안경을 빛냈다.

"카르타그라 마도감옥에 수감된 죄인들 중에서도 1, 2위를 다투는 어마어마한 대죄인이죠. 왜냐하면 미저리는──"

"한마디로 너무나 귀엽기 때문이야!"

제일 뒷자리에서 따라오던 미저리가 시스카의 대답에 끼어들어 외쳤다.

"아름답다는 건, 그것만으로도 죄거든. 경국지색이란 말도 있잖아? 나의 미모는 가차 없이 사람을 미치게 만들고 환혹시키지……. 존재 자체가 위험한 거야. 그래서 사로잡혀, 아무도 보지 못하는 감옥에 유폐되고 말았어.”

“…………왜냐하면 미저리는?”

“무시하기야?! 너무해!”

소리를 지르는 미저리. 높은 목소리는 동굴 내에 메아리쳐 정적을 뒤흔들었다. 윌은 시끄럽다고 낯을 찡그리며 미저리를 흘겨보았다.

“너무 큰 소리 내면 마수가 몰려와. 목소리를 낮추거나 가만히 있어.”

“……우우.”

볼을 부루퉁 부풀리며 미저리는 입술을 내밀었다. 피부나 드레스에 튀었던 피는 깨끗이 씻어냈지만 역시 귀엽다는 생각은 조금도 들지 않았다.

어깨에는 예의 그 흉흉한 대검을 걸머졌으며, 이만큼 떨어져도 느껴질 만큼 진한 피 냄새를 풍긴다.

“오오, 역시 윌 씨네요. 간수인 저도 애를 먹는 미저리를 순식간에 잠잠하게 만들다니!”

“시스카는 위엄이 없어서 그래.”

다물었던 입을 이내 벌리고 미저리가 조롱했다.

“올해 25세. 나보다 여덟 살이나 많은데도 생긴 건 꼭 애 같고 키는 20센티나 작고…… 가슴둘레 차이도 그 정도쯤 될걸. 분명 75센티였던가."

"뭐."

고개를 앞으로 돌리려던 윌은 자기도 모르게 돌아보고 시스카와 미저리 두 사람을 빤히 비교했다. 키가 작고 거의 평탄한 시스카의 가슴에 비해 미저리의 가슴께는 여봐란 듯이 부풀어 올라, 그저 걷기만 해도 부드럽게 흔들렸다. 몸이나 허리 같은 다른 부분이 벨트로 단단히 조여져서인지 쓸데없이 크게 강조되었다.

윌과 동갑인 17세라고는 도저히 믿겨지지 않는 성장도였지만 그보다 놀라운 것은 시스카였다. 키와 체형만이 아니라 얼굴도 동안이라 도저히 20대로는 보이지 않았다.

"……정말로 연하인 줄 알았어. 젊은데도 감찰관이라니 대단하다고 생각했는데…… 설마 연상이었다니. 앞으로는 시스카 씨라고 불러야 할까?"

"아뇨, 새삼스레 됐어요."

정중하게 묻는 윌에게 시스카가 만면의 미소로 대답했다. 하지만 눈은 웃고 있지 않았으며 백팩의 끈을 잡은 손은 가늘게 떨렸다.

"착각에는 익숙해졌고요, 미저리도 존댓말이나 경칭 없이 막 부르니까요…… 후후후."

"그럼 난 시스카 양이라고 부를까? 시스카 양~."

"……미저리. 다음에 또 그렇게 불렀다간 가슴에 달린

그 쓸데없는 지방덩어리를 뜯어서 마수에게 밥으로 줄 거예요."

"히익?! 학대다아! 감옥은 지금 당장 이 악마 같은 여자를 체포하세요!"

"그러니까 시끄럽다고."

꽥꽥 떠들어대는 미저리에게 진저리를 치며 윌은 깊이 한숨을 쉬었다. 이래서는 보모나 다를 바 없는 신세다. 미저리는 몸만 성숙할 뿐 정신이 너무 유치했다.

윌은 언제 마수와 맞닥뜨려도 대응할 수 있도록 감각을 날카롭게 유지하며,

"——그래서? 미저리는 결국 무슨 짓을 저질러서 감옥에 처박혔던 건데. 카르타그라 마도감옥은 나라 전체에서도 엄선된 중죄인이 모이는 시설이잖아? 그 중에서도 1, 2위를 다툴 정도의 죄라니 대체……."

"학살이에요."

시스카의 목소리는 조용하고 얌전했다.

"200명도 넘는 목숨을 한꺼번에 앗아간, 사상 최악의 대 Which of Chain Saw
량살인범《톱날검의 마녀》…… 그게 그녀에게 붙은 별명이자, 그녀가 저지른 대죄예요."

"이, 이백?"

도저히 믿기 힘든 숫자였다. 그것도 통산이 아니라 단한 번의 살인으로.

"……그런 사건은 들어본 적도 없어."

10년 전부터 탐굴자로서 미굴에 드나들었던 월은 세상 물정에 어둡기는 했지만, 그래도 지상에서 그런 대사건이 벌어졌다면 조금이라도 귀에 들어올 것이다.

"그렇겠지요."

눈살을 찡그리는 월에게 시스카는 쓴웃음을 지으며 진지한 눈으로 바라보았다.

"세간에 드러나지 않은 이야기니까요. 그리고 원래 그런 사건이 『있었다』고 하는 정보는 극히 일부의 관계자 이외에는 알려지지 않는 극비사항이에요. 다만 월 씨는 저희와 함께 행동하는 협력자이기도 하니까요. 전임자보다 신뢰할 만한 분이라고 판단했어요. 그 정도 정보는 전해 드려도 괜찮을 것 같아요."

"……그렇구나. 솔직히 말해줘서 고마워. 일행이 어떤 죄를 저질렀는지도 모르는 놈이면 마음이 편하지 않아서."

"네, 그럴 거예요. 다만 누군가에게 발설할 경우엔 피차 무사하지는 못할 테니…… 부디 내밀히 해주세요. 그리고 쓸데없이 캐묻지도──"

"──나도 알아."

위협하듯 목소리를 낮추는 시스카의 말을 무뚝뚝하게 가로막고 시선을 앞으로 돌린 월은 내치듯 중얼거렸다.

"처음부터 그럴 작정이었어."

시스카와 미저리는 『협력자』지만 『동료』는 아니다. 필요 이상으로 친목을 다질 마음은 없고, 다가갈 생각도 없었다. 그러므로 상대가 다가오는 것도 허락하지 않는다.

아라네아와 만난다는 목적은 밝히지 않은 채, 미굴 심층에 도달하기 위한 전력으로서, 무기로서, 200명이나 되는 사람을 학살했다는 가공할 살육자의 힘을 이용한다——그저 그뿐이다.

"에이~ 왜 그래, 윌. 쌀쌀맞게! 기껏 동료가 됐으니까 더 친하게——"

"시끄러워, 조용히 해. 가슴만 크면 됐지 목소리까지 키우지 마."

"성희롱이다! 시스카, 이 남자 체포해에에!"

아직도 혼이 덜 나 소리를 질러대는 미저리. 윌은 벌써부터 후회하기 시작했다.

죄인이라는 미지의 위협을 떨치기 위해서라고는 하지만 이 쓸데없이 친한 척하는 시끄러운 여자와 손을 잡은 것은 섣부른 판단이었는지도 모른다고.

× × ×

"——잠깐, 정지."

월의 거듭되는 주의에도 쓸데없는 이야기를 계속하며 적극적으로 다가서려 하던 미저리가 철저하게 무시당하고 또 무시당하다 결국 조용해졌을 무렵.

일직선으로 이어진 수평굴 너머에서 희미한 물소리를 감지한 월은 즉시 걸음을 멈추고 어둠 저편을 노려보았다.

기억에 따르면 이 너머에는 지하호수가 있으며 길이 두 갈래로 갈라진다. 물이 있으면 마수가 모이기 쉬우므로 특히 경계해야 한다.

"아마 마수일 거야. 소리 내지 말고 천천히 가자. 들키지 않게⋯⋯."

월은 작은 목소리로 속삭이고 나이프를 뽑은 다음 신중히 나아갔다. 시스카와 미저리도 말없이 따라왔다. 다가갈수록 어둠이 엷어지고, 이내 희미한 푸른색 빛을 뿜어내는 호수와 그 기슭에서 물을 마시는 자의 모습이 나타났다. 커다란 머리에 깡마른 몸, 조그만 인간의 실루엣. 아니——

"⋯⋯고블린이네요."

"응."

속삭이는 시스카에게 대답하며 끄덕인 월은 다시 걸음을 멈추었다. 바위 뒤에 몸을 숨긴 채 가만히 동태를 살폈다. 마수는 월 일행을 알아차리지 못한 채 두 손으로 뜬

물을 마시며 태평하게 목을 축이더니 귀에 거슬리는 높은 목소리로 끼익끼익 울었다.

"미굴에서는 흔하게 보이는 마수지만, 마수 치고는 지능이 높아서 탐굴자에게 빼앗은 장비를 휴대하고 다니는 개체도 많아. 숫자는…… 네 마리. 언뜻 봐서는 전부 맨손이군."

"죽일까요?"

"……아냐. 안 들켰으면 억지로 싸울 필요는 없어. 물 다 마시면 금방 가버리겠지. 다행히 여긴 길이 세 갈래야. 쉬어갈 겸 계속 숨어 있다가, 놈들이 여기로 왔을 때만 응전하면——"

"《울려퍼져라^{Rise}……》"

갑자기 영창이 울렸다. 깜짝 놀란 윌과 시스카의 옆에서 뛰어나간 미저리는 물을 마시던 고블린들에게 홀로 맹렬히 돌격했다.

"미저리?! 머, 멈춰요!"

"쳇, 저 바보가…… 얌전히 있나 싶었더니!"

윌은 혀를 차며 바위벽에 기댔던 몸을 일으키고, 시스카의 저지도 듣지 않은 채 멀어져가는 등에 욕을 퍼부었다.

"《너의^{Your}……》"

미저리의 접근을 알아차린 고블린들이 시끄럽게 떠들어대며 뻐드렁니를 드러냈다. 날카로운 손톱과 붉은 눈을 번들번들 빛낸다.

숫자는 열 마리 이상. 월의 위치에서는 확인하지 못했던 동료가 와글와글 모여 있던 것이다. 개중에는 커다란 검이며 창을 든 놈도 있었다.

그런 마수의 무리를 앞에 두고 미저리는——

"죽음의 포효를^{Death Voice}》!"

겁먹은 기색도 없이 돌격해서는 보라색 마문을 두른 채 맹회전하며, 마수들의 찢어지는 합창을 지워버릴 정도의 폭음을 뿌리기 시작하는 대검을 수평으로 번뜩였다.

"——《마문이 깃든 톱날검^{Magia Drive Chain Saw}》!"

그대로 몸과 함께 검을 돌려, 자신을 에워싸듯 덤벼들었던 고블린의 집단을 한꺼번에 도륙해버렸다. 절단된 머리며 팔다리며 몸의 일부가 수없이 허공에 춤을 추고 솟아난 피가 뿌려졌다. 단말마의 절창이 울려 퍼졌다.

"삐개애애애액?!"

"아핫, 놓치지 않을 거야아아아!"

가슴께를 깊이 베이면서도 즉사를 면해 도망치려 하던 고블린을 돌아보면서, 동시에 칼날로 쳐 목을 날려버린다.

미저리는 여기에서 그치지 않고, 몸이 수평으로 잘려 상반신만으로 기어가는 다른 고블린이나, 피웅덩이 속에 신음하던 녀석에게도 칼날을 내리쳐 한 마리씩 해치워나가

면서,

"나는 말야, 스트레스가 쌓였다고! 몇 번이나 몇 번이나 말을 걸었는데도 모조리 무시당하고 『시끄러워』라느니 『닥쳐』라느니 쌀쌀맞게 대하기만 해서 말이지! 평소에는 놀아주던 시스카도 왠지 편승해서 무시하고 앉았고! 죽어! 월이랑 시스카 대신 죽여서 송송 썰어서 다져서 고깃덩어리로 만들어줄게! 지저분한 피와 내장을 뿌리면서 어?!"

포효와도 같은 대검의 굉음에도 지지 않는 큰 목소리로 고함을 질러가며, 지면에 굴러다니는 마수의 몸을 닥치는 대로 하나하나 모조리 갈아버렸다.

"하아⋯⋯ 하아⋯⋯."

이윽고 근처에 움직이는 놈들이 사라지고, 열세 마리 있던 고블린이 한 마리도 남김없이 질컥질컥한 살덩어리와 내장의 산으로 전락한 후.

으르렁거리며 회전하던 칼날이 멎고, 움직임을 멈춘 미저리가 "하아아아아⋯⋯." 숨을 토해냈다. 숙였던 고개가 힘차게 번쩍 올라오더니 만면의 미소를 꽃피웠다.

"아아, 시원하다! 스트레스 해소!"

"저, 저기요오⋯⋯ 미저리?"

피와 지방에 찌든 대검을 붕붕 휘두르는 미저리에게 시스카가 조심조심 다가갔다.

주위의 지면은 도륙당한 고블린의 파편이며 체액으로 진흙탕처럼 바뀌어 발 디딜 곳도 없을 정도였다. 시스카가 주춤거리며 물었다.

"화, 화났어요?"

"아니, 이젠 화 안 났어. 많이 발산했거든."

"그, 그렇군요…… 아하하. 그럼, 다행이고요."

"다행은 무슨 다행이야. 왜 안심하고 있어."

숨이 막힐 정도로 짙은 피비린내에 월은 극심한 현기증을 느꼈다.

'쟤 너무 위험한 거 아냐? 불만이나 스트레스가 좀 쌓인 정도로 이렇게까지 날뛰나, 보통? 게다가 바로 풀리고. 정서가 너무 불안정하잖아…….'

마수의 무리를 눈 깜짝할 사이에 죽여버린 미저리를 전율과 함께 보았다.

상복 같은 새까만 드레스와 로브는 고블린의 피를 뒤집어써서 번들거렸으며 하얀 피부와 은색 머리카락에도 검붉은 피와 살점 같은 것들이 들러붙었다. 그것이 만약 마수가 아니라 인간의 것이었다면…… 하고 상상한 월은 등줄기가 오싹해졌다. 게다가 그것은 단순한 월의 상상이 아니라 과거 실제로 일어났던 사건이다.

200명을 죽인 대량살인범 《톱날검의 마녀》^{Which of Chain Saw}── 그녀가 얼마나 사악하고 위험한 존재인지를 새삼 깨달은 듯했다.

──하지만.

"야. 미저리."

월은 피바다를 밟으며 의연한 걸음걸이로 다가가, 피투성이 대검을 어깨에 걸머지고 만족해하는 미저리를 노려보고 말했다.

"내가 『무리해서 싸우지 않아도 된다』고 했지? 그런데 왜 혼자 움직이는 거야……. 가이드 지시에 따르라고."

"……응?"

미저리가 갸우뚱 고개를 기울이며 방글방글 물었다.

"무리 안 했는데? 여유로 해치울 수 있겠다고 판단해서 한 건데? 결과적으로 문제없었잖아. 근데도 불만이 있어?"

"있으니까 말하지. 사람 얘기를 들어, 이 폭주녀야."

가시 돋친 어조로 되받아치자 미저리의 관자놀이가 실룩거리더니 미소에 균열이 일어났다.

"으아아, 두, 두 분! 지, 진정하세요……."

분위기가 험악해져 시스카가 필사적으로 중재하려 들었지만 월은 지극히 냉정했다. 시스카를 밀어내고 미저리의 코끝에 검지를 들이대며 다그쳤다.

"거듭 말하지만 너 혼자 멋대로 움직이지 마. 해치울 수 있겠다고 판단하는 건 네 자유지만, 그럴 거면 그렇다고 미리 말을 해. 그런 다음에 움직여. 이번에는 우연히 운

좋게 문제가 없었을 뿐이고…… 다음에도 괜찮으리란 법은 없잖아. 여긴 미굴이고, 가이드는 나야. 무슨 일이 일어날지 모르는 곳이니까 초짜가 나대지 말라고!"

"에이~ 싫은데에."

미저리가 입술을 비죽거리며 투덜거렸다.

"월이랑 수다 떨고 싶다는 내 부탁은 무시해놓고 자기 말은 들으라니 치사하지 않아? 게다가 월은 『시끄러워』, 『조용히 해』, 『마수가 온다』 소리밖에 안 하고. 오면 내가 해치워버리면 그만이잖아!"

"……뭐, 그건 그렇지만."

대화를 나누는 것이 귀찮았다거나, 학살을 저지른 죄인과 친해질 마음은 없었다거나, 그런 개인적인 생각은 제쳐놓고. 월은 가이드로서의 의견을 말했다.

"미저리는 마수를 너무 우습게 보고 있어. 이런 식으로 탐굴을 계속하다간 조만간 크게 당할걸. 그렇게 되기 전에……"

말을 이으려다 문득 시야 끄트머리에서 위화감을 느꼈다. 미저리의 등 뒤, 물 밑바닥에 있는 마석의 빛으로 푸르게 빛나는 호수의 표면이 한순간 출렁인 것처럼 보였기 때문이다. 바람도 없는데——

"크게 당해? 아하하! 할 수 있으면 어디 한 번 해달라고 하고 싶네! 보다시피 구속당해서 지금은 힘을 거의 봉인

당한 상태지만. 그래도 난 최악 최강의 처형인인데? 마수 다섯 마리나 열 마리쯤은——"

"야."

쇠고랑에서 늘어진 사슬을 철컹 울리며 팔을 벌리더니 자신의 몸을 묶어놓은 벨트와 족쇄를 보여주며 가슴을 젖히는 미저리. 그녀의 등 뒤에서 일렁이는 호수를 주시하며 윌은 나이프를 고쳐 쥐었다.

"온다, 미저리."

——그 직후. 수면이 한층 요란하게 움직이더니 푸르고 투명한 뱀 같은 촉수가 몇 가닥이나 솟아올라 고개를 들었다. 호수 바로 옆에 선 미저리가 "……응?" 하고 뒤를 돌아보더니 굳어버렸다. 한 박자 늦게 비명을 지른다.

"으와악?! 저, 저게 뭐야…… 마수야?"

"슬라임이야! 물로 의태해서 숨어있다가 다가온 사냥감을 습격하는《물가에 숨어 잠복하는 생물^{Aqua Ooze}》라고 불리는 종류의…… 야, 일단 도망쳐!"

"……도망쳐? 에이 에이."

호수에서 거리를 벌리는 윌에게 대담한 미소를 지은 미저리는 도망치지 않고 마수와 대치하더니,

"마수라면 사냥해 죽이면 되지——《마문이 깃든 톱날검^{Magia Drive Chain Saw}》!"

미저리를 향해 일제히 덤벼드는 촉수의 무리에 고속회전하는 대검의 참격을 퍼부었다. 스무 가닥 가까운 숫자의

촉수가 한꺼번에 잘리고 튕겨나갔다.

"아핫."

미저리는 웃음을 지었다.

"이거 보라구, 그치? 별거 아니잖아. 내 검에 썰리지 않
는 건······"

하지만 으스대는 미저리의 말은 끝까지 이어지지 못했
다. 잘려나가자마자 수면에서 새로 튀어나와 쇄도한 촉수
가 미저리의 팔이며 다리, 온몸을 감싼 것이다. 일격에 해
치웠다고 방심했던 미저리는 이 기습에 대처하지 못했다.
속절없이 붙들려 허공으로 끌려 올라갔다.

"왓, 으아아아아아아앗?!"

"미저리!"

시스카가 외치고, 피웅덩이에 발이 미끄러지면서도 황
급히 달려왔다. 월의 옆에 나란히 서서 포박당한 미저리
를 올려다보았다.

"괘, 괘괘괘괘, 괜찮아요오?!"

"괘, 괜찮아! 이딴 거 금방 빠져나가······아앗?!"

마수의 촉수가 대검의 자루 부분에 감기더니 미저리의
손에서 무기를 빼앗았다. 검신에 마문이 새겨진 마검은
사용자가 칼자루로 마검을 흘려보내야 비로소 진가를 발
휘한다.

미저리의 손을 떠난 순간, 폭력적으로 회전하던 칼날은

어이없이 멋고 검신에 떠올랐던 마문도 사라지고 말았다.

여유로 가득하던 미저리의 얼굴이 굳더니 공포에 물들었다.

"엑, 장난하는 거지…… 미안해, 역시 도와주…… 아흐웅?!"

미저리의 목소리가 높이 치솟고 촉수에 붙들렸던 몸이 부르르 떨렸다.

얽혀있던 촉수가 움직이더니 미저리의 온몸을 타고 기어다니기 시작한 것이다.

까만 가죽 벨트에 덮인 팔다리며 가늘고 잘록한 허리께 등을 천천히, 쓰다듬는 듯한 움직임으로. 미저리는 당황해 눈을 깜빡거렸다.

"에엑? 이, 이거 뭐야, 왠지 움직임이 야하지 않아? 끈적거리고. 벨트가 감겨 있어서 별로 느껴지진 않지만……."

"사로잡은 사냥감이 『암컷』인지 어떤지 확인하고 겁탈하려는 거겠지."

""……?!""

동시에 눈을 크게 뜬 미저리와 시스카가 대수롭지 않다는 듯 말한 윌을 쳐다봤다.

"몰랐어? 마수는 마수 이외의 동물, 예를 들면 인간하고도 교배할 수 있는 생물이야. 나는 그렇게까지 잘 알진 못하지만…… 그렇게 태어난 마수와 인간의 새끼가 고블린이나 오우거 같은 인간형이래. 탐굴자 선배한테 들은 얘기야."

"마, 마수의…… 새끼……?"

미저리의 얼굴이 순식간에 새빨개지더니 촉수에 붙들린 몸을 부들부들 떨기 시작했다. 눈꼬리에서 눈물이 베어 나왔다.

"시, 싫어…….."

"그러니까 뭐, 당장 죽이는 일은 없지 않을까. 번식에 알맞은 사냥감이라고 생각하면 둥지로 끌고 가서 망가질 때까지 능욕——"

"그런 거 싫어어어어어어어어!"

미저리가 절규하며 몸을 뒤틀고 저항했지만, 마수의 촉수에 팔다리가 단단히 고정된 상태에서 도망치기란 불가능했다.

"사, 살려줘 시스카! 살려줘 윌! 마수한테 당하느니 죽는 편이…… 햐아앙?!"

그때 미저리가 교성을 지르며 턱을 젖혔다. 벨트에 덮이지 않은 무방비한 가슴께, 출렁출렁 흔들리는 가슴에 촉수가 다가와 감은 것이다.

고블린의 혈액에 젖은 드레스가 슬라임의 점액에 찌들어 끈적끈적하게 더럽혀지기 시작했다.

"미저리?! 큭…… 지금 구해줄게요!"

"아냐, 잠깐 기다려."

백팩에 달아놓은 칼집에서 검을 뽑고 달려나가려 하는 시스카를 제지하고, 월은 차분한 태도로 말을 이었다.

"아무리 촉수를 베어봤자 소용없어. 금방 재흡수해서 다른 촉수를 만드니까. 시스카를 구하러 갔다간 사이좋게 붙잡힐 뿐이야."

"그럼 어떡해요?!"

"미저리."

시스카의 물음에는 대답하지 않은 채 미저리를 불렀다.

"뭐, 뭔데에?!"

귀까지 새빨갛게 물들이며 필사적으로 목소리를 내지 않으려 하던 미저리가 월을 노려보았다.

"소녀가 위험에 빠졌는데 구경만 하지 말고 빨리 구해 —— 앗?! 안 돼, 촉수가 속옷 안으로…… 아앙?! 어, 어떡해! 이대로 가다간 진짜로…… 히익?! 흐으으으응?!"

"이제 좀 반성했어?"

"……바, 반성?"

"마수를 우습게 보고, 자기 힘을 과신하고, 가이드인 내 조언을 무시한 결과가 이거야. 나는 네가 이렇게 되지 않도록 충고해줬던 건데 말이지?"

과장되게 한숨을 쉬며 어깨를 으쓱했다. 눈물에 젖은 은색 두 눈을 바라본 월은 다시 한번 미저리에게 물었다.

"──반성했어? 그럼 구해줄게."

"?! 읏⋯⋯."

미저리의 얼굴이 일그러졌다. 수치심과 자존심이 뒤섞인 표정으로 입술을 깨물더니,

"으아아아아앙! 했어요, 엄청 반성했어요!"

통곡하는 미저리에게 월은.

"⋯⋯좋아."

표정을 풀고는 나이프 마검 《여랑의 어금니》^{Kaleido Fang}을 역수로 고쳐 쥐더니 지면을 박차며 질주했다.

목표는 미저리의 몸을 구속한 촉수가 아니라 촉수가 뻗어진 호수 표면. 푸르고 투명한 물속에 깜빡거리는 노란색 빛이다.

"금방 끝내줄게."

월은 자칫하면 놓쳐버릴 수도 있는 희미한 빛을 시야에 단단히 포착한 채, 수면에서 창처럼 튀어나오는 촉수의 비 사이를 누비고 나아가서는,

"──《불꽃물기》^{Pyrexia}!"

영창과 함께 나이프를 들었다. 칼날에 새겨진 《번개물기》^{Discharge}와는 다른 마문에 마력이 흘러 들어가 시뻘겋게 빛을 냈다.

"여기다!"

칼날을 수면의 둥근 빛에 꽂은 순간. 치이이이이익 소리와 함께 흰 연기가 솟더니, 윌의 사각에서 덤벼들려 하던 촉수와 미저리를 포박했던 무수한 촉수가 한꺼번에 펑 하고 파열했다. 점액이 사방으로 퍼지고 위협적인 재생능력을 가진 슬라임의 목숨이 끊어졌다.

"꾸엑?!"

마수의 촉수에 거꾸로 매달려 있던 미저리가 머리부터 지면에 떨어졌다.

"으갸야아아악, 아파앗! 뚝 소리 났어! 목에서 뚝 소리 났다니까아아?!"

"하하, 무사해서 다행이네."

뺨에 달라붙은 점액을 떼어낸 윌은 목을 붙들고 몸부림치는 미저리를 내려다보았다. 그녀의 몸은 고블린의 피와 슬라임의 점액으로 질척질척했지만, 외상은 없었으며 정조도 아마 무사할 것이다.

윌은 마수를 해치운 나이프를 털며 웃었다.

"슬라임은 『핵』을 없애면 쉽게 잡을 수 있어. 하지만 없애지 못하면 잡을 수 없어. 탐굴자라면 누구나 아는 상식이야. 잘 기억해둬."

"……우우."

"이번 재난 덕에 미굴과 마수의 무서움을 잘 알았겠지. 혼이 났으면 가이드의 말에는 귀를 잘 기울일 것. 다음에는 안 구해준다."

× × ×

"미굴 무서워, 미굴 무서워, 미굴 무서워⋯⋯."

무릎을 끌어안고 쪼그려 앉아 암벽에 기댄 채 몸을 동그 랗게 만 미저리는 헛소리 같은 말을 되풀이하며 부들부들 떨었다. 몸을 더럽혔던 체액은 씻어내 깨끗해졌지만, 마 음에 새겨진 공포는 아직 씻어내지 못한 모양이다.

월은 글러브를 벗고 물을 떠 목을 축인 후 재킷을 벗으 며 쓴웃음을 지었다.

"너무 겁먹었잖아⋯⋯. 아무튼 여긴 제법 안전하니까 안심해. 입구에는 마수용 함정도 몇 개 쳐놨고. 푹 쉬어."

지금, 월 일행이 있는 곳은 미저리가 슬라임에게 습격당 한 호수에서 조금 떨어진 장소에 있는 다른 물가였다. 안 쪽에 조그만 샘 하나만이 있는 좁은 공간은 막다른 곳이 며 입구가 하나뿐이었으므로 경계하기도 쉽다. 야영에는 적격이었다.

학살당한 고블린의 피비린내를 맡은 다른 마수가 몰려 올 것을 우려한 월은 그 후 즉시 호수를 떠나 이곳에서 휴 식을 취하기로 했던 것이다.

"헤에, 그건 그렇고 용케 이런 곳을 알고 있네요. 역시 월 씨는 대단해요!"

백팩을 내리고 모자를 벗은 시스카가 침낭을 꺼내며 말했다.

이 샘터는 시스카의 백팩이 겨우 들어갈 만큼 좁은 균열을 통과한 곳에 있었기에, 발견하기 쉽지 않고 지도에도 실리지 않은 숨은 명당이다.

"응, 뭐."

월은 애매하게 대답하며 웃고, 마석이 함유돼 청백색으로 빛나는 암벽과 그 빛을 받는 그리운 공간을 둘러보았다.

"전에, 우연히 발견했어. 동료와 내려왔을 때……."

"……동료? 월 씨에게도 동료가 있었나요?"

"응. 다 죽어버렸지만."

"앗……."

스스럼없이 밝힌 사실에 시스카가 자기 입을 막았다. 민망한 듯 시선을 떨다가 풀이 죽어 사과했다.

"죄, 죄송해요……."

"괜찮아. 이미 다 지난 일이니까. 남의 죽음에 오랫동안 미련을 두고 있으면 탐굴자 따위 못해먹어."

그렇게 큰소리를 친 월은 지면에 몸을 눕혔다. 펼쳐놓았던 조끼와 재킷 위에 드러누워 백팩을 베개 삼아 눈을 감았다. 검푸른 어둠 속에서, 곧 월의 뇌리에 떠오른 것은 리즈의 모습이었다.

『월!』

친근한 웃음을 지은 소녀는 다음 순간 무참하게도 목이 뒤틀려, 뽑혀나간 머리와 남은 몸은 몰려든 마수에게 모조리 먹힌다. 그 자리에는 아무것도 남지 않는다.

그리고 유일하게 마음에 남은 기억과 감상도, 잠에 빠져들면 빛이 바래, 되풀이되는 시간 속에서 조금씩 마모되어 사라져가는 것이다.

하지만 그렇다 해도——

"……옛날에. 내가 일곱 살 때. 미굴에서 죽을 뻔한 적이 있었는데."

영 잠이 들 수 없었던 월은 눈을 감은 채 불쑥 입을 열었다. 혼잣말처럼 말을 이었다.

"전염병으로 가족을 잃고 길거리에 나앉았던 나는, 생활비를 벌기 위해 어쩔 수 없이, 제대로 된 장비도 없이 혼자 미굴에 들어갔었는데…… 그 결과 마수의 밥이 될 뻔했지. 뭐, 당연하지만."

당시의 월이 들고 있던 것은 어머니가 요리에 쓰던 나이프와 랜턴, 훔친 빵과 식수 정도였으며 지도도 없었다. 아직 마문도 새기지 않았으니 거의 자살이나 다를 바 없는 행위였다. 어리석은 월은 마석과 약초를 찾아 정처 없이 미굴을 헤매다가 거대한 늑대 마수에게 습격을 당해 하마터면 잡아먹힐 뻔한 것이다.

"그때 날 구해준 게 근처를 지나가던 탐굴자 집단이었는데…… 그 만남이 계기가 돼서 난 탐굴의 세계에 발을 들였어."

『──여어, 꼬마야. 이런 데서 길이라도 잃은 거냐?』

나이프를 화살처럼 날려, 월을 덮치려던 마수를 순식간에 물리친 사내는 푸르게 반짝이는 눈을 가늘게 뜨며 웃더니 장난스럽게 물었다.

크레이그 체임벌린. 얼굴에 무수한 흉터가 있던 그 사내가 바로 《마인(魔刃)의 사수》라는 별명을 자랑하는 이름난 광탐자이자, 실력자들만이 모인 탐굴대 《언더오스》를 이끄는 대장이었으며──

『애, 월? 그런 장비로 여기 오는 건, 죽고 싶어 하는 놈들밖에 없어…… 나 원, 하는 수 없지. 우리가 처음부터 교육해주마. 미굴에서 살아남기 위한 방법을 말이다. 어차피 이대로 지상에 올라가봤자 돌아갈 곳도 없다며?』

만난 지 얼마 되지도 않은, 짐짝에 불과한 어린아이라도 상관하지 않고 동료로 맞아주고 길러준 아버지 같은 은인이었다.

나란히 출구로 향하던 도중, 어이없어하면서도 다정하게 말하며 월의 머리를 쓰다듬어주던 커다란 손의 온기. 눈물과 함께 치밀었던 뜨거운 감정은 10년 가까이 지난 지금도 빛바래지 않고 월의 마음에 새겨져 있었다.

'……크레이그 씨만이 아니야.'

월과 마찬가지로 의지할 곳을 잃은, 혹은 버림받은 자들로 구성된 《언더오스》 멤버들은 모두 월의 입단을 환영했으며 마치 가족이 늘어난 것처럼 이것저것 챙겨주었다.

'티모시 씨, 브란데 씨, 크리스 누나, 제이드 형…….'

아침부터 밤까지 검술 연습을 시켜주기도 하고, 월에게 부족한 지식이나 교양을 가르쳐주기도 하고, 맛있는 요리를 만들어주기도 하고. 여성을 쉽게 유혹하는 방법이나 목욕을 엿보는 요령을 몰래 가르쳐주기도── 했던 것은 쓸데없는 귀띔이었지만.

그때 그곳에서 얻었던 것은 그들이 사라진 후에도 월의 안에서 살아 숨 쉬고 있다. 탐굴은 고난의 연속이었지만 동료와 함께 내려오면 무서울 것이 없었고, 즐거웠다.

"내가 있던 탐굴대 동료들은 모두 대단한 사람들이었어. 나 같은 건 발밑에도 미치지 못할 정도로 우수하고 훌륭한 탐굴자였지."

"……헤에. 월 씨가 그렇게 말할 정도면 정말 대단한 분들이었겠네요. 하지만 이젠……."

"그래. 다들 죽어버렸어. 2년 전, 미굴 깊은 곳…… 하층에서 만난 마수 한 마리한테, 어이없이 전멸당했어. 살아남은 건 나뿐이었고."

눈을 뜬 월은 중얼거렸다. 과거 자신이 크레이그 일행에게서 배우고 몸으로 깨달았던 계율을.

"――미굴은, 무서운 곳이야. 아무리 강한 사람이라도 쉽게 목숨을 잃어. 빼앗는 자와 빼앗기는 자, 사냥하는 자와 사냥당하는 자가 순식간에 뒤집어지는 세계야."

탐굴자도 마수도, 죄인도 현상금 사냥꾼도. 미굴에서는 모두 포식자이며 피포식자다. 죄인을 사냥하는 처형인, 미저리도 예외는 아니다.

"게다가 미굴의 위험도는 깊이 내려가면 내려갈수록 높아져――. 가이드인 나도 예측할 수 없는 사태, 대응할 수 없는 성가신 마수와 만나는 일도 있을 거야. 나는 프로고, 미굴의 지식은 나름대로 있지만, 그래도 모든 것을 다 알진 못하니까."

미굴 내에 가득 찬 마력은 깊은 곳일수록 짙어져, 몸에 마력을 듬뿍 담은 마수는 한 마리 한 마리가 독자적인 진화를 이룬다. 그렇기에 미지의 개체도 많다.

"……그렇겠죠. 뭐, 미굴에 사는 마수 중에는 인간의 상반신에 거미의 하반신을 가진 이형의 종류도 있을 정도라고 하니까요."

"……!"

시스카의 입에서 기습처럼 날아든 화제에 한순간 호흡이 멎고 심장 고동이 벌컥 뛰었다. 윌이 자기도 모르게 얼굴을 돌리자,

"──윌 씨는 아세요?"

어둠 속에서, 안경을 벗은 시스카의 두 눈과 시선이 마주쳤다. 윌의 몸이 잔뜩 긴장해, 밀려오던 수마가 쫓겨 달아났다.

"어? 어⋯⋯."

어둠에 녹아드는 것처럼 까만 동공에서 정체 모를 불온한 그림자를 느꼈기 때문이다. 윌은 꼴깍 침을 삼키고는 술렁이는 가슴을 억누르듯 대답했다.

"알아. 요즘 탐굴자들 사이에서 도는 소문이잖아. 실제로 본 적은 없지만⋯⋯ 장소가 장소니까. 그런 마수가 산다 해도 이상할 건 없지?"

그것은 갑자기 입에서 튀어나온 거짓말이었지만, 일부러 사정을 터놓을 의미도 없었으므로 모르는 척 무난하게 넘겼다.

"⋯⋯흐음."

시스카는 윌에게서 시선을 떼더니 허공을 올려다보며 입가를 일그러뜨렸다.

"그렇죠, 이상할 건 없죠. 그리고 만약 그런 마수가 실존한다면, 꼭 한번 보고 싶네요."

× × ×

"아라네아는 언제부터 미굴에 살았어?"

미굴 심층에서 죽을 뻔했다가 살아난 월이 아라네아와 친구가 된 이튿날.

월은 아라네아가 잡아다준 식량—— 그녀가 『꾸물꾸물』이라 부르는 마수의 붉은 고기를 새빨갛게 달군 나이프의 칼날로 꼼꼼히 구우며 물었다.

장소는 월이 아라네아와 만난 수직굴에서 한참 걸어서 도착한 지하호수의 위, 거미줄을 쳐서 만든 둥지 안이었다.

고치처럼 생긴 둥지 안은 공동 같은 구조였으며 휴식용과 비축용 등 용도에 따른 공간이 있었다. 월이 있는 곳은 가장 넓은 생활용 공간으로, 순백색 실에 덮인 세계는 마치 소금 동굴 같았다. 또한, 둥지 근처에는 청백색 빛을 뿜어내는 마석 결정이 대량으로 돋아나 있었으므로 암시 마문에 의존할 것 없이 시야는 양호했다.

"언제부터……."

입가에 검붉은 피를 치덕치덕 묻힌 아라네아는 덩어리째 물어뜯던 생고기를 천천히 씹고 삼킨 다음 대답했다.

"……몰라."

"모르는구나……."

"응. 『시간』, 별로 신경 안 써서."

아라네아는 그렇게 말하더니 월의 손목에 감긴 마문 장

치 시계를 보았다. 햇빛이 들어오지 않아 낮도 밤도 없는 지하에서는 정상적인 시간 감각이 사라진다. 그렇기에 시계는 필수품인데, 미굴의 주민인 아라네아에게는 익숙하지 않은 개념이었을 것이다.

"그래도 아마, 그렇게 오래는 아닌…… 느낌. 언제부터인가 여기 있었고, 잘 모르는 채 살았어."

"계속 혼자서? 가족이나 동료, 나 말고 다른 『친구』는 없어?"

"응, 없어. 난 계속 나뿐, 이었어. 나랑 같은, 말하는 생물은, 윌이 처음."

"흐음…… 근데 그럼 어떻게 사람 말을 할 수 있었어? 친구란 존재도, 혼자였으면 알 수가 없었을 텐데."

"……몰라."

가느다란 목소리로 중얼거린 아라네아는 생고기를 뜯었다. 긴 속눈썹으로 장식된 눈이 아래를 향하고, 변화가 적은 표정이 서글프게 흐려졌다.

"인간이나 마문 같은 거, 여러 가지 『지식』은 머리에 있어. 내가, 눈 떴을 때부터. 하지만 내가 뭔지, 어디서 어떻게 태어나서, 왜 여기 있는지는…… 하나도, 몰라. 모르는 채로 계속 살았어. 나는 내 『기억』이 없어."

인간과 다를 바 없는 상반신의 아래에선 마수 같은 거미의 다리가 꿈틀거리며 날카로운 발톱으로 바닥을 득득 긁었다. 인간이 아닌, 그리고 아마도 단순한 마수도 아닐 아라네아는 대체 어떤 존재일까. 그 답을 누구보다도 알고 싶은 사람은 아라네아 자신일 것이다.

"……그런 때, 월 만났어."

금색 두 눈이 월을 바라보았다. 그 눈빛에서 적의는 느껴지지 않지만, 그럼에도 공포나 혐오감을 완전히 씻을 수 없는 것은 그녀가 이형의 괴물이기 때문일까.

하지만 월은――

"나랑 닮은, 인간, 월. 월을 알면, 나도…… 나를, 뭔가 알지도 몰라. 그러니까 이대로, 한동안은…….."

"――그래. 함께 있을게."

애원하려는 아라네아의 눈을 마주 바라보며 망설임 없이 대답했다.

"목숨을 구해줬잖아? 그 보답이야. 그리고――"

무언가 말하려 했을 때 지진 같은 가벼운 진동이 아라네아의 둥지를 흔들어댔다. 월은 놀라서 고기를 떨어뜨릴 뻔했지만.

"괜찮아."

아라네아는 눈썹 하나 까딱하지 않고 생고기를 흔들어 보이더니, 옷 대신 실을 칭칭 감아놓은 가슴을 펴며 으스 댔다.

"이 『둥지』, 완전 무적. 아마, 저기 깊은 데 사는 마수,

『꾸물꾸물』이 쳐들어와서, 덤빈 거야……. 그래도『꾸물꾸물』은 못 부수니까, 안심해도 돼. 뭐든지 녹이는 독액도, 소용없어."

그녀의 말에 따르면『꾸물꾸물』이란 아홉 개나 되는 머리를 가진 뱀 마수인데, 아라네아는 그 중에서 머리 하나를 잘라 먹을 수 있는 만큼만 가지고 돌아왔다고 한다.

"잘린 머리 재생하니까, 살려놓으면, 무한 식량……. 공격하는 거, 늘 있는 일. 내버려두면 없어지니까, 신경 안 써."

"아니, 이 상황에서 신경 쓰지 말라고 해도…… 히익?!"

마수가 뭐든지 녹이는 독액인지 뭔지를 토했는지 윌의 등 뒤에서 치이이익 하는 요란한 소리가 울렸다. 만약 지금 둥지에서 튕겨져 나간다면 윌은 즉시 마수의 밥이 되어 목숨을 잃을 것이다. 미굴의 심층은 윌 같은 인간이 혼자 살아가기에는 너무나도 위험하고 가혹한 환경이었다.

"……그런데 윌. 아까부터 고기 안 먹고 뭐 해? 독 없어. 안전해."

생고기를 뜯어 먹으며 고개를 갸웃하는 아라네아에게 윌은 고기를 구우며 말했다.

"아냐아냐, 설령 독이 없어도 뱀고기 같은 걸 날로 먹었다간 큰일 나……. 인간은 나약한 생물이거든. 아라네아하고 달라서."

그러니까 잘 지켜줘——.

끔찍하고도 든든한 괴물 친구에게, 윌은 마음속으로 그렇게 부탁했다.

×　×　×

잠을 푹 자고 휴식한 후의 탐굴은 별다른 위기나 어려움도 없이 순조롭게 진행되었다.

가장 큰 이유는 슬라임에게 습격당한 후로 미저리가 마치 사람이 바뀐 것처럼 얌전하고 고분고분해졌기 때문이었다.

"미저리, 미안한데 그 마검은 강력하지만 너무 시끄러워서 마수를 유인하거든. 사용을 자제해줄 수 없을까? 마수 상대는 나랑 시스카한테 맡겨줘."

"응, 알았어. 짐만 되는 소음녀는 구석에 박혀 있으면 되는 거지?"

"……삐지지 마. 위험할 때는 의지할 테니까."

윌은 비굴해진 미저리 때문에 당황하면서도 원래의 방식—— 마수의 기척을 민감하게 감지하고 들키기 전에 피하거나 배제하는 암살자 같은 방식으로 묵묵히 탐굴을 이어나갔다. 제6층에서 제7층으로 내려가, 마석이 찬란하게 빛나는 미굴 안을 전진했다.

"1층에서 10층까지인 상층은 동굴 미로야. 무수한 수평굴과 수직굴이 교차하고 얽히면서 펼쳐져. 내려가는 루트는 정해져 있지만, 이 일대의 지형은 다 외워놨고, 선배들이 만들어놓은 표식도 있으니까 다소 벗어나도 문제는 없어. 쓸데없는 전투는 피하고 우회하면서 안전제일로 가자."

"그래. 나도 안전한 게 제일 좋다고 생각해. 전투는 무리 무모 무익 무분별한 바보들의 짓거리야."

"미저리…… 성장했군요. 당신의 감찰관으로서 너무 기뻐요."

"극단적인 녀석일세."

"뭐, 우리의 목적은 어디까지나 『죄인』이니까. 마수 따위에게 쓸데없는 힘을 쓸 필요는 없다고 판단했을 뿐이야. 딱히 마수에게 정조를 빼앗길 뻔했던 게 트라우마가 됐다든가 그런 건 아니니까!"

"그래그래, 알았어. 알았다고. 그 변명 벌써 몇 번째야."

"벼, 변명 아니라고 했지?!"

미저리는 떨리는 목소리로 말하며 월의 등을 찰싹찰싹 두드려댔다. 제일 뒤에서 따라오던 시스카가 푸훗 웃음을 참는 소리를 냈다. 탐굴을 재개한 후 3시간 정도가 지나, 느슨해지기 시작했던 긴장감이——

"응?"

동굴 안쪽에서 풍겨온 피 냄새에 다시 팽팽해졌다. 즉시 잡담을 중지하고 걸음을 멈춘 윌은 각인마법으로 청각과 후각을 높였다. 마수나 사람의 기척은 없었다. 다만.

"피 냄새에 이상한 냄새가 희미하게 섞여 있는데."

"──부패취다."

쿵쿵 코를 울리던 미저리에게 말한 윌은 낯을 찡그렸다. 마수의 대변과도 비슷하지만, 코를 찌르는 특유의 시큼한 냄새는 고기가 썩기 시작하는 냄새가 분명했다. 후각강화를 낮춘 윌에게 시스카가 코를 쥐며 물었다.

"시체일까요?"

"……아마도. 대개는 마수가 금방 먹어치우니까 썩을 때까지 방치되는 경우는 드문데. 생물이 있는 기척도 없고…… 아마 죽어도 먹지 못하는 독을 가진 마수거나, 다 먹지 못할 정도로 큰 마수거나 둘 중 하나일 거야."

그래도 만약에 대비해, 윌은 나이프를 역수로 쥔 채 기척을 죽이고 신중하게 나아갔다. 감도는 피 냄새와 부패취가 더욱 짙어지고, 이내 동굴의 암벽에 달라붙다시피 쓰러진 그림자가 보였다.

──머리가 없는, 인간의 주검이었다.

"?! 저, 저건…….."

"탐굴자일까요? 마수에게 습격당해 목숨을 잃은──"

"아니, 그게 아냐."

미저리는 걸음을 멈춘 월의 곁을 지나쳐 나아가며 시스카의 말을 부정했다. 악취에도 아랑곳하지 않고 시체 곁에 앉아 얼굴을 가까이 들이대며 빤히 바라보았다.

"머리가 숭덩 잘려나갔어. 절단면이 한눈에 반할 정도로 깨끗한걸……. 뼈 틈새를 누비듯 아주 정확한 참수야. 이건 마수의 짓일 리가 없어. 인간, 그것도 살인에 상당히 익숙한 놈의 소행이지. 다시 말해——"

"——죄인이구나."

"응."

월의 대답에 수긍한 미저리는 어깨에서 대검을 내렸다.

"보아하니 머리를 잃어버린 것 외에 특별한 외상은 없어. 검이나 다른 날카로운 칼날에 목을 베여서 일격에 가버린 느낌인데…… 후후, 산뜻한걸. 대체 어떤 상대일까? 아직 절단면이 생생하니까, 찾아보면 가까이 있을지도 몰라."

"…………뭐라고?"

월은 문득 미저리의 말에서 마음에 걸리는 점을 느꼈다.

부패취가 날 정도로 열화된 시체의 절단면이 아직 『생생하다』고?

그와 동시에 월은 보았다. 마침 이쪽을 향해 굴러오는, 잘려나간 사내의 머리. 공허한 눈이 빛을 발하며 비웃듯 얼굴을 일그러뜨리는 것을.

"엇?!"

"저기, 시스카. 그런 데 서 있지 말고 이쪽으로 좀 와봐. 이 인간을 베어 죽인 게 누구인지 의견 좀──"

"안 돼요!"

시스카가 외쳤다. 눈앞의 시체에서 시선을 떼고 말을 거는 미저리를 향해,

"그 시체에서 떨어지세요, 어서!"

──그렇게 목소리를 높인 순간이었다.

시체의 피부에서 빼곡하게 솟아난 비취색 마문이 빛나더니, 목을 잃고 숨이 끊겼어야 할 사내가 벌떡 몸을 일으켰다. 지면에 팔다리를 축 늘어뜨린 채 엎어져 있던 자세에서 벌렁 몸을 젖히듯 순식간에. 인간이라면 있을 수 없는 기이한 움직임이었다.

"어? 으꺄아아아아아아악?!"

황급히 돌아본 미저리에게 사내의 시체가 달려들더니 난폭하게 밀어 쓰러뜨렸다.

손에서 대검이 떨어져 굴러가고, 뒷머리를 강타당한 미저리가 "꺄앙?!" 하고 짧은 비명을 흘렸다. 시체의 두 손이 그녀의 목에 감겼다.

"우엑?! 잠, 깐…… 가, 하아악……!"

시체의 손가락에 목을 졸린 미저리가 괴로움에 허덕였다. 자신의 몸을 위에서 덮친 사내의 팔을 필사적으로 떨

쳐내려 했지만, 시체의 완력은 무시무시해 미저리의 목을 조르는 손은 꼼짝도 하지 않았다. 목줄의 벨트에 손가락이 파고들자 산소를 찾아 혀를 내민 미저리의 눈이 흰자위를 보이기 시작했다. 윌은 지면을 박찼다.

"미저리!? 젠장, 그러니까 경계심이 부족하다고——"

"——《백망의 쟈바라 검》!"

나이프를 들고 돌진하는 윌의 곁에서 은청색 빛이 솟아났다. 일직선으로 허공을 내달린 빛은 시체의 왼쪽 가슴, 심장 위치에 푸욱 꽂히며 관통했다.

뚫린 왼쪽 가슴에서 무언가 단단한 것이 깨지는 소리가 울리고, 시체의 피부에 떠올랐던 마문이 사라진 것과 동시에 미저리의 목을 졸라대던 팔에서도 힘이 빠져나갔다. 살펴보니,

"……흐음. 역시 마석은 거기 있었군요."

마문이 떠오른 안경을 빛내며, 원래 위치에서 한 발도 이동하지 않은 시스카가 소검을 내밀고 서 있었다. 푸른 마문이 새겨진 은백색 검신은 잘게 분단되어 펼쳐졌으며 하나하나가 와이어로 이어져 있다. 이것으로 검을 늘린 것이다.

"그리고 또 한 곳은——"

가슴을 꿰뚫은 채 시스카가 팔을 위로 휘둘렀다. 뼈와 함께 살을 가르고 왼쪽 어깨로 빠져나온 칼날이 허공에서

꿈틀 몸을 돌린다. 그 양상은 마치 채찍, 혹은 뱀과도 같았다. 안경 안에서 가늘어진 눈이 지면에 굴러다니던 머리를 포착했다.

"거기!"

시스카가 팔을 내린 순간, 상공에서 내리꽂힌 칼날이 따닥따닥 이를 올리며 웃던 사내의 머리를 갈라버렸다. 눈에 깃들었던 빛이 사라지고, 미저리를 짓누르던 사내의 몸이 털썩 쓰러졌다.

"콜록?! 으학…… 우…… 우헤엑…….."

질식의 위협에서 해방된 미저리가 기침과 함께 열심히 산소를 마시면서 자신의 몸을 누르는 시체를 밀쳐냈다. 지면에 손을 짚고 몸을 일으켜 거칠어진 숨을 골랐다.

"하아, 히익…… 위험했어, 진짜 죽는 줄 알았다구……우웩. 아아아, 진짜! 뭐였냐고 이놈의 시체는?!"

"좀비예요."

더 이상 움직이지 않는 시체를 걷어차며 고함을 지르는 미저리에게 시스카가 조용히 말했다. 그녀의 오른손에는 날길이 70센티미터 정도의, 지극히 평범한 소검이 있었다. 풀어졌던 칼날이 결합되어 원래 형태로 돌아온 것이다. 왼쪽 가슴에 뚫린 구멍에서 썩은 피를 흘리는 사내의 시체를 노려보며 시스카가 말을 이었다.

"육체에 《산송장》 마문을 새겨 거짓된 생명을 불어넣은 시체. 그 마문을 발동시키고 있는 마력의 원천, 가슴과 머리 두 곳에 심어진 마석을 처리하기 전까지 좀비는 활동을 멈추지 않죠."

"……마문을 새기고 마석을 심었다고? 다시 말해 이놈은 인간의 손으로 만들어낸 존재였단 거야?"

좀비가 되는 현상은 미굴 중층 이하처럼 마력이 짙은 장소에서 모종의 조건이 갖춰지면 일어나는 재앙이라 여겨진다.

하지만 어지간해서는 일어나지 않는 일이므로 월도 이제까지, 한 손으로 헤아릴 정도밖에 만난 적이 없었다. 하물며 각인마법을 이용해 인공적으로 만들어내다니──.

"──《모독의 네크로맨서》에두아르도 카르카스."

시스카가 불쑥 중얼거렸다.

"이 좀비의 『제작자』로 여겨지는 죄인의 이름이에요. 죄수번호 651, 현상금은 1900만 G. 왕국립 마법사학원에서 특별강사를 지낼 정도의 실력과 실적을 가졌으면서도 사람의 시체를 자기 욕망대로 가지고 놀고 실험과 연구를 되풀이했던 남자…… 생명을 모독하는 끔찍한 사이코패스죠."

좀비의 피가 묻은 칼날을 닦고 소검을 칼집에 넣은 시스카가 결연히 내뱉었다.

"그런 놈을 호락호락 놓쳐 이런 희생자를 만들어버린

것은 감옥의 책임이니…… 우리 손으로 해치워요. 할 수
있겠죠, 미저리?"

"그럼, 물론이지!"

대검을 주워 다시 어깨에 걸머진 미저리가 시스카에게
다가가며 대답했다.

"아까는 잠깐 방심해서 기습당한 거지만…… 갚아주겠
어. 보아하니 잔뜩 모아놓은 것 같고 말이지?"

그녀는 흉흉한 웃음을 지으며 동굴 안쪽을 노려보았다.
이내 어둠 저편에서 여러 겹으로 겹쳐진 나직한 신음소리
가 들리고, 비취색으로 빛나는 마문이 스며나오듯 출현했
다.

그것은 좀비의 대군이었다. 동굴을 가득 메울 정도의 좀
비가 대열을 이루고 홍수처럼 밀려든다. 열이나 스물, 어
쩌면 그 이상일지도 모른다. 개중에는 사람이 아니라 고
블린이나 큰도마뱀 등 마수 좀비도 섞여 있는 듯했다.

"저, 저기…… 도망치는 게 어떨까? 이, 이건 아무리 그
래도——."

얼른 몸을 돌려 도망치려 하는 윌을 무시하고.

"——시스카, 부탁해. 소탕해버리자."

미저리는 허술하게 입었던 로브의 소매에서 왼팔을 빼
더니 시스카에게 내밀었다.

"알았어요."

시스카는 짧게 대답하고는 미저리의 쇠고랑을 건드렸다.

까만 쇠고랑과 시스카의 손가락에 순백색 마문이 떠올랐다. 눈을 감고 조용히 영창한다.

"감찰관 시스카 흐라니카의 이름으로 명한다. 왼팔의 형구(刑具) 및 9번에서 14번의 봉인을 해방하노니——《해정(解釘)》Three Minutes!"

마문의 빛이 더욱 밝아지며 키이잉 높은 소리를 내자 미저리의 왼손 손목에 장착된 쇠고랑이 풀렸다. 그리고 그 직후 손목에서 팔꿈치까지 여섯 가닥의 벨트가 순서대로 터져나가더니 그 아래에 감추어진 새하얀 맨살이 드러났다.

"아핫, 고마워."

웃음을 짓는 미저리. 검을 오른손에 든 채, 밀려드는 좀비를 바라보며,

"이제 가볍게 섬멸할 수 있겠어. 내 원래 방식대로 말이지."

중얼거리더니, 높이 든 왼팔에 진홍색 마문을 띄운다. 그것은 믿을 수 없을 정도로 치밀하고 복잡한, 한 번도 본 적이 없는 문양이었다. 붉은색만이 아니라 오렌지색이며 노란색, 여러 가지 색의 직선과 곡선이 교차하고 겹쳐지고 얽혀, 광채를 더해가며, 드러난 피부를 가득 메우듯 퍼

져간다.

"그러면——."

이윽고 왼팔의 주위에 단검을 연상케 하는 붉은 칼날이 잇달아 나타나기 시작했다.

아무것도 없는 허공에서 태어난 붉은 칼날은 숫자만으로도 대략 서른. 마그마를 농축한 듯 안쪽에서부터 시뻘건 빛을 발하는 칼날의 무리를 보고, 지성을 잃었어야 할 좀비들이 한순간 겁을 먹은 것처럼 움찔 멈추었다.

하지만 무자비한 처형인 소녀는 설령 상대가 인간이었던 가엾은 희생자들이라 해도 봐주지 않았다.

"한 마리도 빠짐없이, 뼛조각도 남김없이 모조리 태워볼까."

웃음과 함께 선고하고는, 팔을 휘두른다.

"——《개신의 소이도^{Napalm Death}》!"

찰나, 허공에 가만히 떠 있던 붉은 칼날이 일제히 빛의 꼬리를 끌며 사출되었다. 심지어 단순히 똑바로 날아가는 것이 아니라 공중에서 꿈틀대듯 궤도를 바꾸며 좀비의 약점인 머리와 가슴에 하나하나 정확하게 박혔다. 칼날에 꿰뚫린 좀비들은 뒤로 날아가 거리가 멀어졌다. 미저리가 손가락을 딱 울렸다.

"터져라."

"……읏?!"

하얀 빛이 퍼지며 경악에 눈을 크게 뜬 월의 시야를 가득 메웠다. 대기를 뒤흔드는 굉음이 울리고 열풍이 몰아쳤다. 좀비에게 박혔던 칼날이 미저리의 의지에 따라 일제히 작렬해 무시무시한 불기둥을 뿜은 것이다.

"크으으윽——!"

순식간에 두 팔로 얼굴을 가린 월의 귀 옆으로 머리통 두 개 만한 암석이 스치고 날아가 벽에 처박혔다. 그것은 부서진 석주의 파편이었다. 폭발의 직격을 맞은 좀비들은 모조리 자잘한 살점으로 변했다. 간신히 즉사를 면해 움직이던 좀비의 그림자도 힘차게 타오르는 불꽃에 그슬리고 불타고 녹아들었다.

월의 뺨에서 땀이 흘러내리고, 가벼운 화상을 입은 피부가 시큰시큰 아파왔다.

"……뭐, 뭐야? 이 터무니없는 위력의 마법은……?"

"슬라임 같은 『불타는 점액』이 담긴 칼날을 폭발시켜서 마석과 함께 날려버린 거야. 인체는 수분이 많아서 잘 타지 않지만 달라붙는 『연료액』 덕분에 약간 덜 죽어도 계속 불태울 수 있어. 폭발과 소살(燒殺) 마법인 셈이지."

전율하는 월을 돌아보며 웃고는, 마문이 사라진 왼손으로 머리를 쓸어넘긴 미저리가 은색 두 눈을 가늘게 떴다.

월의 심장이 크게 뛰었다.

"미저리? 너……."

"에고, 유감! 슬슬 타임리미트네."

무언가를 물어보려던 월을 가로막듯 미저리가 말했다. 그 직후 지면에 떨어졌던 벨트가 저절로 떠올라선 미저리의 왼팔에 감기기 시작했다.

하얀 피부가 순식간에 가려지고, 마지막으로 철컹 소리와 함께 쇠고랑이 채워졌다. 미저리는 팔을 흔들며 투덜거렸다.

"아~ 아. 짧은 자유였구나아…… 뭐, 상관없지만."

좀비 무리를 몰살시킨 손을 내리고 미저리가 월을 바라보았다. 타는 듯한 공기 속에서 붉은 불꽃에 비친 어둠을 등지고 장난스럽게 덧니를 빛내며, 월의 마음을 꿰뚫어 본 듯 묻는다.

"어라라아? 왜 그래, 월? 나에 대해 알고 싶어서 견딜수가 없다는 표정인데."

"……그, 마법. 미저리, 넌 대체——."

"안 돼, 안 가르쳐 주~지!"

손가락으로 아래쪽 눈꺼풀을 내리며 혀를 내미는 미저리.

월은 "——아앙?" 눈살을 찡그렸다. 미저리가 킥킥 웃더니 짓궂은 표정을 짓는다.

"쓸데없이 캐묻거나 다가서기 없기. 시스카하고 그렇게 약속한 건 월이었잖아? 뭐, 난 딱히 얘기해줘도 상관없긴

한데. 매몰차게 대했던 거에 대한 복수야. 후후…… 나 꽤
뒤끝 있는 성격이거든."

"……."

"게다가 말야. 지금은 태연하게 서서 얘기나 나눌 때가
아니잖아?"

부루퉁 입을 다물어버린 월에게 미저리가 웃음을 거두
고는, 힘없이 신음하며 타들어가는 좀비의 무리를 바라보
았다. 눈을 가늘게 뜨더니,

"원래는 탐굴자였는지 현상금 사냥꾼이었는지 모르겠지
만…… 그들을 죽여서 좀비로 만든 인간. 그리고 좀비의
목을 벤 인간. 죄인으로 보이는 상대가 둘이나 근처에 있
으니까. 그들의 위치를 알아내고 해치우는 게 먼저——라
는 소리지. 길 안내 부탁할게, 가이드."

×　×　×

"좀비를 만들어낸 죄인, 에두아르도는 아마 『공방』에 있
을 거예요."

요란하게 타오르는 불길과 좀비에게 가로막힌 통로를
우회해 다른 동굴로 나아가며 시스카가 의견을 제시했다.
월은 뒤를 돌아보며 물었다.

"……아틀리에?"

"에두아르도가 시체, 혹은 살아있는 사람을 끌고 가서 실험이나 연구를 하는 작업장이죠. 좀비, 다시 말해 그의 『작품』이 존재한다는 건 그걸 만들어낼 거점을 만들어놨다는 뜻…… 그렇지 않으면 그렇게까지 많은 좀비를 만들기란 어려울 테니까요."

"제법 많긴 했지~."

좀비와 싸워 여러모로 훈련해졌는지 완전히 원래의 분위기를 되찾은 미저리가 가장 뒤에서 따라오며 마수의 피에 젖은 대검을 붕붕 휘둘렀다.

"마수도 드문드문 섞여있었지만, 반 이상은 인간이었고 말야~. 그것들을 전부 해치웠을 정도라면 상당히 흉악하겠어. 전에 잡은 덩치보다 죽일 맛이 있으면 좋겠는데."

"에두아르도는 조엘 따위와는 비교도 안 될 만큼 어려운 적수일걸요? 스스로 일류라고 칭해도 손색 없는 마법사니까요. 사랑하는 아내와 딸을 병으로 잃지 않았더라면 지금도 교육자로 활약했을 텐데——."

——《모독의 네크로맨서》에두아르도 카르카스.

왕국 내에서도 손꼽히는 명문 마법사학원에서 강사로 지낸 에두아르도는 성실하면서도 온화한 인물이었으며, 동료와 학생들의 신뢰도 두터웠다고 한다. 타고난 재능, 젊고 아름다운 아내, 사랑하는 딸. 많은 복을 타고 태어난 그는 마법사로서 착실하게 실적을 쌓아나갔다. 하지만 순풍에 돛 단 듯하던 그의 인생은 어느 순간 갑자기 파국을 맞았다.

아내와 딸이 『흑식병(黑蝕病)』이라는 불치병에 걸린 것이다.

흑식병은 육체가 내장부터 썩어드는 괴질로, 환자들의 처참한 말기 때문에 『혹사병(酷死病)』이라고도 불리는 최악의 병이다. 필사적인 치료와 간병도 허무하게, 병은 마치 서서히 괴롭히듯 천천히 아내와 딸의 몸을 잠식하고 침식해, 마침내 죽음으로 몰아넣었다고 한다.

"……다행인지 불행인지. 에두아르도 자신이 병에 걸리지는 않았지만, 사랑하는 아내와 딸이 괴로워하며 처참하게 숨을 거두는 모습을 직접 본 그는 대신 마음의 병을 얻었죠. 그 결과 미친 듯이 몰두하기 시작했던 거예요. 잃어버린 아내와 딸을 되살릴, 삶과 죽음의 연구에."

에두아르도가 아틀리에를 만들었을 법한 곳, 윌이 아는 비밀스러운 장소를 샅샅이 뒤져가던 도중. 시스카는 가족을 아끼던 우수한 마법사에서 잔학한 살인귀로 전락한 사내의 전말을 담담히 들려주었다.

처음에는 묘에서 시체를 훔쳐내 죽은 자의 몸에 마문을 새겨 실험하던 에두아르도는 이내, 살아있는 인간을 죽여 직접 신선한 재료를 조달하기에 이르렀으며, 시체를 조작하는 행위 자체에 희열을 느끼기 시작했다. 그리고 어느

샌가 『아내와 딸을 소생시킨다』는 당초의 목적마저 잊어버리고 『죽음』에 홀려버린 그는 사악한 욕망에 몸을 맡긴 채 자신의 손으로 죽인 시체를 조작하는 쾌락살인마로 다시 태어난 것이다——.

"……슬픈 녀석이군."

세 번째의 암굴을 확인하며, 시스카의 말을 다 들은 윌이 중얼거렸다.

흑식병을 앓은 사람은 온몸이 추하게 썩으면서도 한계까지 살아, 마지막에는 마치 좀비 같은 몰골이 된다고 한다. 감옥에서 탈주해, 미굴에 와서도 에두아르도가 여전히 좀비를 만들어내는 이유는 죽은 가족의 기억과 망령 같은 마음에 사로잡혀 있기 때문일지도 모른다.

"……그래요. 하지만 그렇기에 그를 처단해야만 해요! 길을 잘못 들어선 마법사의 만행을 제지하고 이 이상의 희생을 내지 않기 위해서라도. 윌 씨, 이 근처에서 지도에 기재되지 않은 비밀 장소가 앞으로 얼마나 있을까요?"

"지도에 없는 건 다음이 마지막이야. 다른 쪽도 수상한 곳은 있겠지만, 이번에도 아니라면 잠깐 쉬자. 어딘가에 거점을 마련했다면 도망치거나 하지도 않을 테니…… 적어도 에두아르도 쪽은."

"마음에 걸리는 건 나머지 한 녀석이지."

"그래. 좀비의 목을 날려버린 놈."

고개를 끄덕이는 윌에게 "그래그래" 시스카가 대꾸했다.

"개인적으로는 그쪽이 더 위험하다는 생각이 들거든……. 그 매끄러운 절단면은 보통이 아닐 거 같아. 저기, 시스카. 누구 짐작 가는 사람 없어?"

"……으음~ 짐작 가는 사람이라."

질문을 받은 시스카가 끙끙거리며 안경을 밀어올렸다.

"솔직히 그것만 가지고는 뭐라고 하기가……. 상대가 인간이라면 몰라도 좀비한테서 몸을 지키기 위해 격퇴한 거라면 죄인의 소행일거란 법도 없고 말이죠."

"그건 그러네. 실력 있는 사람은 죄인만이 아니니까. 주의해서 나쁠 건 없지만 지금은 더 확실한 쪽, 에두아르도의 위치를 밝혀내는 데 전념하는 게 좋겠어."

──그렇게. 윌이 선두에 서서 이따금 마주치는 마수를 효율적으로 제거하며 목적지를 향해 가던 때였다.

정적을 가르며 느닷없이 찢어지는 비명이 터져나왔다. 비명이라기보다는 절규, 단말마에 가까운 남자의 고함이었다.

지면에 놓여 있던 4구의 머리 없는 시체── 베여 떨어진 머리와 심장을 뚫려 정확하게 숨통이 끊어진, 원래는 탐굴자였던 듯한 좀비에게 의식을 빼앗겼던 윌은 흠칫 고개를 들고 동굴 안쪽을 노려보았다.

"지금 그 비명…… 딱 우리가 가려는 곳쯤에서 들렸는데, 어떻게 할까?"

"물론 이대로 가야지요."

베여 죽은 좀비의 상태를 살피던 시스카가 일어나 대답했다.

"지금 그 비명이 누구 것인지는 모르겠지만…… 아무래도 목적지에 에두아르도의 근거지가 있는 건 틀림없는 모양이니까요. 우리가 한발 늦었는지, 아니면 공격자가 당한 건지——."

"어느 쪽이든 상관없어. 기다리는 놈이 에두아르도면 죽여버리고, 아니어도 위험하다 싶으면 죽여버리면 그만이니까. 가자, 윌!"

"……좋아. 이쪽이야, 따라와."

윌은 죽일 생각으로 가득한 미저리에게 탄식하고는 바닥의 시체를 피해 뛰어나가 안쪽으로 향했다. 널찍한 동굴의 한쪽 구석, 숲속의 나무들처럼 여기저기 돋아난 석순 뒤의 눈에 뜨이지 않는 수평굴로 들어가 좁은 틈새를 비집고 안으로 들어갔다.

"이 너머에 있는 공동이, 우리가 가려는 암굴인데…… 가이드 역할은 다 했어. 나머지는 너희 일이다?"

"나도 알아. 안내 고마워, 윌. 드디어 내가, 처형인이 나설 때가 된 거지!"

앞장서는 월을 격려하며 웃은 미저리가 대검을 고쳐 들며 뒤를 따랐다.

그 후로도 몇 번이나 들려오던 사내의 비명과 소란은 뚝 끊어져, 이제 주위는 어두운 암흑과 정적에 싸였다.

"그런데 시스카, 쇠고랑은 안 풀어도 될까? 만전을 기하려면 한쪽 팔만이라도 풀어놓는 게 좋지 않을까 싶은데."

"아뇨, 아직 일러요. 마검만으로도 충분히 싸울 수 있잖아요? 형구를 푸는 건 풀지 않을 수 없는 상황에 빠졌을 때만이에요. 일단 제가 상대를 확인할 테니……"

"──하하하!"

그때 동굴 저편에서 큰 웃음소리가 들려왔다. 약간 저음이지만 여자 것으로 여겨지는 목소리였다.

긴장으로 얼굴을 굳힌 시스카가 백팩을 내리고 소검을 뽑으며 선두에 섰다. 정면에서 오른쪽, 부드러운 오렌지색 빛이 새어 나오는 입구에서 자세를 낮추고 고개를 내밀어 안쪽의 동태를 살핀다. 그 순간.

"아──."

시스카가 작은 소리를 내며 굳어버렸다.

"……?"

미저리가 고개를 갸웃하며 시스카의 위에서 안을 들여다보았다. 월은 망설였지만 역시 궁금했으므로 미저리의 위에서 가만히 고개를 내밀어보았다. 짙은 피 냄새가 코

를 찌르고,

"뭐야. 벌써 죽었나?"

램프 불빛에 비친 암굴 내부. 붉게 물든 장검을 들고 서 있는 여자의 모습이 눈에 들어왔다. 뒷머리에서 한데 묶은 회금색 머리카락, 조악한 얇은 옷 위에 기사 같은 경장을 걸치고 탐굴용 가죽 부츠를 신은 모습은 어딘지 모르게 뒤죽박죽이라, 단순한 탐굴자로도 현상금 사냥꾼으로도 보이지 않았다.

여자의 앞에는 온몸을 난도질당하고 배를 수없이 찔린 사내가 의자에 등을 기댄 채 고개를 숙이고 있었다. 여자가 쯧 혀를 차더니 장검을 들었다.

"……시시하군. 기대했던 것만 못하지 않나, 네크로맨서."

싸늘하게 내뱉은 것과 동시에 아무렇게나, 그러나 육안으로 포착할 수 없을 만한 속도로 휘둘러진 칼날이 사내의 목을 쳐버렸다.

선혈이 솟아 천장에 매달린 램프—— 인간의 두개골을 뚫어 만든 해골 등불을 더럽혔다. 사방에 뿌려진 피가 책상 위에 좁다랗게 놓인 오브제에 튀고, 잘린 머리는 융단 위로 굴러갔다. 오브제는 인간의 손가락이나 귀, 가죽 같은 것으로 이루어졌으며, 반점 무늬가 들어간 융단의 재료는 형형색색의 모발이었다. 구역질을 유발하는 악취로 가득 찬 끔찍한 공간 속에서.

"⋯⋯하아."

사내의 피를 뒤집어쓴 여자가 나른한 한숨을 토해냈다. 아직 스무 살도 안 되는 나이의 아름다운 살인자. 죽은 사내의 몸통에 쏟아보내는, 어둡고 탁한 눈빛이——

"——《적기사》⋯⋯."

넋이 나간 시스카의 목소리에 반응해 눈만을 돌려 입구를 보았다. 굳게 다물었던 입술이 희열로 쭈욱 찢겨 올라가고 아주라이트 같은 눈이 형형한 빛을 뿜었다. 시스카가 각오를 다진 것처럼 튀어나가 소검을 들이대고. 외쳤다.

"오렐리아 블링크!"

"흐핫."

여성이 웃었다. 그 직후.

"너는 뭐지⋯⋯? 친절하게도 직접 죽여달라고 찾아왔나?!"

《적기사》라는 이름으로 두려움과 공포의 대상인, 한때 영웅이었던 죄인이, 죄인의 피에 젖은 검을 들고 가차 없이 덤벼들었다.

——《기사공주》오렐리아 블링크.

윌이 그 이름을 들었던 것은 1년쯤 전. 미궁의 심층에서 귀환해 애꾸눈정에 드나들기 시작한 지 얼마 안 되었을 무렵이었다. 여느 때처럼 파리만 날리던 조용한 가게 안, 카운터 자리에서 싸구려 술을 마시며 주인과 세상 이야기를 나누던 때 문득 화제에 오른 것이다.

알레자나 왕국 남쪽, 지상에서는 보기 드물게 흉포한 마수가 다수 서식한다는 곳에서 『마의 숲』 이라 불리는 숲속에 살며, 오랫동안 왕국의 영토를 위협해왔던 이민족—— 엘프의 왕을 치고 항복을 끌어낸 영웅.

"모르나? 원래는 가난한 깡촌 아가씨였는데, 보기 드문 검술의 재능이 눈에 띄어 열네 살이라는 이례적으로 어린 나이에 각인기사로 발탁된 인물이야. 엘프 왕을 잡기 전부터 이미 수많은 공을 세워 주목을 받았으니…… 최근까지 미궁에 있었던 자네도 소문 정도는 들었을 거라 생각했는데."

"아─……."

이야기를 듣고 기억이 났다. 오히려 그동안 잊

어버렸던 것이 신기하게 여겨질 정도였다. 잔에 남은 호박색 증류주를 한 모금 마신 다음 윌이 고개를 끄덕였다.

"……그랬죠. 분명 예전에, 저와 나이 차이도 별로 안 나는 여자애가 각인기사가 됐다는 말을 듣고 놀랐던 적이 있어요."

기사들 중에서도 정예인 각인기사로 이루어진 각인기사단은 알레자나 왕국이 보유한 최대의 병력이자 전력이다. 유년기부터 수련을 거듭한 기사라도 빨라야 20세, 소질에 따라서는 평생 선발되지 못하는 자도 있다고 하니, 환경과 성별이라는 두 가지 핸디캡을 안고서도 열네 살에 정식 각인기사로 뽑힌 오렐리아라는 소녀는 그야말로 무시무시한 재능의 소유자일 것이다. 그 후 윌은 풍문으로 그녀의 무훈을 들을 때마다 힘을 냈으며, 각인기사 출신인 검사 동료에게 열심히 훈련을 받아 대항의식을 불태우곤 했다.

만난 적도 없고 얼굴도 모르는 소녀지만, 같은 또래인 윌에게는 어떤 의미에서 목표이자 라이벌 같은 존재였다.

"그랬는데 지금은 영웅이라. 하하…… 대단하네."

──검을 버리고 주정뱅이가 된 나 같은 놈과는 천지차이구나.

웃으며 자조의 말을 술과 함께 삼킨 윌은 한숨을 쉬었다.

주인의 말에 따르면, 오렐리아는 얼마 전 야만족의 왕을 물리친 공으로 국왕에게서 직접 훈장을 받았으며, 왕성 및 왕족의 신변경호를 맡는 《근위기사단》에도 취임했다고 한다. 근위기사단은 각인기사단 중에서도 더욱 엄선된 소수정예의 조직으로, 여기에 배속되는 것은 기사로서 최고의 영예로 여겨진다.

취임 당시 오렐리아는 겨우 18세. 다시 말해 그녀가 각인기사가 되고 겨우 4년 정도밖에 지나지 않았다는 뜻이다. 변경의 촌락에서 태어나 자란 소녀가 실력을 인정받아 기사가 되어, 검 한 자루로 눈 깜짝할 사이에 출세의 길을 뛰어오른 과정은 전설이나 동화와도 같아서——

"오랫동안 이민족의 위협에 시달리던 남쪽 도시나 왕도에서는 특히 인기가 엄청나다던데? 온 나라가 그녀를 영웅으로 떠받들고 근위기사단에 올린 것도 아마 민심을 모으려는 의도가 있었을 거야. 그야말로 우상이지."

"우상…… 숭배의 대상이군요."

"응. 게다가, 보라니까."

그렇게 말하며 주인이 꺼내 카운터에 펼친 하얀 종이에는 젊은 여성의 초상화가 그려져 있었다. 금발 벽안에 은색 갑옷을 입은 여기사가 늠름한 표정으로 검을 든 모습이다.

"떠돌이 상인에게서 산 《기사공주》님의 초상화야. 눈을 의심할 만큼 미인이지?"

"기사공주『님』이라니…… 이미 숭배하고 있네요. 뭐, 우리 같은 시골뜨기 일반인이야 직접 볼 일도, 관여할 일도 평생 없겠지만요."

――그렇게 윌이 주인과 술자리에서 이야기를 나누고 얼마쯤 지났을 무렵이었다.

밤중에 왕도의 빈민가에서 통행인이 습격을 당해, 온몸이 너덜너덜해지도록 칼질을 당한 채 발견된 무차별 살인 사건…… 제9~제11월 사이에만도 모두 여덟 명이나 되는 희생자가 나와 왕도를 뒤흔든 연속 엽기 살인사건의 범인으로, 오렐리아가 체포되었던 것은.

×　×　×

피웅덩이를 박차고 거리를 좁힌 《적기사》 오렐리아가 머리 위로 들었던 장검을 내리쳤다. 동요하면서도 소검의 칼몸으로 참격을 받아낸 시스카가 비틀거렸다.

"크윽?!"

높은 금속성이 울려 퍼지고 피비린내를 머금은 바람이 몰아쳤다.

"무, 무거워……."

"여성에게『무겁다』는 소리는 실례잖아?"

여유만만한 태도로 대꾸하는 오렐리아의 두 팔, 피에 젖은 건틀렛의 틈새로 마문의 빛이 새나오고 시스카를 꿰뚫어보는 푸른 눈은 살의를 깃들이며 흉흉하게 뜨였다.

"──《휘감기는 열풍》!"

찰나, 오렐리아의 팔을 에워싸듯 바람이 발생하더니 소용돌이치며 몰아쳤다. 칼날을 누르던 오렐리아가 시스카의 검을 위로 튕기자 바람이 검과 함께 시스카의 팔을 쳐내 가드를 열어버렸다.

"앗, 이런…… 커헉?!"

눈을 크게 뜬 시스카의 명치에 오렐리아의 발길질이 꽂혔다. 시스카의 작은 몸이 뒤로 날아가 암벽에 부딪쳐 소검이 손에서 떨어졌다.

충격에 안경이 벗겨지고, 주르륵 흘러내린 시스카의 몸이 힘을 잃었다.

"이봐, 왜 그래…… 검투 중에 자는 건가? 흥…… 그렇다면 이대로 영면시켜주지. 죽어라!"

지루하다는 듯 코웃음을 친 오렐리아가 시스카에게 달려들었다.

무방비한 목덜미를 노리고 수평으로 휘두른 칼날을 그 사이에 끼어든 미저리의 대검이 아슬아슬하게 막아냈다.

"위, 위험했다아…… 간 떨어질 뻔했잖아! 제법인데, 《적기사》?!"

미저리가 격앙해 오렐리아의 검을 받아낸 채 대검에 새겨진 마문을 발동했다. 보라색의 흉흉한 문양이 검신을 가득 메우고 빛나고 대검을 쥔 두 손에 힘이 들어갔다.

"——《마문이 깃든 톱날검》!"

"……?!"

오렐리아가 검을 빼며 재빨리 뒤로 물러났다. 포효와도 같은 폭음을 울리며 회전하는 칼날의 무리가 허무하게 허공을 갈랐다. 미저리가 아쉬워하며 혀를 찼다.

"쳇, 이럴 때는 물러나네? 무기랑 같이 썰어버리고 싶었는데 말야아!"

"불길한 예감이 들었거든……. 기묘한 형태의, 성가신 검이로군."

신중하게 거리를 두며 오렐리아가 눈살을 찌푸렸다. 그의 시선은 미저리가 든 대검과, 몸 곳곳을 까만 벨트로 묶인 기묘한 차림새에 쏠렸다.

"……네 녀석, 죄수인가? 저 여자는 차림을 보아하니 간수인데…… 그렇다면 탈옥수도 아닌 것 같군. 설마——."

"처형인이야. 뭐, 죄수이기도 하지만. 지금은 너희 죄인을 쫓아다니면서 처리하기 위해 온 『죄인을 죽이는 죄인』이지."

오렐리아의 의문에 대답해 미저리가 정체를 밝혔다.

오렐리아는 "처형인……"이라고 중얼거리며 미저리를

주시하더니, 문득 그녀의 등 뒤—— 입구에서 상반신을 내밀고 얌전히 사태를 지켜보던 월을 흘끔 보았다. 월은 흠칫 긴장해 언제든 도망칠 수 있도록 준비했다.

"…………뒤에서 겁먹은 저 남자도, 인가?"

"응? 아, 쟤는 아니야. 그냥 가이드고 비전투원이니까…… 신경 쓸 거 없어. 넌 나만 보고——"

말을 이으며 미저리가 대검을 들었다. 흉포한 웃음과 함께,

"내 손에 죽어버리면 되는 거야아!"

파고드는 것과 동시에 수평으로 검을 휘둘렀다. 굉연히 으르렁거리는 소리를 내며 회전하는 칼날의 참격을 크게 뒤로 뛰어 피한 오렐리아는 웃음으로 대답했다.

"흐하, 좋군! 벨 맛이 안 나는 상대뿐이라 욕구불만이 쌓였는데…… 피차 마음껏 죽이고 썰어보지 않겠는가! 날 흥분시켜달라고, 처형인!"

"미저리다! 미저리 더머!"

굉음에 묻힐세라 고함을 지르듯 이름을 밝히며 파고든 미저리가 잇달아 대검을 휘둘렀다. 정수리를 향해 내리꽂히는 칼날을 오렐리아가 옆으로 뛰어 회피한다.

인간의 내장이며 몸의 부위를 긁어모아 수지 같은 소재로 굳힌 단단한 책상이 대검의 칼날에 드드드드드득 깎여 두 쪽으로 갈라졌다. 오렐리아가 눈을 크게 떴다.

"……호오? 무섭게 잘 드는 마검이군. 별다른 마문도 없는 강탈품으로는 받아낼 수도 없겠어. 좋은 무기를 가졌는걸, 미저리?"

"흐흥, 그치? 이번엔 꼭 네 몸으로도 맛보여주고 싶은걸!?"

──빙그르르르, 요란하게 칼날을 휘두르며 미저리는 사냥감을 궁지에 몰아붙이는 사냥꾼과도 같이 눈을 빛냈다. 칼날이 오렐리아의 코끝을 스치고, 멀리 떨어진 월에게까지 피비린내 나는 검풍이 미쳤다. 칼날을 받아낼 수가 없기 때문인지 오렐리아는 미저리의 검을 피하는 데 급급해 보였다.

가구 같은 장애물에도 아랑곳 않고 베어대며 춤을 추듯 대검을 휘두르고, 상복 같은 흑의와 은발을 나부끼며 미저리가 드높이 웃었다.

"아하하하하하하하! 저기, 왜 그러고 있어? 도망치기만 해선, 아무리 지나도 죽일 수 없을걸? 전 영웅의 실력이 이 정도려나, 오렐리아쨩?"

"……흥."

미저리의 도발에 오렐리아가 코웃음을 쳤다. 머리카락으로 짠 융단과 함께 바닥을 드드득 깎으며 솟아오른 칼날을 상반신을 젖혀 피하더니,

"과연. 잘 알겠어."

모멸, 혹은 실망한 것처럼 내뱉고는 한숨을 쉰다. 찰나.

"대단한 건 무기뿐, 네 녀석의 실력은 미숙하고——"

오렐리아는 목을 노리고 부웅 수평으로 날아든 칼날을 밑으로 파고들듯 회피하더니, 미저리의 옆을 스치고 지나가 배후를 차지했다. 두 손으로 장검을 고쳐 쥐며,

"어차피 사냥당하는 사냥감에 불과하다는 걸!"

옆의 벽을 박차 억지로 몸을 틀더니, 미저리의 목덜미를 향해 공중의 사각에서 검을 휘둘렀다.

대검을 휘두르느라 허점을 드러냈던 미저리는 "엑?!"하고 황급히 뒤로 돌려 했지만 오렐리아의 질풍 같은 동작에 비하면 너무나도 느렸다.

"으악?!"

그래도 간신히 팔을 들어 쇠고랑으로 칼날을 막는 데는 성공했으나, 체중을 실어 펼쳐진 참격은 무거워,

"자, 울어라!"

비틀거리며 자세가 흐트러진 미저리의 옆구리에, 즉시 오렐리아의 장검이 꽂혔다.

미저리가 "아윽?!" 탁한 비명을 지르며 그대로 쓰러지려 했다.

피부를 덮은 튼튼한 벨트 덕에 살이 베이지는 않았으나 충격까지 완전히 흡수하지는 못한 듯했다. 대검으로 몸을 짚어 간신히 자세를 회복한 미저리가 고통에 허덕이며 오

렐리아를 노려보았다. 회전하던 칼날이 멈춰 포효와도 같은 소음 또한 그쳤다.

"크, 으윽…… 뭐야, 겨우 검 한 자루인데……."

"쓰는 사람의 차이다. 아무리 우수한 마검도 무턱대고 휘둘러대기만 해선 막대기와 다를 바 없다고."

"?! 시, 시끄러워! 너 정도는 내가 진심으로 싸우면 아무 것도——"

"——《통곡의 카마이타치》!"
Gale of Screech

거친 말 허세를 부리는 미저리에게 오렐리아가 주문과 함께 장검을 휘둘렀다. 검의 궤적을 따라가듯 돌풍이 발생해 미저리를 엄습했다.

"아냐아아아아아아아아아아아악?!"

순간적으로 얼굴을 감싸는 미저리. 미친 듯이 몰아치는 폭풍의 칼날이 드레스와 로브를 갈기갈기 찢으며 미저리의 몸을 후방의 입구 쪽까지 날려버렸다. 미저리는 대검을 놓치고 데굴데굴 바닥을 굴렀다. 무기를 잃은 미저리에게 오렐리아가 천천히 다가갔다. 피에 젖은 장검을 들이대며 냉혹한 눈으로 내뱉는다.

"진심으로 싸우면? 그렇다면 당장 해봐. 썰려 죽고 싶지 않다면 말이지."

"지, 진심……."

미저리는 기절한 시스카를 흘끔 보고 굳어버렸다. 오렐

리아에게 시선을 되돌리더니,

"아하하, 미, 미안…… 잠깐만 기다려줄 수, 없을까?"

"기다려 줄 리가 있겠나. 장난도 정도껏 해라."

"……그렇겠죠."

"이제 됐다. 죽인다."

"그, 그렇게 되겠죠오오오?!"

오렐리아가 바닥을 박차며 미저리에게 검을 내리치고자 다가왔다. 그 순간,

"아 젠장── 못 봐주겠네!"

무기를 잃은 미저리에게 가차 없이 날아든 칼날을 옆에서 왼팔로 받아내며 윌은 오른손으로 소검을 뽑았다.

"야! 뭐 하고 앉았어, 바보야!"

고함을 지르면서, 제대로 겨누지도 않은 채 힘만으로 검을 휘두른다. 오렐리아가 뒤로 물러나 참격을 피하더니 윌의 왼팔을 빤히 바라보았다.

"──뭐지? 로브인가……?"

윌의 왼팔 팔꿈치 아래쪽은 하얀 로브에 칭칭 감겨 있었다. 로브를 건틀렛처럼 사용해 검을 막아낸 것이다. 『특수한 소재』로 만든 로브는 매우 튼튼해 웬만한 무기로는 흠집도 나지 않았다.

"위, 윌……."

"네 역할은 죄인을 죽이는 거잖아? 그러면서 네가 죽으

려고 하지 마. 일해라, 처형인!"

"……미안."

월에게 책망을 받은 미저리는 힘없이 사과하더니, 멀찌
감치 떨어진 대검과, 전혀 깨어날 기척이 없는 시스카 사
이에서 바쁘게 시선을 왕복시켰다.

"근데 검이……. 시스카도, 당해버렸고."

"……스스로는 어떻게 못 하는 거냐."

월은 미저리의 몸을 구속한 벨트를 가리키고, 좀비 무리
를 한순간에 없앴던 마법의 위력을 떠올리며 물었다. 그
마법만 쓸 수 있다면──

"응. 절대, 무리."

──이 쓸모없는 인간아! 하고 욕하고 싶은 마음을 꾹
참으며 탄식하고, 월은 눈앞의 오렐리아를 노려보았다.
크게 결심하고 내뱉는다.

"그럼 우리끼리 어떻게든 해야지 뭐."

말하면서도 월은 정말 위험해질 것 같으면 틈을 봐 자기
만이라도 도망쳐야겠다고 생각하고 있었다.

설령 두 사람을 버리게 되더라도 월에게는 이루어야만
할 목적이 있다. 따지고 보면 그러기 위해 손을 잡은 관계
였다.

"……하는 수 없지. 일단 이 여자는 나한테 맡겨. 미저
리는 그 사이에──"

"알았어!"

——검을 주워 가세해. 그리고 시스카가 깰 때까지 어떻게든 시간을 끌어.

그렇게 말하려던 월의 뜻을 이해했는지 미저리가 힘차게 대답했다. 월은 스스로를 고무시키려는 듯 웃으며 오렐리아를 향해 자세를 잡고,

"월의 호의를 받아들여서 우린 일단 피할게."

등 뒤에서 들려온 말에 생각이 멈춰버렸다. 놀라서 돌아보니,

"안전한 곳에서 시스카가 정신을 차리면 꼭 돌아올 테니까…… 그동안 열심히 버텨줬으면 해. 부탁할게, 월. 너만 믿어!"

시스카를 업은 미저리가 도망칠 준비를 완전히 마친 채 월에게 뜨거운 성원을 보내고 있었다.

"……잠깐만."

월은 나직하게 신음했다.

"암만 그래도 나 혼자선 힘들어! 너도 같이——"

"그럼 그렇게 알고!"

"뭐?! 야 잠깐, 기다려 인마아아아!"

미저리는 고함을 지르는 월을 내버려둔 채 뒤도 돌아보지 않고 암굴을 나가버렸다. 월은 분노와 놀라움에 질려 멍하니 서 있었다.

"저, 저 망할 여자……."

"이봐."

혼자 우두커니 남겨진 윌에게 싸늘한 목소리가 들려왔다. 검붉은 피에 젖은 기사는 도망친 사냥감을 쫓으려고도 하지 않은 채 유유자적하게 서 있었다.

"이번엔 네 녀석이 날 상대해 주는건가? 저 여자, 미저리는 비전투원 가이드라고 했다만."

"……나한테 싸울 마음이 없다고 말하면, 보내줄 거야?"

그렇게 묻는 윌에게 오렐리아는 "농담도" 웃음을 지었다.

"죽이는 게 당연하잖아. 저 둘은 쫓아갈 필요도 없이, 내 목을 치려고 돌아올 모양이니까. 그동안 심심풀이로 너를 썰고 있어야겠다."

온몸에서 살기를 뿜어내는 오렐리아와 대치하며, 윌은 최근 들어 가장 깊은 한숨을 쉬었다. 상황은 최악이었다. 하지만 이제 와서 도망칠 수도 없고──

"설마 영웅《기사공주》님과 검을 마주할 기회가 올 줄이야……. 황공무지로소이다. 너무 영광스러워 죽겠어."

윌은 소검을 고쳐 들더니 암담한 기분을 불식하듯 농담을 건넸다. 오렐리아가 불쾌하다는 투로 낯을 찡그렸다.

"아첨은 집어치워라. 지금의 나는《영웅》도《기사공주》

도 아닌…… 피에 더럽혀진 《적기사》일 뿐이니까. 아니─
─"

문득 오렐리아의 표정에 그늘이 드리워지더니, 자조와
도 비슷한 쓴웃음이 떠올랐다.

"……똑같군. 나는 아무것도 변하지 않았어."

하지만 윌이 눈을 깜빡인 순간, 오렐리아의 눈동자에 떠
올랐던 서글픈 그림자는 자취를 감추고 살의에 가득 찬
시선이 이쪽을 향했다.

"네 녀석, 이름은?"

"윌 로웬이다."

"나의 이름은 오렐리아 블링크. 그러면 윌……."

피에 물든 칼끝을 윌의 목덜미에 겨누듯 쳐들고 오렐리
아가 웃었다.

"──네 녀석의 피를 내 검의 먹이로 만들어주마!"

어둡고 탁한 푸른색 눈이 형형히 빛나더니 동공이 크게
열렸다. 그 직후, 피에 굶주린 짐승과도 같은 살인귀이자
사냥꾼은, 점찍은 사냥감을 잡아 없애려 맹렬히 달려들었
다.

× × ×

근접과 동시에 비스듬히 솟아오른 오렐리아의 검. 윌은

몸을 젖혀 종이 한 장 차이로 회피했다. 한순간이라도 반응이 늦었더라면 오른팔이 잘렸을 것이다.

두 눈에 새긴 마문의 힘을 빌려도 볼 수 없을 정도로 빠르고 예리했다. 피에 젖은 칼날이 재킷의 어깻죽지를 살짝 가르고 피비린내 나는 검압이 윌의 앞머리를 흔들었다.

오렐리아의 입술이 희열의 곡선을 그리고 크게 뜨였던 두 눈이 가늘어졌다.

"호오? 네 녀석, 좋은 눈을 가지고 있구나."

중얼거리며 머리 위로 들었던 검을 되돌려 화려한 동작으로 내려벤다. 얼른 뒤로 물러나 섬광과도 같은 신속의 참격을 간신히 회피했다. 찰나.

"도려내고 싶어지는, 맑은 눈이다."

왼쪽 눈을 노리고 내질러진 칼날. 윌은 목을 젖혀 간신히 피했다. 관자놀이가 얕게 베여 식은땀과 함께 선혈이 흩어졌다.

"윽?! 빠, 빠르――"

"표정도 좋군."

멈추지 않고 목덜미로 날아드는 검을 건틀렛처럼 로브로 막아내자 오렐리아는 검을 밀어붙이며 얼굴을 들이대더니 지근거리에서 윌을 바라보았다.

"아직 살짝 앳된 느낌이 남은 순박하고 고운 얼굴. 그

얼굴이 일그러지게 썰어대면 얼마나 추하게 바뀔지. 그런 기대와 흥분을 품게 해주는군."

"?! 기, 기분 나쁜 소리 하지 마!"

월은 《근력강화》 마문을 발동시켜 힘껏 오렐리아의 검을 튕겨내고는, 엽기적인 웃음을 짓는 기사의 팔, 갑옷으로 보호를 받지 않는 부분을 향해 소검을 수평으로 휘둘렀다.

"……호오? 반응도, 흥분되지 않는가."

월의 참격을 유유히 회피한 오렐리아가 입술을 핥았다. 뺨은 살짝 홍조를 띠었으며 푸른 눈동자에 깃든 살의도 번들번들 광채를 더했다.

"단순한 가이드, 힘없는 겁쟁이인가 했더니…… 제법 실력이 있군. 처형인 여자보다 훨씬 재미있겠는걸? 후후, 좋아. 네 녀석은 수고와 시간을 들여 한껏 고통을 준 다음 온몸을 빈틈없이 썰어주마, 월!"

"됐어! 전력으로, 거절한다!"

이런 이상한 인간과 남겨놓고 도망친 미저리를 원망하며, 월은 날아든 검을 피해 벽이나 모퉁이로 몰리지 않도록 뛰어다녔다.

실내 곳곳에 장식된 끔찍한 가구의 위치에도 주의하며 발을 움직이고, 조금이라도 상대의 정신을 흐트러뜨리고자 입을 열었다.

"……몰랐어. 설마 《기사공주》 오렐리아 님이 이렇게 사람을 썰어대며 좋아하는 엽기쾌락살인범^{사이코 킬러}였을 줄은?!"

머리에 떠오르는 것은 단련의 나날. 왕국 변경의 탐굴자인 윌의 귀에까지 들어오는 젊은 각인기사의 무용담을 들을 때마다 충격을 받고 자극되어 검을 휘두르고 또 휘두르던 시간이었다. 또한, 모든 것을 잃고 혼자가 된 후 지상에서 의기소침하던 윌이 변함없는 그녀의 활약을 들었을 때 느꼈던 것은 선망이었다.

그런데──

"어째서!"

윌은 치미는 격정에 몸을 맡기고 검을 휘둘렀으며, 오렐리아의 격렬한 검세를 피하지도 않고 맞부딪쳤다. 높은 금속음이 울리고 불꽃이 튀었다. 이를 악물고 칼날을 밀어내며, 분노와 실망이 뒤섞인 심정으로 의문을 던졌다.

"대체 무슨 이유로 사람을 죽이는 거야? 죽일 필요도 없는 사람을, 이런 식으로 즐기면서…… 죽일 수 있느냐고?!"

"흐하."

오렐리아가 웃었다. 윌의 검과 말을 받아들이며 눈을 가늘게 뜨고,

"우문이로군. 그야──"

조롱하더니, 윌이 칼날을 밀려 한 순간 검을 빼 자세를

흐트러뜨리고 물 흐르는 듯한 동작으로 몸을 돌렸다. 헛발을 디딘 윌의 등 뒤에서 검을 쳐들고는,

"기사이니까 당연하잖아?."

대답하며 검을 휘둘렀다. 윌은 빠르게 바닥으로 몸을 굴려 피하고 거리를 벌렸다. 윌 대신 뼈로 만든 선반이 베여, 인간의 안구로 만든 목걸이며 피부를 이어 만든 모자 같은 추악한 소품이 와르르 쏟아졌다. 윌은 몸을 일으키며 눈살을 찌푸렸다.

"······기사라서?"

"그래, 그렇고말고. 내가 기사고 영웅이니까."

벌어진 거리를 좁히려고도 하지 않고 선 채 오렐리아가 윌을 바라보았다. 머리카락을 쓸어넘기더니 한숨을 쉰다.

"모르겠나? 이런 데서 마수 사냥이나 정신이 팔린 탐굴자 남자는······ 흥. 그렇다면 내가 가르쳐주지. 애초에 기사는 무엇을 위해 검을 휘두른다고 생각하나?"

"응······."

"주군에게 충성을 다하기 위해? 나라의 평화를 지키기 위해? 자신의 정의를 관철하기 위해? 소중한 존재를 지키기 위해? 아니──."

윌이 대답하기를 기다리지도 않고 말을 잇더니, 인간의 귀로 만들어진 브로치를 짓밟고 바닥을 박차며 검을 들고 말과 함께 내리쳤다.

"——죽이기 위해서야."

피에 젖어 예리함이 떨어진, 흔해빠진 철제 장검. 그런 무기를 받아낸 받은 월의 소검은 《검신강화》 마문을 발동시켰는데도 무겁게 삐걱거리는 소리를 내며 떨렸다. 하마터면 무기를 놓칠 뻔하며 월은 오렐리아의 눈을 바라보았다.

"충성, 안정, 정의, 애정…… 아무리 훌륭한 이유로 치장하더라도, 검 따위 어차피 죽이기 위한 도구. 기사가 대의를 위해 휘두르는 검도, 살인귀가 욕망을 위해 휘두르는 칼도 본질적으로는 모두 똑같고……."

이글이글 광기를 태우는 어두운 푸른색 눈. 그 밑바닥에 있는 것은 희열이었으며, 슬픔이었으며, 끈적끈적한 폐수 같은 체념이었다. 월은 자기도 모르게 숨을 삼켰다.

"동등한 피로 더럽혀졌으니까."

내뱉자마자 칼날을 뒤로 뺀 오렐리아가 장검을 겨누었다. 오한이 내달렸다. 월은 얼른 뒤로 물러났지만 그 판단은 잘못된 것이었다.

"——《통곡의 카마이타치^{Gale of Screech}》!"

"끄아아아악?!"

주문과 동시에 수평으로 뿜어져 나온 바람의 칼날이 월의 몸을 갈랐다. 월은 피를 뿜으며 뒤로 날아가, 망가진 가구와 함께 꼴사납게 바닥을 굴렀다.

그래도 간신히 놓치지 않았던 소검을 고쳐 쥐며 몸을 일으키고 거듭 물었다.

　"그, 그래서…… 너는 기사가 됐던 거야? 얼마든지 사람을 죽여도, 전장에서는 벌을 받지 않으니까——"

　"반대야."

　신음하는 윌에게 다가오며 오렐리아가 말했다.

　"기사가 됐으니, 죽이지 않을 수 없었던 거다. 전장에서 살아남기 위해, 자신의 목숨을 지키기 위해. 죽이지 않으면 내가 죽는다. 그러므로 죽였다. 단순하지? 그것이 내가…… 태어나서 처음으로 사람을 죽였던 이유였다."

　"……좋아서 죽였던 게 아니었다고?"

　"그래."

　질문하는 윌에게 고개를 끄덕이자마자 바닥을 박차며 검을 휘두른다.

　윌은 로브를 감은 왼팔을 위로 휘둘러 간신히 참격을 막아냈다. 오렐리아는 탄식하며 붉게 물든 검을 쳐들었다.

　"죽이고 싶지 않았어. 그러나, 목숨이 아까웠다……. 세상 물정 모르는 시골 계집애에 불과했던 나에게 반해 기사의 길을 제시해주었던 은사님이나 가족, 고향의 기대에 호응해야만 한다는 마음도 있기야 있었지. 나는 그 후로도 몇 번이고 싸우고, 몇 번이고 죽였다. 죽이고 죽이고 죽이고 죽이고 죽이고 죽이고 죽이고——."

몇 번이고 몇 번이고, 폭풍처럼 날아드는 오렐리아의 검격이 점점 격렬해지고, 더는 버틸 수 없어 칼날을 맞은 뺨이며 어깨, 팔다리와 옆구리에서 핏방울이 튀었다. 그리고.

"정신을 차리고 보니."

"끄악?!"

오른쪽 어깻죽지를 깊이 베여 윌은 소검을 떨어뜨리고 말았다. 그다음 순간 발차기가 날아와, 쓰러진 윌의 왼팔은 철판이 들어간 부츠에 짓밟혔다.

"나는, 모두에게 《기사공주》나 《영웅》이라 불려지게 되었다."

해골 램프에서 나오는 빛을 등지고 오렐리아가 장검을 들었다. 그녀의 눈가에는 어두운 그림자가 드리워져 있었다.

"나는 지위와 명예를 얻고, 장래까지 약속받고, 평화로운 왕도에서 아무 불편할 것 없는 생활을 보냈지만……마음은 결코 충족되지 않았다. 왜인지 알겠나?"

검을 높이 쳐든 채 오렐리아가 물었다. 윌이 대답하지 못하자 오렐리아는 얼굴을 일그러뜨리더니──

"전장과는 거리가 먼, 평온한 하루하루. 그 속에서 나는 갈증을 느꼈다. 굶주리고 있던 거다…… 인간의 피와 살인에!"

소리 높여 외친 것과 동시에 검을 날카롭게 내리그었다.

월의 오른쪽 가슴에서 옆구리에 이르는 부위가 깊이 갈라져 선혈이 솟았다. 오렐리아의 검과 갑옷에 검붉은 피가 덧칠되었다.

"커어어억?!"

"그래서 난 사람을 죽였다! 죽이지 않을 수 없었다! 살기 위해서는, 아니었다. 그저 죽이기 위해, 마음속 깊은 곳에서 솟아나는 견디기 힘든 충동── 인간을 베고 비명을 들으며 따뜻한 피를 뒤집어쓰고 싶다는 욕망을 충족시키기 위해 말이지!"

통곡하듯 울부짖으며 오렐리아가 월의 몸에 칼날을 퍼부어댔다. 한 번으로는 부족하단 듯이, 가슴이며 배며 팔다리를 몇 차례고 집요하게 베어댔으며,

"나는 이미 망가졌던 거다. 셀 수 없이 적을 베고, 사람을 죽이고 영웅이 된 나는……언제부턴가 죽이기 위해 살고, 죽이지 않고선 살아갈 수 없는 살인귀로 전락했던 거라고! 흐하, 하하하하하하하하하!"

피웅덩이에 몸을 담근 채, 소나기처럼 꽂히는 칼날에 난도질을 당하면서도 월은 눈을 크게 떴다. 살의와 광기로 가득 찬, 그럼에도 슬프고 공허한 웃음.

오렐리아는 분명 원해서 변질되진 않았을 것이다. 전장에서 살기 위해, 국가와 가족과 고향을 위해서는 죽일 수밖에 없었으며, 계속해서 죽이기 위해 변질될 수밖에 없

었던 것이다.

그러나 한번 변질된 마음은 오렐리아가 전장을 떠나 죽일 필요가 사라졌던 후에도 원래대로 돌아오지 않았다. 그 결과——

"……월. 네 녀석은 내 동생과, 많이 닮았어."

푸욱.

배를 깊이 꿰뚫고는, 지면에 수직으로 꽂힌 칼자루에 몸을 기댄 채 오렐리아가 피투성이 월을 내려다보았다.

"내가 마지막으로 만난 게, 고향 마을을 떠났을 때였으니 몇 년이나 지났지만…… 딱 네 녀석과 비슷한 나이에, 건방진 눈매와 입가도 쏙 닮았어. 후후, 이미 죽었지만."

부드러운 표정을 순식간에 지우더니 오렐리아가 검을 뒤틀었다.

"커허억?!"

월은 피를 토했다. 그 모습을 내려다보는 오렐리아의 눈은 어디까지나 공허했다.

"살인귀의 육친이라고 비난을 받아, 고향 마을에서 집단 폭행으로 살해당했던 거야. 동생만 아니라 부모님도…… 내가 연쇄살인사건의 범인으로 체포된 후, 한 달쯤 지났을 때였지. 그 소식을 왕도의 감옥에서 들은 나는 즉시 탈옥을 결행했고── 왕도 사람들을, 모조리 썰어 죽여버렸다."

처음 체포로부터 2개월 후. 지하 감옥을 탈출한 오렐리아는 위병에게 빼앗은 검으로 33명이나 되는 주민을 살상해 황혼에 잠긴 왕도를 피로 물들였다고 한다. 그 계기를 안 윌은 입술을 떨고 피거품을 토하면서도 물었다.

"……복수……였어?"

"복수? 멍청한 소리."

오렐리아는 윌의 배에서 검을 주르륵 뽑으며 웃음을 지었다.

"나는 살인자라고. 원망을 사는 일은 있어도 원망할 권리가 어디 있지? 내가 했던 일을 생각하면 당연한 대가겠지. 나는 내가 죽인 그 누구보다도 처참하게 당해, 탄식조차 허락받지 못한 채 비참하게 죽어야 한다. 그것이 운명이다. 어쩔 수 없는 노릇이지."

"……그럼, 왜, 그런 짓을……."

"뭐, 조금 일깨워주고 싶었을 뿐이었어."

윌에게 웃음을 더욱 짙게 머금으며 오렐리아가 검을 들었다.

"나를 《영웅》이니 《기사공주》니 한껏 칭송하고 추켜세웠으면서, 막상 본질을 안 순간 태도를 바꿔 벌벌 떨며 나무라고, 제거하려던 국가와 백성들에게! 영웅도 살인귀도, 《기사공주》도 《적기사》도…… 전부 똑같은 존재라는 걸 몸소 깨닫게 해주고 싶었던 거다. 그리고 나는——"

피에 젖은 검을 치켜든 채, 오렐리아는 윌을 바라보고,

"언젠가 자신이 비참하게 죽을 그 순간까지, 추악한 감정에 사로잡힌 채 오만하게 죽이고 내 갈망을 채우리라고! 그날, 모든 것을 잃었을 때 그렇게 맹세하고, 떨어질 데까지 떨어지기로 결심했지. 그것이 나의 『이유』야, 윌."

"…………그렇, 구나……."

"당연히, 네 녀석도 죽인다."

내뱉으며 냉혹한 눈으로 묻는다.

"마지막으로 남길 말이라도 있나, 윌? 시시한 얘기를 늘어놓은 사죄의 의미다…… 그 목을 베기 전에 유언 정도는 들어주마."

한숨과 함께 말한 오렐리아가 검을 내렸다. 윌은 핏덩어리를 토하고, 가느다란 목소리로 말을 자아냈다.

──《재생 회복^{Regenerate}》.

그 순간 윌의 심장이 두근 소리를 내며 힘찬 고동을 새기고, 셔츠가 찢어져 드러났던 왼쪽 가슴 너머로 희미하게 극채색 마문이 떠올랐다.

그것은 2년 전, 죽어가던 윌의 목숨을 구하기 위해 아라네아가 심장에 새겨주었던 윌의 비밀병기. 그 어떤 상처도 고쳐주는 궁극극의 치유마법이다.

"뭣──."

오렐리아가 눈을 크게 떴다. 그녀의 눈앞에서, 갈기갈

기 찢겼던 윌의 육체가 순식간에 재생되며 원래대로 돌아가기 시작했다. 흘러나왔던 혈액까지도 도로 들어가, 몸 밑에 퍼졌던 피웅덩이며 셔츠에 스며들었던 핏자국까지 금세 사라졌다.

"이, 이럴 수가! 뭐지, 그 각인마법은?!"

"……미안하지만."

황급히 검을 다시 든 오렐리아에게 사과하고, 윌은 왼손으로 나이프를 뽑으며 몸을 일으켜,

"이런 데서 죽을 순 없어! 죽어야 할 사람은——"

피에 물든 칼날이 윌의 목을 날려버리기 전에. 오렐리아의 목덜미에 나이프를 들이대며 속삭였다.

"——너다, 오렐리아."

× × ×

"……후핫."

윌의 눈을 응시한 채 굳어버렸던 오렐리아가 활짝 웃었다. 팽팽해졌던 실이 끊어진 것처럼 몸을 이완시키고, 멈추었던 칼날이 아래를 향했다.

"훌륭하다, 윌 로웬…… 설마 네 녀석이 그런 비장의 수를 숨겨놓고 있었을 줄이야. 나를 끝내주는 건 처형대도 처형인도 아닌, 네 녀석이었나…… 후후후. 실로 못나고

어이없는 최후지만, 뭐, 아무래도 좋군. 이미 각오는 되어 있으니까."

오렐리아는 메마른 목소리로 중얼거리고는 눈을 감았다. 검을 손에서 놓고, 짧게 고했다.

"죽여라."

"그래. 단숨에 죽여줄게."

대답하자마자 윌은 나이프를 쥔 손에 힘을 주어 칼날을 콱 밀어냈다. 청백색 피부가 베어 흥건히 피가 배나왔다.

하지만── 그 이상 손이 움직이질 않았다. 이대로 칼날을 옆으로 미끄러뜨리면 모든 것이 끝난다는 사실을 잘 알고 있을 텐데도.

"큭?! 젠장⋯⋯."

윌은 나이프를 쥔 손을 도저히 움직일 수 없었다. 피에 젖은 채 잠든 것처럼 눈을 감은 죄인의 얼굴. 시커멓게 죽은 눈 밑이며 수척해진 뺨 등, 곳곳에 초췌해진 흔적이 남은 소녀의 얼굴을 노려보며, 팔을 부들부들 떨고만 있었다.

오렐리아가 눈을 뜨더니 감정 없는 눈으로 윌을 보았다.

"⋯⋯뭐지, 뭘 망설이고 있지? 설마, 동정하는 건 아니겠지."

어이없다는 듯, 책망하는 듯한 어조로 말을 이었다.

"윌. 나는 네 녀석의 적이자, 악랄한 살인귀라고? 죽이지 않으면, 죽는다⋯⋯저기, 알고는 있지?"

――알고는 있다. 이곳은 미굴. 인간이든 마수든, 빼앗지 않으면 빼앗기는, 전장과도 같은 약육강식의 세계다. 그 정도는 몸으로 이해하고 있으며, 여실히 깨달았다.

하지만 할 수 없었다. 윌의 이성은 지금 당장이라도 나이프를 미끄러뜨려 이 죄인의 경동맥을 베어버려야 한다고 호소하지만, 감정이 용납하질 않았다.

그것은 동정이었는지도 모른다. 한때는 동경의 대상이었던 여기사에 대한.

아니면 더욱 근본적인, 동족의 목숨을 빼앗는다는 데 대한 혐오나 공포. 칼날을 피로 물들이기 전, 살인귀로 전락하기 전의 그녀가 전장에서 품었던 것과도 같은――

"후핫!"

갈등하는 윌을 보고 오렐리아가 비웃었다. 싸늘하고 메마른 표정이 희열과 조롱으로 일그러지고, 어두운 눈에 이글이글 살의의 빛이 되살아났다.

"이 상황에서 죽이지 못하다니. 어리석은 남자군――《휘감기는 열풍Vail of Gale》!"

가슴께에 가져다 댄 손바닥에서 솟아난 돌풍이 윌의 몸을 날려버리고 나이프의 칼날이 목덜미에서 벗어났다. 등을 암벽에 부딪친 윌은 호흡이 멎었다.

"커, 헉······?!"

눈을 크게 뜬 윌의 시야에는 검을 주워 똑바로 달려드는 오렐리아의 모습이 보였다. 그 뒤에서는, 흐느적거리며 천천히 몸을 일으키는 누군가의 모습이 있었다.

피에 젖은 피부에 비취색 마문이 떠오른, 머리가 없는 ──《모독의 네크로맨서》에두아르도 카르카스의 시체였다. 오렐리아의 등을 저격하려는 것처럼 내민 손가락 끝에서부터 손목까지는 푸르스름한 마문이 빛나고 있었다.

"그 어리석음에, 죽어라, 윌 로──"

"어이! 뒤다, 오렐리아!"

그 순간 윌은 고함을 질렀다. 윌에게 칼날을 내리치려던 오렐리아가 굳어, 뒤를 돌아보려 했다. 윌은 벌떡 몸을 일으키며 바닥을 박차고,

"──《뚫어 녹이는 바늘^{Acid Pick}》……"

어디선가 남자의 나직한 목소리가 울려 퍼진 것과 거의 동시에, 윌은 오렐리아의 허리를 붙잡고 힘주어 쓰러뜨렸다. 가늘고 예리한 빛이 머리 위를 달려가 한순간 전까지 오렐리아의 몸이 있던 공간을 꿰뚫었다. 빛이 박힌 암벽에는 새끼손가락 굵기의 깊은 구멍이 뚫려 흰 연기가 피어났다.

"뭐?!"

오렐리아가 놀라 윌을 보았다.

"네, 네 녀석…… 어째서……."

"멍청히 있지 마, 또 온다!"

고함을 지르며 몸을 일으킨 윌은 사선에서 벗어나기 위해 옆으로 뛰었다. 뒤늦게 오렐리아도 몸을 일으켜, 잇달아 날아든 강산성 바늘을 회피했다. 방 한복판에 서 있던 목 없는 마법사를 노려보며 오렐리아가 내뱉었다.

"좀비구나! 그놈의 네크로맨서가 자기 몸에까지 저런 마문을······!"

좀비로 변한 에두아르도는 서로 다른 방향으로 도망친 윌과 오렐리아를 각각 오른손과 왼손으로 겨냥하고 마법을 연발해댔다.

윌은 그 맹공이 끊어진 한순간을 노려 나이프를 역수로 고쳐 쥐었다.

"내가 몸을 칠게! 오렐리아, 너는——"

"——《혹사의 나사》^{Mortal Coil}······."

주문을 자아내는 남자의 목소리. 그것은 바닥에 굴러다니던 에두아르도의 모가지, 잘려 날아간 머리의 입에서 들려오는 것이었다. 윌은 에두아르도의 몸에서 보라색 안개가 솟아나 소용돌이치기 시작하는 것을 곁눈질로 보며 외쳤다.

"머리를 쳐야 돼!"

"······!"

그리고 대답을 기다리지도 않은 채 에두아르도의 몸을 향해 돌진했다. 뱀이 똬리를 틀듯 에두아르도의 주위를

휘감은 안개가 꿈틀거리더니 월의 몸을 물어뜯으려는 것
처럼 뻗어나왔다. 월은 한순간 망설였으나 피하지 않고
정면으로 달려들기로 했다.

월에게는 《재생 회복^{Regenerate}》이 있다. 어지간히 흉악한 마법이
아니라면 치명상은 입지 않으리라 판단했던, 위험을 수반
한 돌격이었다. 그러나.

"쳇── 《통곡의 카마이타치^{Gale of Screech}》!"

보라색의 흉흉한 안개가 독사처럼 입을 벌리고 물어뜯
으려던 찰나. 혀를 차는 소리와 함께 후방에서 몰아친 폭
풍이 불온한 안개를 찢어버렸다.

월은 눈을 크게 떴지만 이내 입가에 웃음을 짓고는,

'……고마워, 오렐리아.'

속으로 인사하며, 에두아르도에게 육박해 왼쪽 가슴에
나이프를 깊이 꽂았다. 칼날의 마문에 마력을 주입하고
영창했다.

"──《번개물기^{Discharge}》!"

가슴에 파묻힌 칼날에서 청백색 전격이 뿜어져 나와 좀
비로 변한 사내의 몸을 안쪽부터 태웠다. 에두아르도가
어떤 원리로 《산송장^{Living Dead}》 마문을 발동시켰는지는 상관 없었
다── 상대의 움직임이 완전히 정지될 때까지 번개를 퍼
부을 뿐이었다.

"미안하다……."

극심한 경련을 일으키며 날뛰는 에두아르도의 몸에 사과하며 칼날을 밀어넣었다. 피부에 떠올랐던 비취색 마문이 흐려지더니, 곧 사라졌다. 윌은 번개를 멈추고 나이프를 뽑았다.

털썩 쓰러진 시체를 내려다보며 기도하듯 중얼거렸다.

"……부탁이니 더이상 일어나지 말아주라? 편히 잠들어줘."

"이봐."

그때, 언짢음을 머금은 목소리가 들려왔다. 장검을 발밑에 꽂은 오렐리아가 윌을 흘겨보고 있었다. 검붉은 피에 젖은 칼날은 바닥에 놓인 사내의 머리를 관통하고 있었다.

"끝났다."

"응? 아, 어…… 그렇구나. 수고했어."

"…………흥."

위로하는 윌에게 코웃음을 친 오렐리아가 얼굴을 돌렸다. 뭐라 형언할 수 없는 침묵이 흘렀다. 윌은 나이프의 피를 닦으며 뭐라 말을 걸어야 좋을지 고민했다.

"——왜지?"

오렐리아가 불쑥 중얼거렸다. 시선을 피한 채,

"왜, 나를 구했지……."

혼잣말처럼 묻고는, 부츠로 밟고 있던 에두아르도의 머

리에서 칼날을 뽑았다.

그리고 검신에 흠뻑 묻은 피와 뇌수를 털어버리더니 살기 어린 눈으로 윌을 노려본 채 천천히 다가왔다.

"나는 네 녀석을 죽이려 했다고? 구할 의미 따위 없었을 텐데. 오히려 내가 죽었더라면, 네 녀석에게 더 좋았을 텐데, 어째서……?"

"나도 몰라. 몸이 저절로 움직인 거야."

윌은 뒷머리를 긁으며 짜증과 함께 대답했다. 실제로 왜 그런 행동에 나섰는지 스스로도 알 수 없었다. 다만.

"마음만 먹으면 구할 수 있는 사람이, 눈앞에서 죽으면…… 찜찜하잖아. 그 사람이 설령 내 적이고, 살인자라도."

그 순간, 윌의 뇌리에는 리즈 일행의 모습이 떠오르고 있었다.

윌이 구하고자 마음먹었으면 구했을지도 모르는 사람들. 윌은 아무래도 자신이 생각했던 것보다도 그 사건을 오래 품고 있었는지도 모른다.

"……과연."

오렐리아는 걸음을 멈추고 윌을 빤히 바라보았다. 얼굴을 찡그리며 중얼거린다.

"전혀 이해하지 못하겠군. 나처럼 구제할 길 없는 살인귀의 목숨조차 빼앗지 못하고, 심지어 구해주기까지 하다니…… 제정신을 의심할 정도로 착해빠진 놈이로군. 만약 네 녀석이 나와 같은 기사였다면 이미 옛날에 죽었겠지."

"그럴지도."

손에 든 나이프에 시선을 떨구고 쓴웃음을 지었다. 시체의 가슴을 꿰뚫는 데조차 죄책감을 느껴버리는 윌에게는 전장에서 적병을 베기란 도저히 불가능할 것 같았다. 그야말로 오렐리아처럼, 인간의 길을 벗어나버리기라도 하지 않는 이상——.

"하지만 오렐리아. 너도 남의 말을 할 처지는 아닌 것 같은데."

"뭐라고?"

눈살을 찌푸리는 오렐리아에게 윌은 장난스럽게 되받아쳤다.

"아까 내가 에두아르도에게 달려들었을 때 바람 마법으로 지원해줬잖아. 죽일 상대를 도와주다니, 너도 꽤 착해빠진 것 같은데?"

"착해빠져? 흥, 같은 취급 하지마라."

미소 짓는 윌의 말을 내치듯 일축해버린 오렐리아가 코끝에 검을 들이댔다.

"나는 남이 내 사냥감을 가로채는 것이 싫었을 뿐이다. 네 녀석에게는 목숨 빚도 생겨버렸으니까, 이를 갚았을 뿐. 다른 의미는 없다."

어둡고 탁한 눈을 가늘게 뜨고 살기를 풍기는 오렐리아. 에두아르도의 피에 젖은 칼날을 월의 코끝에서 목덜미로 옮겨 경동맥 위치에 우뚝 가져다댄 채,

"여리여리한 주제에 아니꼬운 놈이로군. 흥…… 좋아. 그렇다면 지금 당장 네 녀석의 목을 날리고 선혈을 뒤집어쓴 채, 처형인 여자가 돌아올 때까지 마음껏 네 몸을 썰어주지——"

"……."

"그럴, 생각이었는데 말이지."

월의 눈을 노려보던 오렐리아가 한숨을 쉬더니 검을 내렸다. 진심으로 살의를 쏘아보내는데도 태연한 태도를 무너뜨리지 않는 월을 노려보며 내뱉었다.

"맥이 빠져버렸다. 자기 목숨을 구해준 상대에게 꼴사납게 목숨 구걸이라도 하면 기뻐하며 토막을 쳐줬을 것을. 죽일 보람도 없는 시시한 사냥감이로군."

"그럼, 그냥 보내줄래?"

"……."

오렐리아는 월의 물음에는 대답하지 않고 옆을 보며 쯧 혀를 찼다. 눈을 내리깔고는 붉게 물든 칼날을 바라보며,

"이 불쾌한 짜증은 다른 사냥감에게 풀어야겠군. 나와 같은 죄인인 처형인 여자에게………… 아니, 잠깐만. 같은 죄인?"

중얼중얼 불만을 늘어놓던 오렐리아가 문득 말을 멈추더니 조용히 입을 다물었다. 윌은 미저리와 시스카가 돌아올 때를 대비해 재킷을 여미 난도질당해 누더기가 된 셔츠를 가리다가 그런 그녀를 보며 의아해했다. 그때.

"——윌!"

날카로운 목소리가 울렸다. 쳐다보니 겨우 돌아온 미저리가 쇠고랑과 벨트가 풀린 두 팔을 내밀고 있었다.

"괜찮아?! 늦어서 미안해! 지금 구해줄게! 이번에야말로 그 여자를 해치울 테니까! 내가 진심을 다하게 만들 걸 후회하면서 죽——"

"잠깐. 졌다. 항복."

미저리의 두 팔에 감겨든 사슬 같은 마문이 떠오르고 보라색으로 빛난 순간. 오렐리아가 검을 버리고 두 팔을 들었다.

"엥?"

미저리가 어이없어했다. 윌도 놀라, 곁에 선 무방비한 죄인을 빤히 바라보았다.

"항복이라니, 너…… 스스로 목을 내놓겠다고?"

"그렇다. 나는 더이상 너희와 목숨 걸고 싸울 마음이 없으니까."

"?! 어, 어째서…….'"

"이봐, 처형인. 미저리라고 했지."

당황하는 월을 방치해둔 채 오렐리아가 미저리를 불렀다.

"네 녀석의 사육사…… 감찰관 여자는 어디 있나?"

"응…… 시스카라면, 내가 널 해치울 때까지 안전한 데 다 피난시켜놨는데?"

"그렇군. 그렇다면 지금 당장 불러와라. 대화를 하고 싶다."

"뭐어? 아니아니, 부를 리가 없잖아. 난 걔한테 처형인으로서, 널 해치우도록 명령을 받았어. 그러니까――"

"그 처형인 일을 내가 도와주겠다고 해도 말인가?"

"……?!"

미저리가 눈을 동그랗게 떴다. 월도 귀를 의심했다. 하지만 오렐리아는 진지했다.

"네 녀석은 죄인이면서 죄인을 죽이는 일을 맡고 있지 않은가? 나도 너를 거들어 죄인 사냥을 도와주겠다는 소리다. 나는 사람만 썰어 죽일 수 있다면 상대가 현상금 사냥꾼이든 죄인이든 전혀 상관이 없으니. 처음에는 욕구불만일 때 나타난 상대를 죽일 생각만 가득했다만."

월을 흘끔 본 오렐리아가 쓴웃음을 흘렸다.

"이 남자한테 광기가 깎여나가면서 머리가 식었어. 그러니 이렇게 거래를 요청하는 거다…… 후후, 어떤가? 나에게도 네 녀석들에게도 나쁘지만은 않은 이야기라고 생각하는데."

지면에서 바위를, 바위에서 석순을 박차고 도약한 그림자는 위아래가 뒤집어진 자세에서 장검을 휘둘러 오우거의 목을 날려버렸다. 키가 3미터도 넘으며 고블린을 비대하게 만들어놓은 것 같은 마수가 피를 뿜으며 쓰러졌다. 단말마의 비명을 지를 틈도 없이 숨이 끊어진 것이다. 멍하니 바라보는 윌의 옆에 바위처럼 커다란 머리가 툭 떨어졌다.

한편 오우거의 몸을 뛰어넘어 화려하게 착지한 《적기사》 오렐리아는 칼날에 묻은 피를 털더니 새 무기의 상태를 확인하며 고개를 끄덕였다. 에두아르도가 비축해두었던, 희생자들의 유품 중 하나였다.

"음, 중고 치고는 나쁘지 않군……. 마문은 심플한 《검신강화》뿐이지만."

"그런 걸로 오우거를 눈 깜짝할 사이에 해치우니 대단하지, 정말로."

상층에서는 가장 성가신 마수 중 하나인 오우거를 일격에, 그것도 접근해서 제거하기까지 10초도 걸리지 않는 신속함. 분명 마수는 목이 잘려나

간 순간 자신의 몸에 무슨 일이 일어났는지 이해하지 못
했으리라. 앞서 나갔던 윌이 동굴 안에서 오우거를 발견
하고, 이대로 나아가 교전할지 우회할지를 망설이자마자
생긴 일이었다.

"이 정도 마수라면 일부러 피할 필요도 없지…… 서두
르자."

오렐리아는 안쪽에 《검신연마》 마문이 새겨진 칼집에
검을 담으며 말하더니 혼자 저벅저벅 걸어가기 시작했다.
갈림길에서 윌을 돌아보고 묻는다.

"여기서 왼쪽으로 가면 된다고 했나?"

"……그래."

윌은 긍정하고 오렐리아의 옆에 섰다.

"조금만 더 가면 휴식하기 가장 좋은 장소가 나와. 여기
까지 왔으니 야영하자. 편안함을 추구하지만 않는다면 그
대로 에두아르도의 아지트에서 쉬어도 됐겠지만…… 그렇
게 냄새나고 악취미한 곳에 오래 있으면 정신적으로 너무
힘들어."

"옳은 말이다. 역시 마음이 편해야 몸도 편하지."

"네가 같이 있는 한, 한순간도 편하지 않겠지만 말이
지?"

윌과 오렐리아의 뒤에서 따라오는 미저리가 중얼거리며
오렐리아를 노려보았다. 어깨에 걸머진 대검을 쥔 손에

힘을 주며 낮은 목소리로 내뱉었다.

"난 널 동료라고 인정한 게 아냐. 수상한 낌새가 보이면 언제든 해치우게 눈에 불을 켜고 있을 거니까. 단단히 각오해, 오렐리아쨩."

"흥, 그래……? 그렇다면 그렇게 해라. 너에게 인정받지 않아도 처형인 일에 지장은 없을 테니. 마음이 닳아 해질 때까지 열심히 헛고생이나 하던지, 미저리 선배?"

"……건방진 후배네~. 조금 혼을 좀 내줘야 하려나?"

"에이~ 진정해요, 미저리."

시스카는 살기를 풍기는 미저리를 다독이는 한편 옆구리를 문질렀다.

시스카가 오렐리아에게 걷어차여 부러진 갈비뼈는 아직 낫지 않았다. 응급처치를 한 후 치유능력을 높이는 마문을 발동시켰으므로 지금도 회복되는 중이지만 완치되려면 한동안 시간이 걸릴 것이다. 시스카는 초췌해진 얼굴로 오렐리아에게 겁먹은 눈빛을 보내면서도 중립적인 의견을 제시했다.

"오렐리아 씨가 해를 끼칠 생각이었다면 이미 그랬을 거예요. 그리고 해를 끼칠 생각이 없다면 억지로 제거할 필요도 없죠. 기본 방침은 처형이지만 탈옥수를 잡아서 데려갈 수 있다면 그게 제일이고요……. 게다가 일손은 많은 편이 좋죠. 오렐리아 씨 같은 실력자라면 더더욱요."

"······강하니까 무서운 거잖아."

미저리가 투덜거리고 옆구리에 손을 가져다댔다. 시스카의 약과 마문 덕에 치료는 끝났지만 역시 완치까지는 이르지 못했다.

"언제 또 마음이 바뀌어서 덤벼들지 모르고."

"그때는 《예주(隸呪)》를 발동시키면 돼요.

"예주······ 그게 새겨진 애는 새긴 사람의 명령에 거역할 수 없게 되는 마문이랬지?"

"네. 제가 새긴 《예주》는 간이적인 거라 움직이지 못하게 하는 정도가 고작이지만요. 목줄 대신으로는 충분할 거예요."

──약 1시간 전. 오렐리아가 항복하고 동행을 청한 후, 월에게서 경위를 들은 시스카는 숙고 끝에 승낙했다. 오렐리아의 몸에 예속의 마문을 새길 것, 위험하다고 판단될 경우에는 즉시 제거하겠다는 조건을 달아 그녀의 제안을 받아들였다.

부정적인 태도를 보인 미저리와 마찬가지로 월 또한 아직 오렐리아를 완전히 신용하지는 않았지만, 다소의 위험성이 있다 해도 앞으로 계속해서 죄인의 위협에 시달릴 것을 생각하면 아군은 많을수록 좋다.

처형인 미저리가 너무나도 쉽게 죽음 직전까지 몰리고 월 또한 죽을 뻔한 체험이 그 마음에 박차를 가했다. 미저리는 아직도 저력을 가늠할 수 없는 실력의 소유자지만 정신이 불안정하고 성질이 급해 아무래도 위태로운 면이 있다. 게다가 평소에는 힘을 제한당하기 때문에 기습에는 매우 약하다.

"……근데 그렇게 편리한 게 있으면 미저리한테도 새겨 놓지 그랬어. 일일이 벨트하고 쇠고랑으로 칭칭 감고 마문으로 봉인할 거 없이."

"무리예요. 미저리의 몸에는 이미 온몸에 빽빽하게 마문이 새겨져 있거든요. 새로 마문을 새길 공간이 없어요. 유감스럽게도."

"그랬구나……."

봉인된 각인마법으로 좀비 무리를 섬멸하는 모습을 본 후. 벨트투성이인 차림 때문에 어쩐지 그렇지 않을까 하는 예감은 들었지만──

"그리고 마문을 새긴 사람한테만 한정적으로 예속되는 거라, 수감 된 죄인들을 관리하는 데에는 별로 적합하지 않아요……. 그럴 거면 그나마 마문을 봉인하는 형구가 편리하고 실용적이거든요."

"……헤에. 그러고 보니 오렐리아한테는 쇠고랑이 없네. 푼 건가?"

"아니, 원래 이랬다. 나는 탈옥하기 직전까지 감방에 있 었으니까."

오렐리아는 윌의 의문에 대답하며, 현상금 사냥꾼을 죽여 빼앗았다는 건틀렛을 장착한 손을 내저었다. 그녀가 입은 죄수복 외의 장비는 전부 강탈한 것이었다.

"갇힌 사람의 마문을 완전히 봉인하는 튼튼한 독방이었다……. 마문을 봉인 당하고, 검을 빼앗긴 나는 무력한 계집애일 뿐이다. 쇠고랑은 필요가 없었겠지."

"맞아요. 형구는 형무 작업 시간처럼 감방 밖으로 나올 때나 채우는 거니까요…… 감방 안에서도 형구를 차는 건, 예를 들면 조엘 그랜트처럼 마문이 없어도 위협이 될 만한 인물이나, 너무 위험해서 경계의 대상이 되는 『요주의인물』뿐이에요."

그렇게 말하며 시스카는 미저리를 흘끔 본 다음 말을 이었다.

"전자의 형구는 구속이 목적이라 마문을 봉인하는 효과는 없지만…… 이번에 일어난 폭동에서, 감방마다 마력을 공급하던 설비가 파괴되기도 해서, 실내용 마문은 의미가 사라졌어요. 그 결과 조엘은 봉인되었던 《근력강화》마문으로 사슬을 끊고 도주했죠. 다른 감방에서도 비슷한 사태가 계속해서 일어나서, 감옥은 대혼란에 빠졌어요."

탄식하는 시스카에게 오렐리아가 비웃음을 지었다.

"하핫. 네 녀석들의 감옥이, 마법의 감방을 너무 과신한 탓이지. 마문만 쓸 수 있으면 평범한 감방 정도는 어떻게

든 할 수 있으니. 감옥의 지하가 그대로 미굴로 이어져 있었던 것도 도망치는 데 편리했고."

"……감옥 지하가 미굴로? 그건 또 왜."

"형무 작업을 위해서래."

눈살을 찡그리는 윌에게 대꾸한 미저리는 마석이 함유되어 푸른 빛을 내는 암벽을 가리켰다.

"대부분의 죄수는 거기서 마석 채굴작업을 시킨대. 뭐, 나는 3년 전에 잡힌 후로 계속 감방 안에서만…… 이렇게 단단히 구속돼 있었으니까 그놈의 소동이 일어났을 때도 도망치지 못했지만. 미굴에 내려오는 것도 이번이 처음이고."

"…………그랬구나."

윌은 슬쩍 눈을 가늘게 뜨며 미저리의 발언을 가슴에 새겨놓았다. 미저리가 잡혔던 것은 3년 전이고, 그때부터 계속 감옥 안에 있었다. 미굴에 온 적도 없다──.

"……봉인해야만 할 정도로 흉악한 마문을 온몸에 새겨놓은 여자라. 감옥도 엄청난 괴물을 키우고 있었군."

미저리를 흘끔 돌아본 오렐리아가 중얼거렸다.

에두아르도의 아틀리에를 떠나기 직전. 미저리가 에두아르도의 시체와 끔찍한 작품을 태워버리는 데 썼던 《개신의 소이도^{Napalm Death}》의 위력을 떠올렸는지도 모른다. 오렐리아의 목소리에는 미미한 두려움과 긴장이 담겨 있었다.

그러자 그 혼잣말을 약삭빠르게 들은 미저리가 정면으로 돌아가서는 오렐리아의 얼굴을 들여다보며 위협하듯 웃었다.

"그렇다니깐. 잘 알고 있네. 아까는 검만 가지고 싸워서 한 수 밀렸지만, 내가 진짜로 죽이려고 작정하면 너 같은 건 쉽게 죽일 수 있어…… 그 점 명심하는 게 좋을거야."

오렐리아는 흉악한 빛을 머금은 미저리의 시선을 받아내며 비웃음을 띠었다.

"호오? 뭔가, 나한테 져서 죽을 뻔했던 걸 아직도 속으로 품고 있었나? 가슴만 컸지 마음은 콩알만 하구나?"

"시끄러워. 죽고 싶니, 오렐리아쨩?"

"아아, 해 보던가. 검밖에 못 휘두르는 상태로, 나한테 이길 수 있다고 생각한다면 말이지."

발을 멈추고 미저리와 오렐리아가 서로를 노려보았다. 풍겨오는 살기는 점점 크게 부풀어 올라, 당장이라도 터질 것만 같았다.

그때.

쿠오오오오오……

포효가 쩌렁쩌렁 울려 퍼지더니, 전방에 뚫린 동굴 속에서 거대한 그림자가 불쑥 나타났다.

──오우거가 두 마리. 시뻘건 눈에 핏발을 세우고 통나무처럼 굵은 다리로 지면을 뒤흔들며 다가오는 흉악한 포

식자. 강대하기에 무리를 짓는 경우가 별로 없어 한 마리만으로도 위협적인 마수가 두 마리나 출현한, 희귀하고도 불운한 상황이다.

다만 이 경우 불행한 것은 마수 쪽이었다. 서로를 노려보던 처형인들의 눈이 난입한 적에게 향하고, 폭발 직전이었던 살기가 그쪽으로 향했다.

월은 오우거의 거구가 흠칫 떠는 모습을 태어나서 처음 보았다.

"아핫! 뭐니 너희들. 사이좋게 다짐고기 되고 싶은 걸까?"

"후핫! 굼벵이들. 이번에는 두 마리가 나란히 목을 잃으러 왔나?!"

미저리와 오렐리아가 각자 무기를 들고 경쟁하듯 맹렬히 오우거에게 달려들었다. 마수는 얼른 몸을 돌려 도망치려 했지만,

"──《마문이 깃든 톱날검》!"
_{Magia Drive Chain Saw}

"──《휘감기는 열풍》!"
_{Vail of Gale}

회전하는 칼날이 달린 대검과 바람을 두른 장검의 칼날에 목이 스팟 날아가 너무나도 쉽게 숨이 끊어지고 말았다. 짧은 사냥을 처음부터 지켜보았던 월과 시스카는 전율하고, 얼굴을 마주보며 말했다.

"저, 저건…… 마수가 불쌍하네. 쟤들 둘이 나란히 있으

면 어떤 마수나 죄인이 와도 무섭지 않을 것 같아."

"아하하. 그, 그렇죠? 미저리는 물론이고 오렐리아 씨도 죄인 중에서는 다섯 손가락 안에 드는 현상범이었으니까요. 상대할 만한 죄인은…… 거의 없을지도 몰라요."

× × ×

탐굴에서 해결해야 할 과제는 위험한 마수나, 미궁 같은 동굴의 지형을 어떻게 공략할지가 전부가 아니다. 안전한 잠자리의 확보, 배설의 시기, 몸을 청결히 유지할 방법. 그리고——

"……좋아. 다 됐다, 밥 먹자."

테이블을 대신할 평평한 바위 위에 불 위에서 내린 쇠솥을 놓고 월은 장갑을 벗었다. 솥 안을 들여다보며 미저리가 박수를 쳤다.

"오~ 맛있겠는걸! 스튜야?"

"응. 오우거의 허벅지살이랑 간을 신선한 피로, 푹 끓였지."

"오, 오우거 스튜……."

시스카가 떨리는 목소리로 중얼거리며 월의 수제 마수 요리를 응시했다.

혈액을 졸여 만든 스튜는 거무죽죽한 갈색이라, 미저리

는 「맛있겠다」고 평가했지만 별로 식욕을 자극하는 색상은 아니었다.

"흠. 생긴 건 꼭…… 똥 같군."

"야?! 암만 그래도 똥은 아니지, 오렐리아!"

"그래, 맞아. 하다못해 진흙이라고 해도 되잖아. 윌이 기껏 열심히 만들어줬는데. 아무리 똥처럼 맛없을 것 같아도 빈말 한 마디쯤 해주자구."

"진흙도 심하거든, 미저리? 그리고 빈말이었냐……"

호된 평가를 받았지만 중요한 것은 영양가이며, 먹을 수 있는가 하는 점이다. 맛은 뒷전으로 미뤄도 된다. 윌은 약간 상처를 입으면서도 시스카가 가져온 2인분 그릇과 자기 그릇에 스튜를 담고 나눠주었다.

"식기가 부족하니까 먼저 먹어. 난 이따가 남은 거 먹을게."

"말은 그렇게 하지만 설마 독인지 아닌지 확인시키려는 의도는 아니겠지."

"아니, 괜찮지 않을까? 보기에는 영 그렇지만 냄새는 그럴듯하고. 역시 평범하게 맛있을 거 같아."

"오우거 스튜…… 마수 고기……."

미저리는 스튜에 코를 가져가 냄새를 맡으며 입맛을 다셨지만, 시스카는 정말 당장 독이라도 먹어야 하는 것처럼 새파랗게 질려 요리가 담긴 그릇을 든 손을 바들바들 떨었다. 윌은 한숨을 쉬고 스푼을 건네주었다.

"왜 그래. 마수 먹는데 거부감이라도 들어? 우리 탐굴자 사이에서는 당연한 일이야. 마수 고기도 내장도 피도 귀중한 식량이라고."

미굴, 특히 암석밖에 없는 상층은 먹을 수 있는 것이 별로 없다.

그러므로 마수는 마수끼리 잡아먹고, 미굴에 온 인간을 잡아먹는다. 당연히 반대의 경우 또한 성립된다.

"그, 그렇지만…… 식량이라면 많이 가져왔는걸요. 굳이 이런, 마수 고기를 먹을 필요는——."

"있어. 빵이나 건조 식량 같은 보존식만 먹으면 영양에 불균형이 오니까. 게다가 중요할 때 힘이 나질 않고, 백팩 안에서 식량이 무한히 나오는 것도 아니잖아. 만에 하나의 경우를 대비해 물자는 아껴놔야 해."

강한 어조로 주장하는 윌에게, 오렐리아는 "그렇지"하고 동의했다.

"나도 혼자 미굴을 헤맬 때는 식량 때문에 고생했다. 기본적으로는 사람을 죽여서 빼앗은 것으로 연명했다만. 그게 없었다면 마수 고기라도 먹을 수밖에 없었을걸. 날것으로."

"……날것은 위험해. 잘못하면 죽어. 최소한 익히기라도 해야 해."

그렇다고는 하지만 이 근처의 동굴에는 연료가 될 나무나 식물이 거의 나질 않아 불을 피우기는 어려우며, 기껏해야 화염 마법으로 그을리는 것이 고작이다.

월의 경우 지상에서 마문이 달린 조그만 풍로—— 마석을 동력원으로 쓰는 편리한 마도구를 가져왔으므로 그런 고생은 필요가 없었다.

"마수에 따라서는 고기에 독이 있기도 하니까 익혀도 위험하지만…… 오우거 고기는 안전해. 냄새도 마수 치고는 적은 편이라 먹기 편해. 파충류나 곤충에 비하면 초심자용 식량일걸."

"인간형의 고기. 다시 말해 인육 같은 거잖아? 월이 전에 인간형은 마수랑 인간의 혼혈이라며."

"이, 인육……."

미저리의 발언에 시스카의 낯빛이 더욱 나빠졌다.

"그 얘기는 거의 미신인데……."

월은 그렇게 중얼거리며 다시 요리를 권했다.

"아무튼 먹어. 보기만큼 끔찍한 맛은 아니니까. 적어도 영양가는 높아…… 설령 아무리 맛없어도 약이라고 생각하면서 꾹 참고 남김없이 먹어. 가이드의 명령이야."

"우우. 아, 알았어요…… 먹으면 되잖아요, 먹으면!"

시스카가 눈꼬리에 눈물을 머금으며 스튜를 한 스푼 떴다. 물이 없어 혈액만으로 끓였기 때문에 걸쭉해서 척 보기에도 농후했다.

"에잇, 될 대로 되라지! 자, 잘 먹겠……습미다아!"

미저리와 오렐리아도 스푼을 들고 나란히 입에 넣었다. 그 순간, 가장 마수 고기에 거부반응을 보였던 시스카가 눈을 동그랗게 떴다.

"어, 맛없──지 않, 네요? 어, 어라? 오히려, 의외로……."

"……맛있는걸. 피 스튜라고 해서 비린내가 날 줄 알았더니 전혀 그렇지 않고 감칠맛이 진해. 향신료를 잘 살려서 그런가? 게다가 이 산뜻한 산미는──."

"과실주야. 감귤류 과일로 만든 식초가 피나 내장의 냄새를 없애고 고기도 부드럽게 해주거든. 요리를 잘하는 옛날 동료가 가르쳐준 레시피야. 여기에 양파 같은 향미 야채를 넣으면 더 맛있어지는데."

놀라면서 한 입, 또 한 입 음식을 먹는 오렐리아에게 말하며 윌은 표정을 누그러뜨렸다. 솔직히 별로 자신이 없었는데 예상보다 호평인 듯해 마음이 놓였다.

"윌, 더 줘!"

"빠르다. 벌써 다 먹었어?"

묵묵히 스튜를 비우고 빈 그릇을 내민 미저리가 에헤헤 멋쩍게 웃었다.

"그치만 맛있는걸! 감옥에서 먹었던 밥보다 맛있어!"

"그거 다행이네. 많이 만들었으니까 실컷 먹어."

"음…… 그렇군. 그럼 나도, 한 그릇 더……."

"저, 져도효! 더 주혜효!"

"……그래. 시스카는 삼킨 다음에 말하자?"

모두의 식기에 요리를 들어주며 윌은 가슴이 옥죄어드는 듯한 그리움에 사로잡혔다. 이렇게 여럿이 따뜻한 식사를 했던 것이 얼마 만인지.

설령 함께 있는 것이 흉악한 죄인들이라 해도 윌은 자신의 표정이 자연스레 부드러워지는 것을 억누를 수가 없었다.

× × ×

"그러고 보니 윌. 다친 데는 괜찮아?"

──식사 후. 딱히 할 일도 없이 무료하게 시간을 보내던 미저리가 별 생각 없이 물었다. 윌은 오렐리아와 전투하며 어깻죽지가 깊이 베여버린 재킷을 수선하며 대답했다.

"응, 괜찮아. 바지랑 재킷은 너덜너덜해졌지만 안에 입은 방검조끼하고 레깅스 덕에 크게 다치진 않았으니까. 전부 찰과상 정도였어."

실제로는 그 정도 장비로 장검의 칼날까지는 막을 수 없고, 몸 곳곳에 감은 붕대 밑에는 찰과상조차 남지 않았다. 치료는 이곳에 도착하기 전에 월이 혼자 다 했고, 베이고 찢어진 셔츠도 그때 갈아입었다.

미저리와 시스카가 수상하게 여기지 않도록, 월의 심장에 새겨진 《재생 회복》 마문이 탄로 나지 않도록 조치한 것이다. 물론 오렐리아에게도 말을 맞춰달라고 부탁했고

─

"아핫, 그랬구나. 와, 대단하네에."

미저리가 활짝 웃더니 감탄하며 다가왔다. 말투로 보건대 《적기사》와 1대 1로 싸우고도 경상으로 그친 월을 칭찬하는 것처럼 들렸다. 하지만,

"월이 썼던 그 마법. 피투성이에 상처투성이에 당장이라도 죽을 것 같은 끔찍한 상태였는데. 순식간에 전부 다 나아버리는걸!"

"……?!"

재킷을 꿰매던 월의 손이 우뚝 멈추었다.

"…………보고 있었냐."

미저리를 노려보며 나직하게 으르렁거리듯 물었다. 천천히 일어나서,

"어쩐지 오는 게 늦다 싶더니, 너…… 도와주지도 않고 보고만 있었던 거냐, 미저리─?"

"아, 아닌데?! 어, 그…… 그게! 상황도 확인하지 않고

뛰어들 수는 없잖아. 내가 안을 들여다본 건 마침 윌이 그 마법을 쓰기 직전이었는걸. 게다가 너무 놀라서 난입할 기회를 놓친거야!"

윌에게 다그치자 미저리는 갈팡질팡해 시선을 한곳에 두지 못하고 빠른 어조로 변명했다.

"에두아르도가 좀비가 됐을 때도, 너희 둘이 눈 깜짝할 사이에 해치웠잖아. 윌이 죽을 것 같으면 또 마문을 발동할 거라고 기대했던 건 절대——"

"아?"

"잘못했어요!"

윌의 목소리에 힘이 들어가자 미저리는 사과하며 고개를 숙였다. 윗눈질로 눈치를 살피며 아양 떨듯 몸을 비벼 댔다.

"시, 시스카한테는 말 안 할 테니까⋯⋯ 응? 용서해주라."

시스카는 현재 볼일을 보러 자리를 비웠으며, 오렐리아도 안쪽에 있는 조그만 샘에서 목욕을 하는 중이므로 이곳에는 윌과 미저리뿐이다. 미저리는 아무래도 윌과 단둘이 남는 이 타이밍을 기다렸다가 마문 이야기를 꺼내려 했던 모양이었다.

"윌이 썼던 그 마문⋯⋯ 숨기고 싶어 하는 건, 무허가로 새긴 거라 그렇지? 나라에 들키면 위험한 거."

"……뭐 그렇지."

월은 낯을 찡그렸다. 각인마법과 마법을 발동시키는 마문을 국가가 엄중히 관리하고 통제한다는 것은 월도 아는 상식이다. 인간의 육체나 도구에 마문을 새기려면 《각인사》라 불리는 국가자격이 필요하며, 그들은 무엇의, 어디에, 어떤 마문을 새겼는가를 국가에 꼬박꼬박 보고해야만 한다.

또한, 마문은 살상력이나 위험도 등에 따라 규정된 등급이 있어서, 등급이 높은 마문을 피부에 새길 경우, 혹은 강력한 마문이 새겨진 마검을 소지할 경우에는 별도로 국가의 심사나 허가가 필요할 때도 있다. 어기면 당연히 벌을 받으며, 최악의 경우 감옥에 간다.

"이렇게 말하는 내 몸에 새겨진 마문도 그런 거라 대부분 A급 이상…… 개중에는 S급도 넘는 SS급, 소위 『금주(禁呪)』도 섞여 있어."

──금주. 그것은 지극히 위험하거나 비인도적이라고 판단해, 새기는 것도 사용하는 것도 국가에서 금지한 마문을 말한다.

"예를 들면 내가 썼던 《개신의 소이도》^{Napalm Death}는 S급인데, 그런 위험하고 흉악한 마문이 온몸에 새겨져 있으니까, 나는 대죄인인 거야."

"금주에 관한 건 살인보다 무거운 죄로 여겨질 정도니

까."

"네 마문도 마찬가지인걸."

월의 귓가에 입을 가져다댄 미저리가 속삭였다.

"어떤 상처라도 고쳐버리는 마법이라니 들어본 적도 없어. 금주까지는 아니더라도 등급은 상당히 높겠지. 그리고 만약 네가 그런 마문을 몰래 새겼다는 걸 알면…… 아마 시스카는 절대 그냥 넘어가지 않을걸? 걔가 일하는 카르타그라 마도감옥은 국가와 마법원(魔法院)이 운영하는 시설이니까."

"?! 마법원——."

마법원이란 국가에서 마문의 관리와 통제를 일임받은 국립기관이다.

카르타그라 『마도』감옥. 이름 때문에라도 혹시나 싶기는 했지만, 마법원이 직접 얽혀있다면 더더욱 시스카에게 《재생 회복》의 존재를 들켜서는 안 된다.

"있지, 월. 네 비밀을 시스카에게 말하지 않는 대신, 한 가지만…… 가르쳐줬으면 하는 게 있는데."

미저리는 긴장한 월의 눈을 바라보며, 여느 때와는 달리 진지한 표정으로 물었다.

"그 마문, 누가 새겨줬어?"

"……."

월은 대답할 수 없었다. 시선을 받은 채 입을 다물고,

미저리에게 들키지 않도록 모든 감정을 억눌렀다. 그러자,

"——킬마리아."

미저리의 입에서 흘러나온 단어에,

"응?"

윌은 눈살을 찡그렸다. 대화의 흐름으로 보건대 인명이 아닐까. 들어본 적이 없는 희한한 이름이었다.

"……몰라? 으음~ 내가 잘못…… 생각했나."

윌의 반응을 주시하던 미저리가 중얼거리더니 기척을 늦추었다. 여기에 윌이 무언가 되물으려 했을 때——

"이봐."

"햐앗?!"

나직한 목소리가 들려와 미저리가 놀라 어깨를 떨며 돌아보았다.

"왜 그러지, 미저리? 내가 말 좀 걸었다고 과민하게 반응하다니…… 무슨 야한 짓이라도 하려고 했나?"

그쪽을 보니 목욕을 마친 오렐리아가 걸어오며, 윌에게 바짝 달라붙은 미저리에게 수상하다는 눈빛을 보내고 있었다.

미저리는 얼버무리듯 아하하 웃고는 윌에게서 떨어졌다.

"야한 짓 같은 거 안 했어. 그냥 비밀 얘기를 좀……."

"——호오? 내가 들으면 안 될 이야기인가? 꼭 좀 듣고 싶은걸."

"아하하하. 어, 음…… 아니. 뭐, 별로 대단한 이야기는 아니고."

잠시 말을 멈춘 미저리는 오렐리아를 빤히 바라보았다.

막 목욕을 마치고 온 오렐리아는 묶었던 머리를 풀고 경갑을 벗고 얇은 옷만을 걸친 상태였다. 가슴께에 시선을 고정하며 미저리가 너스레를 떨었다.

"윌이랑 신나게 얘기하고 있었거든! 갑옷이 방해돼서 알아보기 힘들지만, 오렐리아는 벗으면 꽤 대단하지, 라고!"

×　×　×

"지금 들어갈 동굴은 『용의 소굴』이야. 8층에서 11층까지 단숨에 뚫을 수 있는 지름길이라 탐굴자들 사이에서 이따금 쓰이는 루트인데, 여기에는 마수도 거의 살지 않아…… 왜냐하면."

식사와 휴식을 충분히 취하고 기운을 얻은 후. 윌 일행은 목적지—— 원래는 막다른 길이었을 암벽에 뚫린 거대한 동굴 앞에 있었다. 폭이 10미터는 됨직한 구멍 속에는 마석의 광채도 없고 시커먼 어둠만이 펼쳐져 있었다.

"둥지의 『주인』—— 지룡(地龍)을 두려워하기 때문이지. 지룡은 위험해. 시커멓게 빛나는 강철 같은 비늘에 덮인 몸은 튼튼해서 어떤 무기도 마법도 통하지 않아. 날카로운 발톱은 바위도 가르고, 발달 된 턱은 사냥감을 통째로 삼켜 갑옷째 씹어 부수지……. 원래는 더 안쪽, 심층에 서식하던 마수지만 뭔가의 이유로 올라왔을 거라고 하는, 차원이 다른 괴물이야."

"그, 그런 곳으로 들어가게요? 다, 다른 루트로 가는 편이 좋지 않을지……."

시스카가 낯을 창백하게 물들이며 백팩의 어깨끈을 꽉 쥐었다. 미저리가 괜찮다며 가슴을 펴고 자신만만하게 대검을 쳐들었다.

"내 《마문이 깃든 톱날검 $^{\text{Magia Drive Chain Saw}}$》이 베지 못하는 것은 없지! 그래도 불안하다면 이 쇠고랑이랑 벨트 풀어줘도 되는데? 나온 다음에 풀어주면 늦으니까 미리——"

"아냐, 그럴 필요는 없어."

윌은 딱 잘라 말하고 구멍을 마주보았다.

"주인인 지룡은 한 마리뿐인데, 용의 소굴은 광대해. 어지간해선 만날 일도 없고, 놈이 가까이 오면 기척으로 알 수 있어. 회피하기는 쉬워. 나는 옛날에 셀 수 없을 정도로 용의 소굴을 이용해봤지만 만난 적은 한 번뿐이야. 휴면 중이라 기척을 알아차리지 못했을 때였지. 너희들 잘

들어. 특히 미저리. 이 소굴에서는 죽어도 내 말을 따라야
해. 안 그러면 죽어."

"……왜 나만 지명하는 거냐구."

미저리가 투덜거리며 뺨을 부루퉁 부풀렸다. 윌은 냉정
하게 무시했다.

이 대응에는 휴식 도중 미저리가 둘러댔던 『변명』 때문
에 오렐리아에게서 경멸의 눈빛을 받은 것에 대한 소소한
보복도 포함되어 있었다.

"첫째── 말하지 말고 기척을 죽일 것. 사냥감이 있다
는 걸 알아차리면 놈이 즉시 달려들 테니까. 목소리는 내
지 말고 몸짓 손짓으로 의사소통을 해. 둘째── 마수의
기척이 느껴지면 당황하지 말고, 소란 피우지 말고 내 지
시에 따를 것. 마수의 울음소리나 기척, 지진 같은 진동이
느껴지면 주인이 근처에 있을지도 몰라. 셋째── 만에
하나 주인인 지룡과 맞닥뜨리면 절대 싸우지 말고 온 힘
을 다해 도망칠 것. 이상. 알았어?"

"응! 확실히 알겠어!"

소리 내지 않고 고개를 끄덕인 시스카, 오렐리아와는 달
리 미저리만 큰 목소리로 씩씩하게 대답했다. 그 직후 동
굴 안쪽 깊은 곳에서 희미하게 천둥 같은 포효가 울려 나
왔다.

"앗…… 미, 미안."

세 사람의 눈총을 받으며 미저리가 입을 막았다. 월은 한숨을 쉬고 손가락으로 동굴 안을 가리키더니 발소리도 내지 않고 신중하게 걷기 시작했다.

× × ×

입을 다문 채 묵묵히, 정적과 어둠으로 가득 찬 동굴을 나아가기를 거의 3시간. 도중에 몇 차례쯤 지진 같은 진동이 엄습했던 것 말고는 별다른 사건도 없어, 지룡은 물론이고 다른 마수와도 거의 마주치지 않은 채, 월 일행은 긴 동굴을 빠져나가 무사히 출구에 도착했다. 그러자 가장 먼저 눈에 들어온 것은 햇빛으로 착각할 만큼 환한 마석의 광채였다. 그리고——

"오오?! 괴, 굉장하다…… 여기 정말 미굴인가요? 상층과는 완전히 다른 세상인걸요. 밝기도 그렇고 경치도 그렇고, 마치 지상에 있는 것 같아요!"

천장에서 돋아난 마석의 결정 아래 지면과 암반에 온갖 종류의 풀꽃이 피어나, 탁 트인 동굴을 가득 메울 듯이 우거진 기이한 광경. 지하세계라고는 생각할 수 없는 경치를 보고 시스카가 흥분해 말했다.

월은 주위를 둘러보고 발밑에 돋아난 노란색 꽃을 한 송이 꺾었다. 담담하게 빛을 내던 일곱 장의 꽃잎은 줄기가 꺾인 순간 금세 빛을 잃어버렸다.

"미굴의 짙은 마력을 양식으로 자라난 식물이야. 난치병에 잘 듣는 약초도 있고, 뿌리에 맹독을 가진 독초도 있어. 이건 어느 것도 아닌 무해한 꽃이야. 맛은 없지만 먹을 수는 있어."

월의 손을 들여다보며 미저리가 "헤에" 감탄했다.

"재미있네. 미굴은 깊이 들어가면 들어갈수록 마력이 진해진다고 했지?"

"맞아. 그러니까 햇빛이 없어도 식물이 자라나. 여기보다도 더 깊은 층에는 거대한 나무가 자라난 숲이나 수해 같은 곳도 있어."

"지하의 숲이라. 그거 꼭 보고 싶다! 갑자기 재미있어졌어, 후후. 저기저기 월, 빨리 가자! 빨리 빨리!"

"잠깐."

미저리가 월의 손을 잡고 끌어당기자 월은 낯을 찡그리며 들뜬 미저리를 나무랐다.

"용의 소굴에서 긴장만 했으니 들뜨고 싶어지는 기분도 이해하지만, 마음 다잡아. 여긴 미굴의 중층이야. 아까까지 있던 상층보다도 위험이 많아."

"맞는 말이다."

오렐리아가 어이없다는 표정으로 칼집에서 뽑은 검을 든 채, 미저리 앞으로 나왔다.

"지금 우리가 있는 곳이 11층이었던가? 시야는 밝고 동굴도 넓지만, 방해되는 식물이 무성한 탓에 멀리까지 내다보기는 힘들다. 적의 기척이나 기습에——"

어중간하게 말을 끊은 오렐리아가 검을 휘둘렀다. 풀꽃 속에 숨어 접근하던 독사 마수가 고개를 들었다가 그 자리에서 토막이 나며 날아갔다. 꿈틀거리는 몸통을 검으로 지면에 찍어 고정하며 오렐리아가 웃음을 지었다.

"좀 더 신경을 써라. 죄인을 사냥하기 전에 죽으면 처형인의 이름이 실추된다."

"……시끄럽네. 오렐리아야말로——"

미저리가 대검을 수평으로 그었다. 머리가 날아가고 몸이 꿰뚫렸는데도, 오렐리아의 등 뒤에서 덤벼들려 하던 『또 하나의 머리』가 날아갔다. 머리 쪽과 꼬리 쪽에 각각 머리가 달린 쌍두 독사였다.

"너무 방심하는 거 아냐? 내 덕분에 목숨 건졌네?"

"……구해주지 않았어도 피했다만? 네 녀석 탓에 머리카락이 지저분해지지 않았나."

마수의 피를 옆머리에 뒤집어쓴 오렐리아가 투덜거렸다. 윌은 서둘러 타월을 꺼내 수통의 물로 적시며 달려왔다.

"기다려, 오렐리아! 그 독사는 이빨만이 아니라 피에도 독이 있어. 눈이나 상처에 들어가지만 않으면 괜찮겠지만…… 혹시 모르니 건드리지 마."

"으음…… 그랬군. 하마터면 독이 들어갈 뻔했잖아?"

"미안미안. 뭐, 머리카락이 빠지는 독은 아니니까 다행
이지."

"……이걸로 만약 내 머리카락이 빠진다면, 네 녀석의
머리카락도 한 가닥 남김없이 뜯어줄 테니까?"

"싸우지 좀 마."

윌은 오렐리아의 머리에 묻은 피를 꼼꼼히 닦아주고는,
여전히 으르렁대는 두 사람에게 주의를 주며 다시 한번
주위로 시선을 돌렸다. 일단 마수의 기척은 없었다.

"——가자. 이쪽이야."

윌은 칼집에서 나이프를 뽑아 앞장서기 시작했다. 그 뒤
를 오렐리아가 따르고, 시스카를 사이에 둔 채 미저리가
제일 뒤를 방어했다. 이끼에 덮인 넝쿨이 얽힌 석주 옆을
지나쳤을 때, 시스카가 문득 중얼거렸다.

"그러고 보니 이 근처 아니었나요? 그『거미 여자』……
인간 상반신에 거미 하반신을 가진 이형의 여자가 목격됐
다는 게."

"그 괴물은 뭐지?"

"미굴에 내려간 사람들 사이에서 소문이 난 정체불명의
마수래."

조금 전에 먹을 수 있다고 윌이 가르쳐준 풀을 입가에

머금은 미저리가 오렐리아에게 말해주었다.

"긴 흑발에 금색 눈에 엄청 예쁜 미소녀라는데…… 허리 아래는 거대한 거미래."

"호오…… 나는 모르겠다만, 위험한 존재인가?"

"아뇨. 습격당했다는 말은 들어보지 못했으니 위험성은 낮을지도요? 목격담뿐이에요. 거미 다리로 10미터나 뛰었다느니, 거미줄로 공중을 이동했다느니. 겁이 많은 마수인지 마주치자마자 도망쳐버린다고 해요."

"……흠음. 사람을 습격하지 않다니, 그거 또 신기한 마수로군. 월은——"

"조용히."

——그렇게 아라네아의 화제가 가이드를 맡은 자신에게 돌아왔을 때, 월은 날카로운 목소리로 수다를 중지시키고 걸음을 멈추었다. 귀를 기울인다.

"사람 기척이다."

"……! 죄인인가?"

오렐리아가 살기를 풍기며 언제든 움직일 수 있도록 검을 들었다. 미저리도 경쟁하듯 앞으로 나와 동굴 안쪽, 두 갈래로 이어지는 길 너머를 노려보았다.

"오른쪽에서 들려오네. 하지만 이 대화 소리…… 꽤 수가 많은걸?"

"응. 최소 넷은 되겠지? 점점 이쪽으로 다가오는데……

이봐, 일단 숨자. 아마 동종업자…… 나랑 같은 탐굴자겠지만 가능하면 들키고 싶지 않아."

월은 그렇게 제안하고는 근처의 석주 뒤에 몸을 숨기고 쪼그려 앉았다. 그때 머리 뒤에서 묵직하고 부드러운 덩어리가 얹혔다.

"……내 머리는 가슴 받침대가 아니야. 비켜, 미저리."

"왜 들키고 싶지 않은 거야? 같은 현상범을 쫓는 사람들이나 탐굴자라면 피차 정보도 교환하고, 서로 힘을 합칠 수도 있지 않아?"

항의를 무시하고 가슴을 밀어낸 월은 질문한 미저리에게 한숨을 쉬고,

"젠장! 여기도 없잖아!"

대답하려던 다음 순간 울려 퍼진 사내의 노성에 입을 다물었다.

"그 자식 대체 어디로 간 거야?! 절대 놓치지 않는다. 죽여버리겠어!"

불온한 말과 목소리에 담긴 살의에 경계심을 높이면서도 월은 석주 뒤에서 살짝 고개를 내밀어 동태를 살폈다.

갈색 피부의 대머리에 새겨진 까만 해골 문신. 옷 위에서도 알아볼 수 있을 만큼 굴강한 몸집의 사내가 흉흉한 배틀액스를 어깨에 걸머지고 주위를 노려보며 눈을 빛내고 있었다.

'응? 저 사람 전에 어디선가…….'

"——아앙?"

회색 눈이 이쪽을 부릅 노려보았다. 윌은 황급히 고개를 집어넣었지만 늦었다.

"어이."

사내가 나직한 목소리를 내며 숨을 죽인 윌 일행에게 성큼성큼 다가왔다. 게다가 한패로 여겨지는 사내들도 뒤를 따라 다가오는 기척이 느껴졌다.

숨기 직전에 확인했던 상대는 배틀액스 사내를 포함해 다섯.

"거기 있는 놈 당장 나오지 못해? 앙?"

"……어쩌지? 해치울까?"

오렐리아가 작은 목소리로 물었다. 미저리가 가슴을 치우고 대검을 다시 걸머졌다.

"음~ 해치우지? 일단 현상범은 아닌 것 같지만……."

"안 돼요! 어쩔 수 없을 경우를 제외하고는 처형 이외의 살인은 제가 허락하지 않을 거라구요! 일단 조용히 대화를 시도해보고——"

"여어, 탐굴자 아저씨. 우연이네!"

시스카가 미저리와 오렐리아를 제지하며 붙들어놓고 있을 때. 윌은 칼집에 나이프를 거두고 두 손을 들어 적의가 없다는 사실을 드러내며 석주 뒤에서 나왔다.

월의 모습을 본 사내가 놀라 발을 멈추고는 신기한 마수라도 만난 표정으로 눈을 깜빡거렸다.

"……월 로웬?"

"응, 안녕. 난 아저씨를 모르지만…… 얼굴은 본 적이 있어. 애꾸눈정에서 몇 번 본 기억이 나거든. 그 왜, 바로 며칠 전 밤에도……."

월은 사내가 자신을 인지한 데에 안도하며 말을 잇고는 익숙하지 않은 사교성 웃음을 지었다. 사내는 약간 기척을 누그러뜨리며 고개를 끄덕였다.

"어, 맞아…… 있었지. 우리가 술 마실 때 근처의 카운터에 혼자. 젊고 귀여운 여자애가 말 붙이고 있었잖아? 우리 일행이 엄청 부러워해서 잘 기억해."

"하하……."

사내가 말하는 『귀여운 여자애』란 리즈를 말하는 것이리라. 여러 가지 의미에서 쏩쓸한 심정이 들어 월은 쓴웃음을 지었다. 팽팽해졌던 공기가 느슨해지며 사내의 동료들도 긴장을 풀었다. 하지만 그 직후.

"젊고 귀여운 여자애라니?!"

석주 뒤에서 험악한 기세로 튀어나온 미저리를 보고 사내들이 술렁거렸다.

"억?! 저, 저 여자…… 죄인인가?!"

그들의 시선은 무수한 벨트며 쇠고랑에 구속된 몸과 미

저리가 든 흉악한 형상의 대검에 쏠렸다. 이런 사람이 느닷없이 튀어나오면 당황하는 것도 당연하다.

"엇, 야! 맘대로 나오면——"

"젊고 귀여운 여자애란 게 누구야, 윌! 바람 피웠어?!"

주위의 상황 따위 아랑곳하지 않고, 영문 모를 소리로 따져대는 미저리에게 윌은 두통과 현기증을 느꼈다. 이 왈가닥은 대체 뭘 어쩌고 싶은 거야.

게다가.

"바람이고 자시고, 윌은 네 녀석의 연인도 아니잖나. 흥…… 슬슬 머리가 이상해지기 시작했나, 망상녀."

"——《적기사》?! 오렐리아 블링크라고!?"

한때 영웅이었던 현상범은 특히 유명했는지, 오렐리아가 모습을 나타낸 순간 사내들은 일제히 무기를 들며 술렁거렸다. 그 살기에 반응한 것처럼 오렐리아도 검을 뽑았다.

"네놈들은 뭐냐…… 썰리고 싶나?"

"?! 잠깐, 섣부른 짓은——"

"오렐리아, 엎드려!"

윌이 검을 내리게 하려 했을 때, 시스카의 목소리가 울려 퍼졌다.

"흐그악?!"

붉은 마문이 떠오른 이마를 스스로 바닥에 내리찍듯 엎

드리며 오렐리아가 무릎을 꿇었다. 모두들 멍하니 입을
벌린 채 몸을 둥글게 만 여기사를 바라보았다.

"이야, 아하하하! 죄송합니다. 교육이 제대로 안 돼
서…… 하지만 안심하세요. 제가 있는 한 해를 끼칠 일은
없을 테니까요!"

시스카가 방글방글 웃으며 등장해선 아연실색한 사내들
앞에서 모자를 벗어 가슴께에 가져다댔다. 그리고 정중한
몸짓으로 자기소개를 했다.

"저는 시스카 흐라니카. 카르타그라 마도감옥의 간수
고, 현재는 여기 『처형인』 미저리 더머의 감찰관을 맡고
있답니다."

"……처형인? 감옥의……?"

배틀액스를 든 문신 사내가 눈살을 찌푸렸다. 시스카를
보고, 미저리를 보고, 여전히 무릎을 꿇고 어깨를 떠는 오
렐리아를 본 다음, 윌에게 눈을 돌리고,

"──그랬군. 뭔가 사정이 있나보지? 일단 최소한 적은
아닌 것 같으니…… 이봐, 다들 무기 내려."

그렇게 동료들에게 지시했다. 역시 처음에 윌을 알아보
았던 이 사내가 탐굴대를 이끄는 대장인 듯했다. 거칠고
난폭한 어조와는 달리 윌 일행을 꿰뚫어보는 회색 눈동자
는 이성적이고 침착했다.

"난 하워드 리치. 벌써 이래저래 한 10년째 탐굴자를 하

고 있어."

"10년…… 오래 됐네. 나랑 거의 비슷한걸."

"같은 업계 사람으로서 너에 대해서는 좀 알지, 월. 젠트에 온 게 최근이라 얘기를 나눈 적은 없지만. 탐굴업에서 손 씻었다고 들었는데, 그런 네가 왜 또 미굴에 내려와서 이상한 놈들이랑 같이 다니는지 궁금하긴 하지만…… 지금은 애석하게도 바쁜 볼일이 있어서 말야. 태평하게 서서 이야기를 나눌 여유는 없어."

그렇게 말한 하워드가 몸을 돌렸다. 그의 등에는 날카로운 날붙이에 베인 흉터가 있었으며 찢어진 재킷 사이로는 새로 감은 붕대가 엿보였다.

자세히 보니 동료 사내들도 몸 곳곳에 부상을 입었다. 어깨에 진 배틀액스를 쥐고 하워드는 진저리난다는 듯 내뱉었다.

"거의 잡을 뻔했다가 놓친 그 남자—— 우리를 암습해서 죽이려고 했던 놈에게 감사 인사를 듬뿍 해줘야 하거든."

× × ×

"여러분을 습격한 사내는 특징으로 보았을 때 현상범 《얼굴까기》 데렉 마이어가 아닐까 해요. 죽인 상대의 얼굴

가죽을 벗겨 꿰매서 만든 마스크로 얼굴을 숨기고 범행을 저지르던 연쇄살인범으로, 현상금은 790만 G. 잔인하고도 교활한 상대죠."

하워드에게 습격자의 이야기를 들은 시스카가 안경을 밀어올리며 추측을 밝혔다.

그들의 말에 따르면 습격자의 성별은 남성이고 키는 약 170센티미터. 탐굴자를 죽여 빼앗은 것으로 보이는 옷을 입었으며, 『죄인에게 습격당했다』며 도움을 청해 방심시켜놓고는 짐꾼을 기습해── 식량 등의 물자를 빼앗아 도망쳤다고 한다.

"날붙이 같은 무기를 쓰지 않고 수도로 공격했다고 하셨죠. 그게 데렉이 고집하는 수법이자 성벽이에요. 맨손으로 상대를 해체하는 것을 너무나 좋아하죠. 참고로 희생자는 모두 남성. 여성에게는 손을 대지 않는 사상이라기보다는 단순히 그쪽이 취향인 것 같아요."

"……귀중한 정보 고마워, 아가씨. 덕분에 더더욱 죽이고 싶어졌어!"

시스카에게 대답한 하워드가 갑자기 도끼를 휘둘렀다. 풀 속에서 튀어나왔던 메뚜기 같은 벌레 마수가 베여 땅에 떨어졌다. 놈의 머리를 와직 밟아 짓이기며 앞장서서 나아가던 하워드는 뒤를 돌아보았다.

"하지만 진짜 괜찮겠어? 그냥 우리를 도와줘도."

"네, 그럼요. 아까도 설명해드렸지만 저희의 일은 『하나라도 많은 죄인을 처리하는 것』이니까요. 여러분께서 도와주셔서 죄인이 줄어든다면 기꺼이 도와드려야죠. 안 그래요, 미저리?"

시스카가 뒤를 돌아보자, 쿠키 같은 것을 손에든 미저리는 우락부락한 사내들과 담소를 나누고 있었다.

"응응! 게다가 이 사람들 엄청 친절해. 내가 꽃 먹고 있는 걸 보더니 과자까지 나눠줬어. 오렐리아도 하나 먹을래? 맛있다?"

"필요없다. 처음 만난 타인이 준 물건을 어떻게 입에 담을 수 있지⋯⋯? 독이라도 들어있으면 어쩌려고. 경계심이 없는 것도 정도가 있다."

제일 뒤에서 혼자 거리를 두고 있던 오렐리아가 쌀쌀맞게 말하며 미저리를 노려보았다.

그 말에 말없이 어깨를 으쓱한 미저리는 과자를 입에 털어 넣더니 다시 잡담을 시작했다. 사내들은 모두 완전히 미저리에게 넘어가서 조금 전까지의 날카롭던 분위기는 마치 거짓말 같았다.

"미인하고 얘기 나눠서 신난 거야. 여자라곤 하나 없는 탐굴대다 보니."

뭐라 형언할 수 없는 표정을 짓는 월을 보며 말한 하워드가 쓴웃음을 지었다. 하워드와 나란히 선두에서 걷던 윌도 따라서 씁쓸하게 웃었다.

"뭐, 여자 탐굴자는 좀처럼 없으니까. 내가 전에 있던 탐굴대의 홍일점도 비슷하게 남자들이 잘 챙겨주고 그랬어."

"──《언더오스》인가."

하워드가 중얼거렸다. 윌은 대답하지 않은 채 주위로 시선을 돌리며 하워드 일행을 습격하고 도망쳤다는 죄인을 경계했다. 그러자 하워드가 윌의 옆얼굴을 살피며 조심스레 물었다.

"역시 그 일은 언급하지 않는 게 나았나?"

"……음. 아니──."

한숨을 쉰 윌은 애써 가벼운 어조를 꾸며 대답했다.

"신경 쓸 거 없어. 그렇게 신경 쓰면 오히려 피곤하고……. 이젠 트라우마는 극복했으니까 괜히 말 가리고 그러지 않아도 돼. 안 그랬다면 이렇게 다시 미굴에 내려오지도 않았을 거 아냐?"

"하하, 그것도 그렇군. 그렇다면…… 다행이구만. 솔직히 주점에서 널 볼 때마다 신경이 쓰였거든. 이렇게 미굴에서 만나니 반갑다."

"……그랬구나."

같은 업계 사람과 이야기를 나눈 것은 오랜만이었다. 그런 상대가 건네준 따뜻한 말에 윌의 입가에도 웃음이 피었다.

미굴 깊은 곳에서 소식이 끊어져 전멸 소문이 돌던 《언더오스》에서 월이 유일한 생존자로 지상에 돌아온 직후. 그때까지 아무도 도달한 적이 없는 심층에서 기적적으로 생환한 젊은 탐굴자로서 주목을 모았던 월은 몰려드는 동종업자나 호기심 어린 이들을 피하기 위해 트라우마라는 거짓말로 벽을 만들었다.

실제로는 당시 월의 마음이 거칠어졌던 이유는 『소중한 동료를 잃고 혼자만 살아남은』 절망과 허무감에 더해 또다른 상실감이 더해졌기 때문이었지만, 후자──── 아라네아에 대해서는 아직 아무에게도 밝힌 적이 없다.

그러니 사람들이 월에게 품는 의문과 흥미는 자연스레 한 가지로 집중되었다. 그것은 곧,

"……이봐, 월. 난 네 이야기를 소문으로 들은 후로 계속 궁금했던 게 있는데. 넌 대체 미굴 심층──── 30층보다도 깊은 곳에서 지상까지, 어떻게 혼자서 살아 돌아왔던 거야?"

"네에?!"

하워드의 물음에 경악해 소리를 지른 사람은 시스카였다. 뒤에서 몸을 내밀고 대화에 끼어들었다.

"심층에서 생환한 분이 있다는 말은 저도 언뜻 들었지만…… 설마 그게 월 씨였다니! 왜 가르쳐주지 않았어

요?!"

"……옛날 이야기는 전에 언뜻 했던 것 같은데? 일부러 들려줄 만한 이야기도 아니고. 애초에 서로 필요 이상으로 캐묻지는 않기로 했잖아."

"그, 그건 그렇지만요……."

시스카가 눈을 내리깔고 두 손의 검지를 서로 콕콕 마주 대며 말했다.

"그런 이야기를 들으면 아무래도 궁금해지잖아요! 알고 싶어지잖아요. 윌 씨가 어떻게 미궁에서 살아남았는지."

"…………그냥."

윌은 시스카에게 무뚝뚝하게 대답하고, 옆얼굴에 쏠리는 하워드의 시선에서 피하듯 걸음을 빠르게 하며 혼잣말처럼 대답했다.

"난 그냥 남보다 운이 좋았을 뿐이야. 탐굴대가 마수에게 습격당했을 때, 가장 미숙한 나만 도망칠 수 있었던 것도…… 그 후에 살아서 지상에 돌아올 수 있었던 것도, 전부. 그 이상도 그 이하도 아니야."

× × ×

——지상 세계를 보고 싶어.

아라네아가 그런 희망사항을 밝힌 것은 윌이 그녀와 살

기 시작하고 1년쯤 지난 어느 날이었다. 여느 때처럼 안전한 둥지 안에 드러누워, 아라네아와 두서없는 이야기를 나누며 꾸벅꾸벅 졸고 있을 때.

부드러운 베개에 뒷머리를 기대고 기분 좋게 잠들려던 월은 놀라 눈을 크게 뜨고 아라네아의 얼굴을 올려다보았다.

"지상 세계를 보고 싶다니…… 여길 나가서, 위로 올라가고 싶다고?"

"응. 위로 가서, 미굴 밖, 월이 태어나고 자란 『인간 세상』에 가보고 싶어."

월의 머리를 손으로 부드럽게 쓰다듬듯 빗어주며 아라네아가 말했다. 월은 한동안 입을 다물었다가 애매한 표정으로 물었다.

"……위험하지 않을까?"

"위험?"

아라네아가 고개를 갸웃했다. 인형처럼 무기질적인 얼굴에 웃음이 떠오르며 보석처럼 아름다운 두 눈이 장난스럽게 가늘어졌다.

"인간 세상, 여기보다 위험한 곳? 나약한 생물인 월이, 평범하게 살아가는데."

"아라네아…… 너 『나약』이라고 말하면서 지금 코웃음 쳤지? 사실이긴 하지만."

월은 한숨을 쉬고는, 지난 1년 동안 몰라볼 정도로 자연스럽고 인간다워진 미소를 바라보았다. 아라네아에 대한 혐오나 공포는 이제 거의 남지 않았다.

"……지상이라. 이제 슬슬 여기서 사는 데도 적응해서 마음에 들기 시작했는데. 아라네아가 가고 싶다고 한다면, 좋아. 가볼까."

"좋아? 정말?"

"응. 이제까지 신세만 졌으니까."

월은 베개에서 고개를 들고 몸을 일으켜 아라네아와 마주보았다.

어둠색 장발에 금색 두 눈, 투명할 정도로 새하얀 피부. 자신의 실로 만든 순백색 드레스를 걸친 소녀의 가녀리고 조그만 몸, 그 아래는 거대한 거미 괴물――이 아니었다. 인간 소녀와 다를 바 없는 두 개의 나긋나긋하고 아름다운 다리를 접은 채 얌전히 정좌하고 있었다. 월이 베개로 삼은 것은 아라네아의 허벅지였다.

"이번에는 내가 아라네아에게 바깥세상을 안내해줄 차례야. 인간하고 똑같은 그 모습이라면 정체를 들킬 걱정도 없겠지."

"응. 하지만 이 형태는, 약하니까…… 바깥세상에 나갈 때까지는, 원래 모습으로 있을래."

하반신을 거미가 아니라 인간 모습으로 바꾼 이 형태는

아라네아가 월과 함께 지내기 시작하고 100일 정도가 지났을 때 갑자기 『떠올린』 모습이었다.

거미의 꽁무니에서 뽑는 실이나 강력한 독을 가진 앞다리의 발톱을 쓸 수 없는 만큼 전투력은 현저히 떨어지지만 외견에서 오는 귀여움이나 안도감은 비약적으로 늘어나 월 앞에서는 될 수 있는 한, 이 모습으로 있어 준다. 다만 어떻게 아라네아가 이처럼 인간과 똑같은 모습이 될 수 있었는지는 여전히 수수께끼였으며, 출생이나 정체에 관한 기억도 아직까지 돌아오지 않았다.

그러므로——

"알았어. 그렇게 하자. 뭐, 미굴 위는 심층만큼 위험하진 않으니까 중간에 인간 모습이 돼도 문제는 없겠지⋯⋯ 미굴을 나가서 모르는 세계를 접하면 또 뭔가 변화가 생길지도 모르고. 가자, 아라네아."

월은 자신을 위해서가 아니라 아라네아를 위해, 심층에서 지상 세계로 올라가기로 한 것이다. 보신을 목적으로 함께 지내는 동안 월은 인간이 아닌 아라네아를 어느샌가 진짜 친구로 소중히 생각하게 되었으므로.

——이리하여. 심층에서 지상으로 향하는, 월에게는 1년 만의 탐굴이 시작되었는데, 그것은 너무나도 간단하고 위험성이 없었다.

그 이유는 물론 아라네아가 동료이기 때문이었다. 흉악

한 마수가 들끓는 심층에서 살던 아라네아의 힘은 하층이나 중층에 도사린 마수의 대부분을 압도적으로 능가했다. 그러므로 윌은 나이프를 휘두를 필요도 없이 지상으로 길 안내만 해주면서, 앞길에 나타난 마수를 모조리 유린하는 그녀의 뒤를 따라가기만 하면 됐다.

인간이라면 내려오는 것조차 목숨을 걸어야 하는 깊은 수직굴도, 독기가 자욱한 독늪도, 흉포하게 진화한 식인 식물이 우거진 숲도, 내장포식자라는 별명을 가진 벌레 마수가 도사린 단층도── 아라네아는 신체 능력과 거미줄을 구사해 어려움 없이 돌파했다.

윌이 《언더오스》 동료와 힘을 합쳐, 몇 번이나 생명의 위기를 겪어가며, 한 층을 사흘에서 닷새에 걸쳐 공략했던 하층── 30층에서 20층까지를 아라네아는 겨우 열흘만에 돌파하고, 그로부터 닷새도 걸리지 않아 중층의 끝인 11층에 도달하고 말았다.

그 상황에서 윌은 말을 꺼냈다. 조용해진 동굴 안을 둘러보며,

"……저기, 아라네아. 슬슬 사람 모습이 되는 게 좋지 않을까? 여기까지 오면 나도 충분히 대응할 수 있고, 나 외에 다른 사람과 만날 가능성도 있거든. 아래쪽이 거미인 모습을 들키면 귀찮──"

말하려던 순간 윌은 깨달았다. 왼쪽 전방에 뚫린 동굴

앞에 까만 사람의 모습 같은 것이 있었음을. 응시하니 그것은 바로 칠흑의 외투를 입은 인간이었으며, 옷과 마찬가지로 까만 후드를 눈가 깊숙이 눌러쓰고 얼굴에는 역시 까만 새 같은 가면을 썼다.

탐굴자답지 않은 차림을 한 그 인물은 기묘하게도 맨손이었으며, 동료임 직한 다른 사람도 보이지 않았지만, 그렇기에 매우 이질적이었다. 가면으로 표정을 가린 얼굴은 윌의 옆, 아라네아를 향하고 있었다.

"?! 이런, 들켰어……."

"……윌. 도망치자."

까만 가면을 응시하며 아라네아가 중얼거렸을 때, 윌은 그녀가 『인간』이라는 익숙하지 않은 존재와 얽히기를 두려워해 피하려 한다고만 생각했다. 하지만 그런 것치고는 어딘가 분위기가 이상했다. 아라네아는——

"저건, 위험해. 위험, 해."

어떤 마수를 상대할 때에도 초연한 태도를 무너뜨리지 않고 동요를 보이는 일이 없던 아라네아가 가늘게 몸을 떨고 있었다. 그제야 윌은 아라네아라는 절대적인 강자가 겁을 먹었다는 사실을 이해했다. 경악이 충격으로 바뀌어 뇌수를 꿰뚫은 것과 동시에.

가면 속에서 엿보이는 두 눈을 이글이글 빛내고 까만 로브를 나부끼며, 정체불명의 인물이 사냥감을 발견한 마수와도 같이 덤벼들었다.

× × ×

"——《번개물기(Discharge)》!"

날개를 펼치고 상공에서 기습한 박쥐의 발톱을 회피하며 무방비한 등에 꽂은 칼날로 번개를 흘려보낸다. 마치 곰처럼 털이 북슬북슬한 거구가 경련하며 날뛰더니, 지상에서 힘없이 몸을 뒤튼 후 움직임을 멈추었다.

윌은 나이프를 뽑고 칼날에 묻은 피를 닦으며 시체를 내려다보았다.

"그리즐리 배트로군. 이 근처에서는 자주 보이는 마수인데…… 무리를 지어 다니는 건 드문 일이야. 게다가 이 숫자는……. 몇 마리였어?"

"네가 쓰러뜨린 게 마지막이고 8마리야. 이렇게 많지만 않았으면 별것 아닌 놈들인데…… 이봐, 너희들! 다친 데는 없어?!"

박쥐의 두개골을 쪼갠 배틀액스를 걸머지며 하워드가 외쳤다.

그의 주위에는 그리즐리 배트의 시체가 여기저기 널브러져 있었으며, 마수의 피에 젖은 무기를 든 사내들이 저마다 무사하다고 말했다. 피해는 거의 나오지 않았으며 미저리, 시스카, 오렐리아도 모두 상처 하나 없었다. 앞장섰던 하워드가 배설물 냄새로 마수의 존재를, 일찌감치 감지하고 상공의 기습에 대비한 덕이었다.

"하지만 이거 냄새가 나는데…….."

"수가 많으니 어쩔 수 없지. 코 비뚤어지기 전에 지나가자."

"아니, 마수 똥 냄새도 지독하지만 말야, 다른 의미에서도 냄새가 난다고. 수상해. 위화감이 있어……. 중층 치고는 만나는 마수가 좀 너무 적은 거 같지 않아?"

지면에 고인 똥구덩이를 피해 안쪽으로 나아가며 하워드가 중얼거렸다.

그 위화감은 윌도 느꼈다. 윌이 제11층에 도착해 하워드 일행과 함께 행동하기 시작한 지 1시간 정도가 지났는데, 마수와 조우한 것은, 한 손으로 꼽을 정도밖에 되지 않았다. 이것은 극단적으로 적은 숫자다. 자연이 풍부한 중층은 상층보다도 마수가 많이 서식해 더욱 빈번히 몰려드는 곳이었을 텐데도.

"그러면서 평소에는 어지간해서는 무리를 짓지 않는 마수가, 한곳에 모여 있다가 왁하고 덤벼들지. 이상한 낌새가 들어. 공기가 무겁고 답답하달까. 꼭 미굴 전체가 뭔가에 겁을 먹은 것 같아."

"……탐굴자의 감이란 거군. 영 불길한데."

탐굴자로서 1년의 공백기가 있는 월은 하워드의 말에 강한 경계심을 품으며 감각을 날카롭게 가다듬고 걸었다. 상층에 비해 천장이 높고 폭도 넓은 동굴을 빈틈없이 살피며, 도망친 죄인의 행방을 찾아 헤매다——

"?! 여긴⋯⋯."

약간 좁은 수평굴을 빠져나갔을 때, 눈 앞에 펼쳐진 광경을 보고 월은 자기도 모르게 발을 멈추었다. 뒤따라 오던 시스카가 "우와!" 하고 소리를 지르며 월을 지나쳐 나갔다.

"여기도 엄청 아름다운 곳이네요⋯⋯."

한층 넓은 돔 형태로 탁 트인 공간. 상공에서 내리쪼이는 달빛 같은 마석의 빛 밑에서 꽃줄기에 작고 파란 꽃이 가득 핀 식물이 군생하며 눈 닿는 곳마다 펼쳐져 있다.

꽃잎은 안에 담긴 마력으로 희미한 빛을 냈으며, 그것이 수천 수만 송이나 우거진 모습은 마치 빛의 바다 같았다. 주위에는 마수의 그림자도 없어 고즈넉한 정적에 싸여 있었다.

『——월.』

머나먼 기억 저편에서 그리운 목소리가 이름을 부른 듯한 기분이 들었다.

"굉장하다! 꽃밭이네!"

멈춰선 월의 옆을 뛰어 지나쳐 미저리가 푸른 꽃이 핀

초원으로 돌진했다. 풀은 미저리의 무릎까지 올라왔으며 그 끝에는 푸르게 빛나는 조그만 꽃들이 흔들리고 있었다. 미저리가 허리를 구부리고 꽃을 빤히 바라보았다.

"와, 꽃 예쁘다. 게다가 뭔가 과자처럼 달달한 향기가…… 역시 맛도 좋을려나?"

"기다려!"

꽃을 꺾어 그대로 입에 털어 넣으려 하는 미저리를 제지한 월은 초원으로 다가갔다. 부드럽게 풍기는 달콤한 방향이 씁쓸한 기억을 환기시켰다.

"이 꽃은 『용절란(龍絶蘭)』이라고 하는데, 냄새는 좋아도 꽃잎과 뿌리에 맹독을 가진 독초야……. 입에만 넣지 않으면 해는 없다지만, 독성을 두려워해서인지 마수도 이곳에는 다가오려 하지 않아."

아라네아에게 안겨 달려나갔던 초원. 지금도 이따금 꿈에서 보곤 하는 아라네아와의 마지막 기억에 가슴이 옥죄어들어 월은 미저리의 손에서 꽃을 빼앗았다. 꺾여서 푸른 마력의 광채를 잃어버린 하얀 꽃은 은방울꽃과도 비슷했다.

은방울꽃. 또 다른 이름은 군영초(君影草). 잎 뒤에 몰래 숨어 한데 모여 피어나는 가련한 모습 때문에 이렇게 불리는 이 꽃은 월에게 어쩔 수 없이 그녀를 떠올리게 했다.

어둠을 내달린 백금색 광채에 휩싸여 상반신이 형체도

없이 날아가 버린, 아라네아의 처참한 최후를——.

"……뭘?"

미저리가 눈을 깜빡이며, 굳어버린 윌을 빤히 들여다보았다.

——그리고 그때. 시야에 느닷없이 하얀 안개 같은 것이 끼기 시작했다.

흠칫 놀라 고개를 들자 초원 일대를 에워싸듯 안개가 피어나 앞을 제대로 볼 수가 없었다. 시스카가 오렐리아를 데리고 황급히 달려왔다.

"윌 씨! 이 안개는…….

"흔한 자연현상인가? 상당히 짙군."

"응. 안개 자체는 의외로 자주 생기는 현상이야. 하지만 이 정도로 짙은 건 보기 드문데…… 생긴 것도 갑자기 생겼고, 악화되는 게 너무 빨라."

그러는 동안에도 안개는 점점 자욱해져, 이제는 몇 미터 앞조차 제대로 보이지 않는 상황이었다. 하얀 안개 너머로 용절란의 푸른 빛이 뿌옇게 보였다.

"이 안개는 혹시…… 이봐, 하워드! 들려?! 들리면 될 수 있는 대로 한곳에 모여서 습격에 대비해! 이 안개는 아마 자연적으로 생겨난 게 아니라—— 마법이나 다른 힘을 써서 인위적으로 만들어냈을 거야!"

윌은 꽃을 버리고 소검을 뽑았다. 다른 일행도 긴장하며 저마다 등을 맞대고 무기를 들었다.

안개 저편에 있어야 할 하워드 일행의 반응이, 없었다. 백팩을 내리고 검을 든 시스카가 불안스레 말했다.

"……하워드 씨 일행은 어떻게 된 걸까요? 설마, 이미——."

"괜찮을 거야. 하워드는 베테랑 탐굴자고, 그 탐굴대 사람들도 다 실력자였으니까. 그리 쉽게 당하지는 않았을 걸. 오히려 가장 무서운 건…… 아니, 아무리 그래도 그건 아니겠지."

월은 뇌리를 스친 『어떤 가능성』을 입에 담으려다 관두고 안개 너머로 의식을 집중했다. 만약 이 안개가 인공적으로 발생한 것이라면 목적은 틀림없이 시야 차단, 혹은 기습이다. 방심하지 않고 눈을 빛내며 오렐리아가 중얼거렸다.

"안개를 만든 건 죄인인가? 탐굴자들을 습격하고 도주했다는 예의……?"

"……아니에요. 데렉에게 이런 마문은 없는 걸로 알아요. 안개 마법을 쓸 수 있을 만한 건, 어디보자. 음——."

도망친 죄인 중에서 시스카가 상대를 추려보려 하던 다음 순간. 짙은 안개 속에서 느닷없이 사람의 그림자가 튀어나와 월에게 무기를 휘둘렀다.

"큭?!"

윌은 얼른 몸을 젖혀 아슬아슬하게 회피했다. 윌의 머리를 쪼개려던 배틀액스가 허공을 가르고 용절란을 베며 지면에 깊이 박혔다. 갈색 피부의 대머리에 새겨진 까만 해골 문신. 윌은 습격자의 옆얼굴을 보고 눈을 크게 떴다.

"하워드?!"

흉기를 휘두른 습격자의 공허한 회색 눈이 윌에게 향했다. 말없이 다시 배틀액스를 들고는, 거리를 벌리기 위해 뒤로 뛰어 물러나는 윌을 향해 육박하며 무기를 쳐들었다.

도끼를 받아내고자 윌이 두 손으로 소검을 든 찰나.

"――《통곡의 카마이타치 Gale of Screech》!"

수평으로 몰아친 폭풍이 윌에게 덤벼들려던 하워드의 몸에 옆에서 꽂혀 그의 몸을 날려버렸다. 오렐리아가 윌의 옆에 서서 검을 고쳐 들었다.

쓰러진 하워드를 노려보며 혀를 찬다.

"……쯧. 이해했다. 네놈들은 처음부터 이럴 속셈이었군. 죄인에게 습격을 당했다느니 거짓말을 해서 경계심을 푼 다음 한꺼번에 죽이려고――"

"아뇨, 그게 아니에요!"

긴박한 목소리로 부정한 시스카가 검을 수평으로 휘둘렀다. 하워드와 마찬가지로 안개 속에서 나타나 손에 든 검으로 덤벼들려 했던 사내 둘이 채찍처럼 길게 늘어난 시스카의 마검에 가로막혀 간격 밖으로 물러났다.

여기에서 그치지 않고 미저리의 전방, 바람의 칼날에 베였던 몸을 일으킨 하워드의 뒤에서도 일행이 나타나 전부 다섯 명이 주위를 에워쌌다. 공허한 눈을 뜬 그들의 얼굴에는 표정이 없었으며 이마에는 빛나는 붉은색 마문이 나타나 있었다.

"이봐, 저 마문······《금주》랑 똑같지 않아?"

"맞아요. 저건 바로 금주의 일종이에요. 하지만 제가 오렐리아 씨에게 새긴 것보다 훨씬 강력하고 성가신 거죠. 하워드 씨의 탐굴대는 지금 완전히 의식을 빼앗겨서 조종당하는 거예요! 이 안개를 만들어낸 현상범 죄인——"

시스카가 안경을 예리하게 빛내며 안개 저편을 노려보았다.

"비열한 《인형사》 드레이스 에뮤어라는 이름의 악녀에게!"

"꺄하하하하하하하하하하하하!"

그 순간 요란한 웃음소리가 울려 퍼졌다.

높은 웃음소리를 터뜨린 것은 월 앞에 있던 하워드였다. 인형처럼 무표정하던 얼굴이 느닷없이 바뀌어, 하워드는 재미있다는 듯 낯을 일그러뜨리더니,

"악녀어? 내가 악녀라고? 꺄하하! 잘 알고 있네······ 하지만 너 같은 여자한테만큼은 그렇게 불리기 싫은걸~?

똥 같은 감옥의 똥 같은 암캐…… 아니, 똥 그 자체인 초
악녀! 내가 제일 싫어하는 종류의 여자야, 시스카 흐라니
카. 젠장, 열 받네."

굵고 걸걸한 목소리에는 어울리지 않는 끈적끈적한 여
성의 어조로 시스카를 지저분하게 욕한다. 그 이상한 상
황에 윌의 등골이 오싹해졌다.

"……하, 하워드?"

"똥 똥 시끄러운 남자로군…… 아니, 여자인가. 저놈 대
체 뭐지?"

"하워드는, 몸은 남자인데 마음은 여자…… 뭐 그런 사
람이었던 거야?"

"아니에요."

미간에 주름을 지으며 신음하는 오렐리아와 고개를 갸
웃하는 미저리에게 한숨을 쉬며 시스카가 하워드를 보았
다.

"하워드 씨라는 이름의 『마리오네트』── 다시 말해 꼭
두각시 인형의 입을 빌려 드레이스가 말하는 것뿐이에요.
드레이스 본인은 어딘가 안전한 곳에 틀어박혔거나 안개
속에 몸을 숨기고 있겠죠. 원래 그런 여자니까요."

시스카가 내뱉으며 낯을 일그러뜨렸다.

"──죄수번호 499, 현상금 3000만 G. 자기 가게를 찾
아온 손님에게 무단으로 예속 마문을 새겨 육체를 차지

하고, 자기 손은 더럽히지 않은 채 살인이며 강도, 방화와 사기 등 50건도 넘는 악행을 저질렀던 악덕 각인사. 그래서 《인형사》라 불린, 음험하고 비겁하고 악랄한 여자예요!"

"꺄하하하!"

하워드의 몸을 통해 드레이스가 웃었다. 그에 맞춰 다른 동료들도 웃음을 터뜨려, 초원에는 귀에 거슬리는 폭소가 울려 퍼졌다. 시스카가 입술을 깨물었다.

"분명 하워드 씨 일행도 어떤 찰나에 예속 마문이 새겨져, 눈치채지 못한 사이에 드레이스 씨의 인형으로 전락하고 말았을 거예요. 조종당하는 동안의 기억은 남지 않으니 제멋대로 이용했겠죠. 마법을 풀려면 드레이스를 죽이거나, 조종당하는 상대를 쓰러뜨리거나, 혹은 마력이 고갈되기를 기다릴 수밖에 없어요."

"……그렇군. 성가신 마법인걸."

월은 주위를 에워싼 하워드 일행을 둘러보고 이마에 땀을 흘렸다.

그가 예상했던 최악의 가능성—— 귀중한 물자, 거액의 현상금이 걸린 오렐리아의 머리, 젊은 여성의 육체 등에 눈이 멀어 하워드가 자신들을 함정에 빠뜨리려 했던 건 아닐까 했던 우려보다도 훨씬 성가신 사태였다.

월은 이를 갈았지만 오렐리아는 흥 코웃음을 치더니, 드레이스의 꼭두각시 인형으로 바뀐 사내들을 노려보며 푸른 눈을 번뜩 빛냈다.

"……그렇다면 간단하지. 죽이면 마법이 풀린다니, 전부 죽여버리면 그만이지. 그리고 우두머리인 인형사를 찾아내 해치울 뿐. 좀비니 네크로맨서보다도 훨씬 손이 덜 가는 상대 아닌가."

"아, 그러네! 저 인형들은 아까부터 멍하니 서 있기만 하고 전혀 공격하질 않는걸. 겨우 다섯 마리니까 냉큼 해치워버릴까?"

"안 돼!"

월은 당장이라도 튀어나가려 하는 오렐리아와 미저리에게 고함을 지르고, 소검을 쥐며 씁쓸한 심정으로 말렸다.

"──죽이지 마. 이 사람들은 그냥 조종당하는 거잖아. 죽이지 않고 의식만 빼앗는 정도로 해줄 수 없을까?"

"엣?! 주, 죽이지 말라니…… 왜? 적인데?"

미저리가 당황해 월과 눈앞의 사내들을 번갈아 보았다. 오렐리아가 어이없다는 듯 말했다.

"나 원…… 정말 착해빠진 놈이군, 월. 하지만 나까지 네 녀석 의향에 따라줄 의무는 없다. 상관 않고 죽이겠다. 한명도 남김없이──"

"그러니까, 하지 말라고!"

달려들려 하는 오렐리아의 어깨를 붙잡아 억지로 세웠

다. 오렐리아가 짜증난다는 듯 혀를 차고는 윌에게 살기 어린 눈을 돌렸지만, 상관 않고 손에 힘을 주며 마주 노려보았다.

짧은 한순간이라고는 해도 함께 탐굴하고 마수와 싸웠던 상대다. 하워드와는 같은 탐굴자로서 마음이 맞는 부분도 있었다. 가능하다면 죽지 않았으면 했다.

'……정말이지. 이렇게 쓸데없는 정이 드는 것도 포함해서 될 수 있는 한 다른 탐굴자와는 엮이고 싶지 않았던 건데.'

무른 마음은 약한 마음. 윌은 탐굴자로서 그런 마음을 버려야만 한다고 자신에게 호소한다. 그러면서도 인간으로서의 윤리와 도덕, 감정은 온 힘을 다해 그를 붙들어맸다.

"맞아요. 저도 그래야 한다고 생각해요."

갈등하는 윌에게 동조해준 사람은 간수 시스카였다.

"감옥 측 사람으로서, 그리고 미저리와 오렐리아 씨의 고삐를 쥔 감찰관으로서 처형 이외의 살인을 호락호락 용납할 수는 없으니까요. 윌 씨 말씀대로 이분들은 드레이스한테 조종당하는 피해자일 뿐…… 죽이다니 말도 안 돼요! 될 수 있는 대로 상처 입히지 않도록 최선을 다해야 해요!"

"시스카……."

유일하게 제대로 된 인간성을 가진 시스카의 존재에 월
이 구원을 받았다고 생각한 순간.

"――하아? 어디서 내숭 떨고 앉았어."

하워드의 입을 통해 드레이스가 시스카를 꾸짖었다.

"나 원, 역겨워서…… 피해자? 꺄하핫! 용케도 그런 소
리 다 할 수 있네! 너희 감옥 놈들도 하는 짓은 우리 죄인
하고 똑같잖아―― 아니, 그 이상으로 극악하고 추악하잖
아? 전부 다 알고 있으니까."

"……무슨 뜻이야?"

월은 드레이스의 발언에 눈살을 찡그리며 시스카를 보
았으나, 시스카는 이에 반응하지 않았다. 머리카락으로
가려진 옆얼굴에서는 표정도 엿볼 수 없었다.

"후후후. 내가 대신 말해줄까, 월 로웬 군?"

의아해하는 월에게 드레이스가 말을 걸더니 하워드의
입술을 일그러뜨렸다. 시스카는 여전히 입을 다문 채 안
개 저편을 노려보듯 서 있었다.

"아무것도 모르는 순진한 너에게 가르쳐줄게. 우리가
잡혀 있던 카르타그라 마도감옥은 말이지――."

드레이스는 말했다. 마리오네트의 입을 빌려, 얼굴을
일그러뜨리며, 감옥에서 도망쳐 나온 죄인은 소리 높여
고발했다.

"시설 깊숙한, 아무도 보지 못하는 곳에서 몰래 우리 죄

수들의 몸으로 각인마법 실험과 연구를 되풀이하는 빌어먹을 시설. 인간을 실험동물로밖에 생각하지 않는 놈들만 모여 있는, 카르타그라(연옥)란 건 이름뿐이고 사실은 지옥이나 같은 곳이야."

"각인마법의, 인체실험……."

"그렇다니까. 각인마법을 발동시키는 마문은 육체에 새겨 마력을 흘려 넣어야 비로소 효과를 발휘하잖아? 다시 말해 새로운 마문을 만들어내려면 실험체로 살아있는 인간이 필요하다는 소리지."

놀라는 월에게 드레이스는 낭랑히 말했다. 그동안 다른 마리오네트가 움직이려는 기적은 없었다. 저마다 무기를 든 채 나무 인형처럼 서 있을 뿐이었다.

"하지만 그 실험에는 늘 사고가 따르게 돼 있어. 마법의 종류는 마문의 문양으로 어느 정도 디자인이 가능한데, 불을 일으키는 마문이 약간 잘못되는 바람에 마력을 주입하자마자 몸에 불이 붙어서 타죽은── 그런 사례가 과거에 셀 수도 없을 만큼 많았어. 그 정도로 아주 위험한 행위야."

"……그렇겠지. 그래서 새로운 마문을 만들어내는 걸 엄격하게 제한하잖아? 국가가 허가한 특별한 시설에서 엄선된 각인사와 마법사만이 연구할 수 있고."

SINker
×
SINners

다만 그 시설에 관한 자세한 내용은 알지 못한다.

전에 월에게 마문 이야기를 들려준 동료도 몰랐으며, 아마 마법원이 숨겨놓은 정보일 거라고만 말했다. 하지만 설마——

"후후후, 맞았어. 바로 그『국가가 허가한 특별한 시설』이란 게 마도감옥이고…… 실험대는 감방 속의 죄수들이었단 말씀."

"……그럴 리가. 말도 안 돼."

오렐리아가 신음하듯 중얼거렸다.

"감옥에서 나에게 시켰던 건 아침부터 밤까지 마석을 채굴하는 정도였다만? 내부에서 그런 실험이 자행된다는 분위기도, 나 자신이 그런 일을 당한 기억도 전혀 없었……."

"——《적기사》오렐리아 블링크. 뭐, 당신은 극히 최근에 들어온 신입이었으니까 그냥 아직 순서가 돌아오지 않았던 거겠지. 어쩌면 이미 실험에 쓰였는데 실험을 당한 기억이 전부 다 지워졌던가."

"?! 기억이……?"

"우후후, 그렇다니까. 그런 마문도 있는걸? 기억을 지우면 정보는 새나가지 않고, 어떤 마문을 새기더라도 새겨진 쪽이 마문을 파악하기 전까진 마법은 쓰지 못하니까. 이중 조치인 셈이지. 당신은 신입이었지만 영웅이었던 초 유명인이니까 우선적으로 실험을 당했을지도 모르겠는걸?"

"뭐──."

오렐리아가 입을 딱 벌렸다. 부정하려 해도 기억이 날조되었을 가능성을 버릴 수 없을 것이다. 당황하는 《적기사》에게 드레이스가 더욱 웃으며 말했다.

"……어때, 기분 나쁘지. 모르는 사이에 누군가가 몸을 들쑤셔대고, 기억을 깔끔하게 날려져 버린 다음에 또 들쑤셔댄다는 건. 그 감옥에 있는 놈들은 있지, 그런 행위를 즐기는 것들이야. 살인귀랑 다를 바 없는 정신이상자 주제에 우리 죄인만 비난하고 헐뜯고 조롱하는 개자식들의 소굴이고──"

"똑같은 취급하지 말아줄래요?"

──그때.

침묵을 지키던 시스카가 불쑥 말하더니 짐짓 한숨을 쉬었다.

"카르타그라 마도감옥에 수감된 당신네 죄인들은 대부분 사형수예요. 다시 말해 처음부터 죽은 거나 다름없으니까…… 그딴 목숨이 얼마간 사라진들 누가 신경이나 쓰겠어요?"

싸늘하게 내뱉은 시스카는 비웃듯 입을 일그러뜨렸다.

"오히려 우리 감옥의 행위는 칭송받아 마땅하다고 생각

하는걸요. 원래 같으면 당신네 죄인들의 몸과 목숨은 목을 쳐버리거나 불에 태워서 쓸데없이 잃어버리게 됐을 텐데, 우린 각인마법의 진보와 발전을 위해 유용하게 활용해드리고 있으니까요."

시스카의 목소리에 담긴 감정은 조롱이 아니었다. 드레이스를 비롯한 죄인의 육체를 물체나 마찬가지로—— 아니, 무기물보다 무가치한 것으로 간주하는 오만.

단순히 마문을 새기기 위해서라면 도구로 실험해도 상관없을 텐데, 시스카와 같은 감옥 측이 구태여 죄수의 육체를 이용하는 것은 분명——.

"——즐긴다고요? 당연하죠. 우리가 하는 일은 왕국의 미래를 짊어질 위대한 연구인 동시에 여러분 죄인의 죄를 갚게 해주고 영혼을 정화시키는 구제인걸요. 그야말로 속죄를 위한 연옥, 카르타그라랍니다."

"……미쳤군."

죄인이라고는 하지만 인간의 목숨을 빼앗는 행위에 죄책감을 느끼기는커녕 정의감마저 느끼다니. 인간으로서 분명히 잘못되었다.

"말은 하기 나름이라더니…… 흥, 초악녀란 말도 수긍이 가는군."

"아, 참고로 오렐리아 씨."

시스카는 웃음을 거두지 않은 채, 비난하는 오렐리아 쪽을 보며 말했다.

"당신의 몸은 아직 제가 《예주》를 새겨드린 것 말고는 손을 대지 않은 미개발 상태랍니다. 깨끗한──이 아니라 피와 죄에 더럽혀진 몸과 영혼 그대로니 안심하셔도 될 거예요."

"……네 녀석, 정말로 좋은 성격을 하고 있군."

야유하는 오렐리아에게 시스카는 어깨를 으쓱하며 시선을 되돌리더니,

"반면 드레이스 씨는 실험체 중 한 분으로서 각인마법의 진보와 발전에 몸을 바치시는 도중이었던 걸로 아는데요…… 보아하니 아무래도 기억이 삭제되기 전에 재수 좋게 도망치신 모양이네요."

"그래, 맞아."

시스카를 노려보는 하워드의 눈, 드레이스의 눈빛에는 극심한 분노가 소용돌이쳤다.

"우연히 비밀이 새나갔는지, 직원이 배신했는지. 자세한 경위는 모르겠지만 예의 그 소동이 일어났을 때, 나는 기억이 백지로 돌아가기 직전이었어. 머리를 비우기 전에, 재미라도 보고 싶었던 거겠지. 나한테 마문을 새겼던 남자가 『어차피 다 잊어버릴 테니까』라고 하더니 정중하게 설명해주더라고. 감옥에 대해, 연구에 대해, 그놈이 이제까지 내 몸을 써서 한 짓, 알고 싶지도 않은 실험, 그리

고…… 기억을 전부 제거당한 후에 내가 걸을 운명에 대해서까지."

"기억을, 전부? 혹시 당신은──."

──《처형부대》.

드레이스의 입에서 흘러나온 그 단어에 시스카가 눈을 크게 뜨며 동요를 드러냈다.

"그렇게 불린다며? 실험을 견뎌내고 육체에 강대한 마문을 받은 사람은, 모든 기억을 삭제당한 채, 왕국을 위해, 마법원을 위해 일하는 고분고분한 인형이 돼서 망가질 때까지 혹사당한다고── 그런 자들의 모임이 바로, 처형부대. 우리 사형수의 몸을 이용해 만들어진 킬러 집단. 나는 아무래도 그런 놈들의 일원이 될 예정이었나봐?! 꺄하하하하하하하하하하!"

드레이스가 웃음 터뜨렸을 때, 안개 속에서 새로운 그림자가 속속 모습을 나타내더니 윌 일행을 에워쌌다. 여성도 있고 남성도 있었으며, 탐굴자도 있거니와──

"저, 저건 《얼굴까기》 데렉 마이어?! 저 사람도 당신이 장악했어요……《인형사》 드레이스 에뮤어!"

하워드 일행을 습격했다는 죄인도 있었다. 숫자는 모두 15명. 이마에는 하나같이 붉은 마문이 있었으며 손에는 도검이니 손도끼 같은 무기를 들었다.

"꺄하하! 내가 이유도 없이 나불나불 수다나 떠는 줄 알

앞어? 각자 자유롭게 놀려뒀던 인형들을 몰래 집합시켰던 거야! 너희 감옥의 개와 패거리들을 철저하게 유린해주기 위해!"

"큭?! 위험하게 됐잖아, 이거⋯⋯."

월은 오른손의 소검에 더해 왼손으로 나이프까지 뽑아 두 자루를 동시에 겨누고, 자신들을 포위한 무리에게 의식을 집중시켰다. 드레이스가 폭로한 감옥의 정보는 여러모로 마음에 걸렸지만, 지금은 일단 이 궁지를 벗어나는 쪽이 급했다.

오렐리아가 어깨너머로 월을 쳐다보고는 물었다.

"⋯⋯아무리 그래도 이 상황에서 『죽이지 마라』라느니 물러 터진, 무리한 요구를 하진 않겠지? 죽이는 것만도 한 고생일 텐데."

"한 고생? 죽이는 것만이라면 그렇지도 않아."

그때까지 무반응을 관철하던 미저리가 로브 소매에서 팔을 빼며 내뻗더니, 시스카에게 까만 벨트에 덮인 왼팔을 내밀었다.

"좀비 떼보다도 간단해. 살짝 힘을 해방시켜주기만 하면 이 정도 숫자는⋯⋯ 1분도 안 돼서 다 죽일 수 있어."

"꺄하! 뭐니 그게, 굉장해!"

주눅 들지도 않고 스스럼없이 단언하는 미저리에게 환호성을 지른 것은 미저리의 정면에 있던, 하워드와는 또 다른 마리오네트였다. 드레이스에게 조종당하기 전에 이곳으로 오면서 미저리에게 쿠키를 주었던 탐굴자였다.

"당신 엄청 자신만만하네? 감옥에서 우리 탈옥수를 해치우려고 파견한 처형인…… 우후후. 내 이야기를 듣고도 태연한 거 보니 당신도 처형부대구나? 나랑 똑같이, 감옥의 실험을 받아서 금주급 마문을 받은 킬러——."

"흐흥, 글쎄. 과연 어떨려나?"

웃는 드레이스에게 비웃음으로 대답한 미저리는 표표히 시치미를 뗐다. 시스카가 미저리의 왼쪽 손목, 그녀의 힘을 봉인해놓은 고랑에 손을 가져다대며 속삭였다.

"방심은 금물이에요, 미저리. 드레이스가 처형부대에 발탁된 이유는 그만한 마문을 받았기 때문일 거예요. 기록이 말소되어서 자세한 내용은 모르겠지만…… 만약을 위해 해제 시간은 10분으로 해놓을게요."

"알았어, 10분! 충분하고도 남는 시간이지."

미저리가 흉포하게 눈을 번들거리며 대답했다. 시스카는 즉시 이를 수긍하고,

"감찰관 시스카 흐라니카의 이름으로 명한다. 왼팔의 형구 및 9번에서 19번의 봉인을 해방——"

"——《집단대량자살폭살(Suicide Genocide)》!"

미저리의 고랑이 풀리기도 전에. 윌 일행을 에워싼 마리오네트들의 입이 일제히 벌어지더니 마문 발동의 열쇠가

되는 주문을 자아냈다. 그 직후.

"아아아아아아아아아아아아아아아아아아아아아?!"

귀를 찢는 15인분의 절규가 겹치며 울려 퍼졌다. 마리 오네트의 이마에 떠올랐던 붉은 마문이 이마에서 안면으로, 얼굴 전체에서 목으로 침식하듯 퍼져나가더니 광채가 더욱 밝아졌다. 뒤늦게 미저리의 쇠고랑이 키잉 소리와 함께 풀리고 왼팔에 감겼던 벨트가 손끝부터 순서대로 한 가닥도 남김없이 튕겨나갔다.

그렇게 미저리의 힘은 무사히 해방되었지만, 온몸이 마문에 뒤덮이면서 몸부림을 치는 상대에게 당황해 당장 마법을 펼치지는 못하고 있었다.

"으악?! 저거 뭐야, 어째 자기들끼리 막 괴로워하고 있는데⋯⋯?"

"됐으니까 어서 섬멸하세요! 제거할 수 있다면 《개신의 소이도(Napalm Death)》든 《참탈의 잃어버린 낙원(Paradise Lost)》든 뭐든 상관없으니까요! 어서——"

시스카가 낯빛이 바뀌어 미저리를 채근했을 때.

"꺄하하하하, 이미 늦었거든?"

몸부림치던 하워드가 요란하게 웃음을 터뜨리더니 두 팔을 벌렸다. 그의 온몸은 이제 머리부터 무기를 놓은 손끝까지 시뻘건 마문에 뒤덮여 빛나고 있었다.

진홍색으로 물든 안구가 빠져버리는 것 아닐까 싶을 정

도로 눈을 크게 뜬 채, 이곳에는 없는 《인형사》 여자가 광기에 물든 희열을 폭발시켰다.

"이 마법은 말이지, 감옥의 실험으로 새겨진 마문에 각인사인 내가 내 방식대로 어레인지를 가해 창안한 마법이야! 내가 이 미궁에서 너희에 대한 분노와 원한, 그리고 감사를 담아 빚어내고 완성시킨 드레이스 에뮤어의 최고 걸작── 대량의 꼭두각시 인형을 한꺼번에 자폭시켜 반경 10미터에 존재하는 것들을 한꺼번에 날려버리는 최강 최악의 몰살마법! 너희가 버틸 수 있을까?!"

"……뭐?! 지금 장난──"

전율하는 월 일행에게 마문에 잠식당한 자들이 무리를 지어 쇄도했다. 시야가 새빨갛게 물든 다음 순간.

"이게 내 답례야! 사양 말고 받아줘! 꺄하하하하하하하하하하하하하하하하하하하하하하하!"

한층 격렬하고 높이 울려 퍼진 드레이스의 웃음이──

"──아?"

뚝 그쳤다. 동시에, 마리오네트들의 움직임도 멈추었다.

적들이 덤벼들기 직전에 두 다리의 《근력강화》 마문을 발동시켜 도약해 상공으로 도망치려 했던 월은 당황하며 눈앞의 하워드를 보았다.

시스카를 뒤로 감싼 미저리, 오렐리아도 긴장한 채 숨을 멈추고, 조각상처럼 굳어버린 사람들의 눈치를 보았다.

"가, 갑자기 조용해졌는데…… 뭐지? 뭐 문제라도 생겼나?"

"자, 글쎄요…… 모르겠지만 기회예요, 미저리! 저 자들의 움직임이 멈춘 틈에 지금에야말로 섬멸——"

"기다려!"

윌은 시스카의 명령을 가로막고 미저리를 말린 다음 하워드를 주시했다.

감정이 없는 공허한 눈은 초점을 맺지 못했으며, 눈부실 정도로 광채를 더해나가는 진홍의 마문도 어두워지기 시작했다.

그 빛이 마침내 꺼지고 이마에 남은 마문이 스윽 사라진 순간. 하워드는 흰자위를 까뒤집더니 인형을 조종하는 실이 뚝 끊어진 것처럼 힘없이 쓰러지고 말았다. 다른 마리오네트도 마찬가지로 허물어지듯 쓰러져, 짙은 안개가 자욱한 초원에 정적이 돌아왔다.

"어, 어라……."

한동안 그 자리에 멍하니 서 있던 윌은 긴장을 풀고 드레이스를 지배에서 해방된 사람들이 널브러진 초원을 둘러보았다.

"……끝난, 것…… 같지? 왜 끝났는지는 모르겠지만…… 일단 이 사람들을 깨워주자. 이대로 내버려 두고 도망칠 수도——"

힘이 빠진 윌의 등 뒤에 무언가가 철퍼덕 소리와 함께 떨어졌다. 검붉은 액체가 튀어 윌의 발밑에 피어난 푸른 꽃을 더럽혔다.

"——어?"

천천히 돌아보았다. 그곳에는 허리 위쪽을 잃어버린 여자의 하반신이, 마치 무언가에게 뜯겨먹힌 것 같은 절단면에서 내장을 흘린 채, 아직까지도 가늘게 경련하며 널브러져 있었다.

× × ×

"엑?! 여, 여자 시체…… 몸을 뜯어먹힌, 건가?"

"실례할게요."

시스카는 아연실색한 윌의 옆으로 달려와선 풀에 파묻힌 시체를 확인했다. 긴 스커트의 슬릿에서 엿보이는 하얀 피부에는 다리에 얽힌 것처럼 새겨진 독살스러운 뱀의 문양이 있었다.

"오른쪽 다리에 새겨진 독사 문신…… 틀림없어요. 이 시체는 조금 전 우리를 습격한 《인형사》 드레이스 에뮤어의 것이에요. 하지만 이게 어디서……."

"안개 속에서다!"

오렐리아가 날카롭게 말하며 장검을 겨누었다.

"안개 속에서 내던져졌다…… 다들 조심해라! 안개 속에 뭔가가 있다. 그 여자를 잡아먹고 나머지를 집어던진 무언가가."

"?! 마, 마수인가요?"

"그렇겠지. 어떤 마수인지는 모르겠지만 중층에서 인간의 몸을 이런 식으로 뜯어먹을 만한 마수는 많지 않아……《빅 마우스》나《록 이터》, 아니면 대형《그리즐리 배트》정도. 혹은 최악의 경우 지렁이 둥지에서 나왔을 가능성도 있어. 지금은 그런 기척은 느껴지지 않지만."

전율하는 시스카에게 말한 윌은 눈에 새겨진《시각강화》마문에 마력을 주입해, 뭉게뭉게 피어나는 안개 건너편을 내다보고자 눈을 가늘게 떴다.

드레이스가 죽었기 때문인지, 안개는 차츰 엷어지기 시작했으나 시야는 여전히 좋지 못했다. 게다가 적의 그림자 같은 것도 보이지 않아, 초원은 으스스한 정적에 싸여 있었다. 봉인이 해방된 왼팔로 대검을 걸머지고 있던 미저리가 중얼거렸다.

"오질…… 않네. 얼른 안 하면 시간제한 풀리니까, 애타게 하지 않았으면 좋겠는데. 어떤 마수가 덤벼도 마법만 쓸 수 있으면 대처할 방법은 얼마든지――"

"……으으."

그러자 그때, 월의 곁에 쓰러져 있던 하워드가 의식을 되찾고 신음해 몸을 일으켰다. 얼굴을 찡그리며 이마를 붙잡고 시선을 돌린다.

"뭐, 뭐야? 내가 왜 이런 데서 자고 있…… 으, 머리가 쪼개질 듯이 아파."

"하워드, 정신이 들어?!"

"――월? 내가 대체……."

눈을 돌리니 초원에 쓰러져 있던 하워드의 동료나 다른 사람들도 눈을 뜨고 일어나 주위를 둘러보고 있었다. 월은 안개 너머에 주의를 기울인 채, 상황을 파악하지 못하고 당혹스러워하는 그들에게 외쳤다.

"설명은 나중에 할 테니까 지금은 일단 무기를 들어! 멍하니 있을 여유가 없어! 마수가 덤벼들지도 몰라. 정체를 알 수 없는 위험한 마수가――"

"아, 저 자식!"

갑자기 하워드의 동료 중 하나가 거친 목소리를 내며 벌떡 일어났다. 그가 노려본 것은 탐굴자 치고는 깡마른, 신경질적인 분위기의 청년이었다.

"――《얼굴까기》데렉 마이어?!"

이름을 불린 데렉이 깜짝 놀라 황급히 몸을 일으켰다. 그리고 얼른 몸을 돌려 안개 속으로 도망쳤다.

"어, 야! 이 자식, 거기 못 서?!"

하워드의 동료들 세 사람이 각자 무기를 들고 데렉의 뒤를 쫓아가려 했다. 그 직후 희미하게 비친 안개 저편에서 한순간 가늘고 긴 그림자 같은 무언가가 꿈틀거리더니,

"끄아아아아아아아아아아아악?!"

처절한 단말마의 비명이 울려 퍼졌다. 데렉을 쫓아 안개 속으로 뛰어들려던 사내들이 흠칫 발을 멈추고, 초원에는 긴장감이 흘렀다. 그 뒤를 이어 우득…… 질컥…… 질겅…… 하는 괴이한 소리가 울리더니, 안개 속에서 무언가가 이쪽으로 날아왔다.

드레이스와 마찬가지로 상반신을 물어뜯긴, 데렉의 하반신이었다.

지면에 쓰러진 데렉의 잔해를 내려다보며 사내들이 굳어버렸다. 그들의 눈앞, 흐려져가는 안개 저편에 거대한 그림자가 떠오르고 있었다.

20미터는 됨직한, 둥그스름한 산 같은 윤곽. 그 주위에서 꿈틀거리는 수많은 거대한 뱀. 아니다, 저건——

"뭔가 위험해! 얘들아, 도망쳐어어어!"

하워드가 외친 순간, 광택을 내며 검게 빛나는 거대한 촉수 세 가닥이 꿈틀거리며 날아들어 사내들의 몸을 휘감았다. 한 가닥 한 가닥이 그들의 허리보다도 두 배는 굵어 그야말로 뱀 같은 촉수였다.

사로잡힌 사내들은 몸부림을 치며 검이며 도끼 같은 무

기를 들고 필사적으로 저항했지만, 소용없었다. 그들의 몸은 속절없이 떠올라 입으로 끌려가고, 세 사람이 동시에 으직 소리와 함께 상반신을 물어뜯겼다. 귀를 막고 싶어지는 절규가 겹쳐지고, 혈액과 내장이 온 사방에 비처럼 쏟아졌다.

"폴리, 단토니오, 스트레일……."

하워드가 떨리는 목소리로 희생된 동료들의 이름을 불렀다.

"……뭐, 뭐야? 대체 뭐냐고, 저 괴물은?!"

마치 문어처럼 생긴 새까만 동체에는 눈에 해당하는 기관이 없었으며, 그 대신 가장자리에 날카로운 이빨이 즐비하게 돋아난 입이 스무 개도 넘는 촉수와 같은 수만큼 벌어져 있었다.

문어 같은 괴물은 그 입으로 물어뜯은 상반신을 씹으면서 먹다 남은 하반신을 아무렇게나 내팽개쳤다. 비명이 폭발하고, 약간의 공황상태에 빠진 사람들이 끔찍한 포식자에게서 멀어지고자 앞을 다투어 도망쳤다.

"월!"

오렐리아가 가이드를 부르며 물었다.

"저 마수는 뭐지?! 우리도 도망쳐야 하나?"

"……."

월은 대답할 수 없었다. 안개 속에서 나타난 마수를 응시하며 눈을 크게 뜬 채 굳어버렸다.

"저, 저놈……은…… 하지만, 왜 이런 곳에……?"

"……월? 너 저 마수를 알고 있……?! 설마 《언더오스》
의——"

분위기를 통해 무언가를 짐작한 하워드가 물으려 했을
때. 마수가 거대한 몸을 푹 가라앉혔다가 높이 뛰어올랐
다.

강인한 근육의 다발로 이루어진 촉수를 마치 용수철처
럼 사용한 것이다.

마수의 거대한 몸이 허공으로 솟고, 월 일행의 머리 위
를 넘어서는, 도주하는 사람들의 퇴로를 차단하듯 착지했
다. 대지가 진동하고 바람이 몰아쳤다.

느닷없이 상공에서 떨어진 마수에게 사람들이 입을 딱
벌리고, 절규하는 여성의 머리를 수평으로 날아든 촉수가
그대로 도려내 날려버렸다.

문어를 연상케 하는 촉수의 아랫면에는 빨판 대신 털처
럼 가느다란 가시가 빼곡하게 돋아나, 일격을 받으면 뼈
와 살이 통째로 뜯겨나가고 만다. 월도 전에 옆구리를 뭉
텅 잃어버린 경험이 있어서 잘 안다.

머리을 잃고 쓰러지려던 여성의 몸을 즉시 다른 촉수가
붙들고, 그것과는 또 다른 촉수가 이리저리 도망치는 사
람들을 덮쳤다. 촉수에 붙들린 사람들이 산채로, 혹은 이

미 시체가 된 상태로 몸통의 입으로 끌려가 뜯기고 씹히고, 먹다 남은 육체는 쓰레기처럼 버려졌다. 그 광경이 끔찍한 과거, 마수의 촉수에 유린당해 죽어가던 동료의 최후와 겹쳐졌다. 월은——

"——크레이그 씨. 모두들……!"

손바닥 안의 나이프를 확인하며 중얼거리더니, 온 힘을 다해 달려나가고 있었다.

과거 미굴 30층에서 월의 《언더오스》를 습격해 궤멸로 몰아넣었던 원수를 없애기 위해.

× × ×

2년 전. 심층을 목전에 둔 제30층의 빙굴(氷窟)에서 월 일행이 그 미지의 마수에게 습격을 당했을 때, 가장 먼저 희생된 것은 《언더오스》의 유일한 여성 탐굴자였던 크리스였다.

"안 돼, 도망쳐! 한꺼번에 덤빈다고 어떻게 할 수 있는 놈이 아니야! 하다못해 내가 먹힐 동안—— 꺄아아아악?!"

촉수에 발목을 붙들려 거꾸로 매달린 크리스가 마수의 입에 머리부터 빨려 들어가 상반신을 물어뜯겼다. 남 챙겨주길 좋아하고 요리를 잘하며, 자기 자신보다도 동료를 먼저 생각하는 착한 사람이었다.

그런 크리스가 죽기 직전까지 호소했던 기특한 마음을 비웃듯, 먹다 말고 내팽개친 몸이 가슴을 저미는 심정으로 도망치던 윌 일행의 바로 곁에 떨어졌다.

제일 뒤에 있던 제이드가 돌아서서 발을 멈춘 채 굳어버렸다. 메마른 웃음이 흘러나왔다.

"……하하. 미안해, 애들아── 난 역시 저놈의 문어 자식을 없애버려야겠어!"

그것은 평소 어떤 궁지에서도 너스레를 떨며 표표한 태도를 보이던 여리여리한 제이드가 처음으로 보인 격정과 표정이었다. 그는 단창을 손에 들고 몸을 돌려 돌진했다.

"제이드 형?!"

윌은 경박해 보이던 제이드가 크리스를 오랫동안 몰래 짝사랑했으며, 이번 탐굴이 끝나면 고백하기로 결심한 것을 넌지시 들어 알고 있었다.

"기다려, 제이드! 젠장…… 저 바꼬마 자식이!"

부대의 최연장자인 티모시가 『바보』와 『꼬마』를 합친 별명으로 욕하면서도 누구보다도 빠르게 제이드의 뒤를 따라갔다.

한때 각인기사였던 티모시는 검술의 달인이며 윌의 스승이기도 했다. 그의 격렬한 검세와 마찬가지로 자신에게도 남에게도 엄격한 고집쟁이 노인이지만, 전투에서는 항상 위험을 무릅쓰며 솔선해 앞으로 나서는 용맹한 노검사다.

"……나 원, 어쩔 수 없죠. 저 친구들만 가면 죽으려고 가는 거나 마찬가지니까요. 본의는 아니지만 좀 도와줘야 겠어요."

안경을 밀어올리며 나른하게 중얼거린 브란데가 로브에서 두 손을 내밀었다. 피부 위에 붉은색 마문이 빛나며 떠오르고, 팔을 한 바퀴 감듯 수많은 불씨가 생성되었다.

각인사 국가자격을 가진 브란데는 우수한 마법사로 윌에게 마문과 마법의 지식을 전수해준 사람이다. 브란데가 각인마법으로 만들어낸 불씨는 눈 깜짝할 사이에 부풀며 타오르더니 불화살의 소나기를 발사했다.

"그러면 대장, 윌을 잘 부탁합니다. 우리가 시간을 끌 동안."

브란데는 크레이그에게 그렇게 말하고 윌을 향해 웃음을 짓더니 다음 마법을 준비하며 마수에게 걸어갔다. 불화살 마법이 마수의 몸통과 촉수에 명중해 새빨간 불기둥을 뿜었다.

하지만 마수는 아무렇지도 않았으며, 제이드가 살의를 담아 내지른 창도, 티모시가 처절한 기합성과 함께 휘두른 검도 마수의 까맣고 두터운 피부를 뚫거나 상처를 내지는 못했다. 순식간에 궁지에 빠져 열세에 몰렸다.

"……얘, 윌. 브란데 자식은 저렇게 말했다만 너도 이제는 어엿한 탐굴자잖냐. 굳이 내가 지켜줄 필요는 없지?"

발이 멈춰버린 윌의 곁에 나란히 서며 말한 크레이그가 손에 무언가를 쥐어주었다. 날길이 30센티미터 정도의 나이프. 검명은 《여랑의 어금니》. 크레이그가 애용하는 마검이며, 예전에 미굴에서 죽어가던 윌을 마수에게서 구해준 칼날이기도 했다.

"부적 대신 가져가라."

당황하는 윌에게 눈을 가늘게 뜨며, 또 한 자루의 마검을 뽑은 크레이그가 마수를 노려보았다.

"……저놈들만 가지고는 못 버텨. 나도 잠깐 가세하고 오마. 윌, 넌 도망쳐라."

"?! 기다려요, 크레이그 씨! 나도 같이——"

——싸울게요, 라고 말하려다가.

교전 중이던 제이드와 티모시가 수평으로 휘둘러진 촉수를 피하지 못하고 맞는 바람에 머리와 상반신이 잘려나가는 것을 본 순간. 윌은 나이프를 품에 안고, 발을 돌려, 마수를 향해 달려가는 크레이그와는 반대 방향으로 뛰어나갔다. 용감하게 싸우고 무참하게 죽어가는 동료들의 목소리를 들으며.

× × ×

"……오랜만이다, 문어 자식아."

거의 2년 만에 만나는 마수의 모습을 노려보며 내뱉은 윌은 날아드는 촉수를 피하고 달리는 속도를 늦추지도 않은 채 육박해 산처럼 우뚝 솟은 동체를 향했다.

그러자 사로잡은 먹이를 입에 가져간 촉수가 막 물어뜯은 시체를 아무렇게나 집어던졌다. 여기에 또 다른 촉수 세 가닥이 시야 가장자리에서 돌아오는 것을 포착한 윌은 투척된 남자의 하반신을 피하곤 질주의 방향을 바꿔 직진이 아니라 우회하듯 이동했다. 밀려드는 촉수의 무리 아래로 피하며 뿌리치고 지면을 박차 뛰었다.

"그때의 빚을 갚아주마!"

노릴 곳은 한껏 벌어진 입. 역수로 쥔 나이프를 공중에서 머리 위로 쳐들고, 검신의 마문에 쏟을 수 있는 모든 마력을 쏟아 넣으며 영창했다.

"――《번개물기》!"

최대 위력의 청백색 번개가 파직파직 터지며 넘쳐났다. 팔에 새겨진 《근력강화》 마문에도 온 마력을 주입해 완력을 한계까지 높여선,

"받아라."

연분홍색의 부드러운 살이 엿보이는 마수의 구강에 윌이 나이프를 투척하려던―― 찰나. 시야 밖에서 날아든 촉수가 오른발을 붙들어 윌의 몸을 높이 들더니 까마득한

높이의 지면에 내리쳤다. 용절란이 핀 초원이 미미한 수준의 완충재 역할을 해주었지만 가공할 충격이 우반신에서 온몸을 뚫고 지나가 시야가 흔들렸다.

"커어억?!"

견디지 못하고 무기를 놓치자 칼날과 피부에 떠올랐던 마문이 빛을 잃었다. 축 늘어진 월의 몸이 거꾸로 매달렸다.

"커, 헉……."

"——《개신의 소이도》^{Napalm Death}!"

그때 저 멀리서 새빨갛게 빛나는 단검 같은 칼날이 무리를 지어 날아와 월을 사로잡은 촉수의 뿌리께에 차례차례 박혔다. 진홍색 마문이 새겨진 왼팔을 들고 마수를 노려보며 미저리가 외쳤다.

"월을 내놔!! 터져라, 괴물아!"

열 개도 넘는 붉은 칼날이 일제히 폭발하며 폭력적인 불기둥과 열풍을 뿌렸다. 여기에서 그치지 않고 폭발과 동시에 칼날 안에 담긴 불타는 점액이 퍼져나가 촉수에 감기며 작열하는 불꽃을 뿜어냈다. 표적을 끝까지 태워 재로 만들어버리는 필중필살의 마법. 그러나——

"……어, 어라? 혹시…… 안…… 통하나?"

마법의 직격을 맞아도, 활활 타오르는 불길에 타들어가도 촉수는 사로잡은 월을 내려놓지 않고 미저리를 비웃듯 꿈틀거렸다. 불꽃에 휩싸였기 때문에 알아보기는 힘들지만 검게 빛나는 고무 같은 피부가 상처를 입은 것처럼 보이지는 않았다.

"우리 도, 도도도도, 도망쳐요, 미저리!!"

아연실색한 미저리의 소매를 잡아당기며 갈팡질팡하는 시스카. 그녀의 뒤쪽에서는 하워드와 살아남은 동료가 일찌감치 몸을 돌려 달아나고 있었다. 이를 박정하다고 생각할 수는 없다. 베테랑 탐굴자다운 현명한 판단이다. 목숨 아까운 줄 모르고 무모하게 돌진한 사람은 월뿐이었으며, 시스카는 이미 백팩을 고쳐 메고 후퇴할 만반의 준비를 갖추었다.

오렐리아가 탄식하며 미저리의 어깨에 손을 얹었다.

"……포기해라. 저놈은 이제 살릴 수 없다. 버리고 도망쳐야——"

"아직이야!"

오렐리아의 손을 뿌리치며 외친 미저리가 손바닥을 뒤집었다. 마수를 노려보는 은색 두 눈을 가늘게 뜨자 어깻죽지에서 손끝까지가 눈부신 마문에 가득 뒤덮였다.

"아직 끝나지 않았어…… 《개신의 소이도》[Napalm Death]가 통하지 않는다면 다른 마법을 쓰면 그만이지! 아주아주 강력한, 금주급 비밀병기를!!"

미저리의 입술이 주문을 자아내고 새로운 마법이 해방

되려 했을 때였다. 옆의 지면, 청백색 꽃들이 피어난 초원 속에서 검고 조그만 그림자가 수없이 떠올랐다. 하얀 마문이 빛나는 그것들은 미저리의 마문을 봉인하는 벨트와 쇠고랑이었다.

"?! 이런, 시간제한——!"

낯빛을 바꾼 미저리의 왼팔에 벨트가 감기면서 피부에 떠올랐던 마문의 광채를 가려버렸다. 그리고 마지막으로 철컹 소리와 함께 손목에 쇠고랑이 달라붙자, 일시적으로 해방되었던 마문은 다시 완전히 봉인되고 말았다.

"——아."

넋이 나간 미저리. 그녀의 시선 너머, 거꾸로 매달린 윌의 눈 아래에서 마수의 거대한 입이 쩍 벌어졌다. 날카로운 이빨이 입 가장자리에서 안쪽을 향해 몇 겹으로 나란히 돋아난 흉악한 구강. 그 안으로 끌려가 씹히면 윌의 《재생 회복》이라 해도 재생은 불가능할 것이다. 도망치려 해도 안쪽에 가느다란 가시가 돋아난 촉수는 다리를 단단히 붙들고 놓아주지 않았으며, 다리를 절단해 억지로 도망치고 싶어도 무기가 없다.

윌은 지면에 패대기쳐졌을 때 산산이 부서진 뼈와 파열된 내장을 《재생 회복》으로 치유하고는 있지만 이대로 잡아먹힌다면 지금 당장 멀쩡하든 빈사 상태든 마찬가지다.

——어떡하지.

조바심이 월의 가슴을 태웠다. 한편으로는 뜨겁게 끓어올랐던 머리가 급속히 식어 평정심을 되찾고 있었다.

'뭘 하는 거야, 난……. 바보처럼 정면 돌진이라니…….'

밀려드는 입. 월의 몸을 지금 당장이라도 물어뜯으려 하는 마수를 내려다보며 자조했다.

이 마수는 월에게서 크레이그를 비롯한 《언더오스》 동료들을 앗아간 원수다. 심층에 살던 아라네아도 본 적이 없어, 복수의 기회를 고대했어도 월은 결국 그 후로 한 번도 만나지 못했던 마수. 하지만——

'언제까지 사로잡혀 있을 거야? 내가 원수를 갚아도 잃어버린 게 돌아오는 것도 아닌데.'

동료를 잃은 직후에는 월도 문어 마수에게 증오를 품어, 아라네아의 힘을 빌려가며 열심히 찾아 헤맸다. 하지만 그녀와 지내는 동안 그런 마음의 상처도 치유되어 증오 또한 누그러졌다.

그러나 아무래도 완전히 사라지지는 않았던 모양이었다. 결핍되었던 부분을 아라네아라는 존재가 메워주었을 뿐.

그런 아라네아도 사라진 지금, 악연의 마수와 예기치 못하게 재회한 월은 다시 한번 뚫려버린 마음의 구멍에 흘러든 과거의 격정에 떠밀려, 이성을 잃고——

"……젠장."

『지금 현재』 이루어야 할 소중한 목표를 잃어버리고 말
았다.

"미안해, 아라네아."

사과하며 눈을 감았다. 머릿속에 떠오르는 것은 윌이 그
녀와 함께했던 마지막 기억. 동료를 앗아간 마수 따위보
다도 훨씬 가증스럽고 끔찍한 상대와, 이 초원에서 작별
한 아라네아의 처참한 최후였다.

× × ×

미궁 중층에서 지상으로 향하던 도중 맞닥뜨린 검은 가
면의 인물은 눈을 크게 뜬 윌의 눈앞에서 마문에 뒤덮인
오른팔을 들었다. 인사도 없는 짐승 같은 기습.

그 기습과 재빠른 접근에 반응할 수 없었던 윌을 아라
네아가 안고 도약했다. 그 직후 굉음이 울려 퍼졌다. 눈을
돌리니 한순간 전까지 윌이 있던 장소의 지면은 움푹 함
몰되었으며, 사냥꾼 같은 습격자는 해치우지 못한 사냥감
을 올려다보고 있었다.

"──어? 설마 지금 느닷없이 죽일 작정으로……."

"말했잖아? 위험하다고!"

아라네아는 동요하는 윌의 허리를 팔 하나로 어깨에 고
쳐 메고는 자유로운 오른팔── 중지의 손톱 틈새에서 동

굴의 천장을 향해 실을 날려 진자처럼 공중을 이동했다.

그 순간 지상에서 날아온 화살과도 같은 하얀 빛이 윌과 아라네아를 스치고 옆의 석주에 꽂혀 작렬했다. 거대한 석주의 한복판이 가루로 변했다. 돌멩이가 섞인 폭풍이 몰아쳐 윌의 앞머리가 흩날렸다.

"무섭다…… 제대로 맞았으면 못 버틸 만한 마법이야."

"……응. 하지만, 안 맞으면 괜찮아!"

도망치는 두 사람을 따라 추격자가 지면을 달려왔다. 그의 주위에는 인광을 뿜는 마수 《라이트 위스프》와도 비슷한 청백색 빛의 구체 네 개가 뜬 채로 따라왔다. 습격자가 윌과 아라네아에게 손바닥을 내밀자 그중 하나가 빛의 화살로 변해 똑바로 날아왔다.

"온다, 아라네아! 조심해!"

"응."

뒤를 흘끔 본 아라네아는 하얀 드레스 자락에서 뻗어나온 이형의 다리를 박차, 밀려드는 빛을 최대한 끌어들이면서 높이 뛰었다. 빛은 그대로 지면에 박혀 폭발할 줄 알았다.

하지만 지면에 부딪치려던 순간, 직진하던 빛은 갑자기 방향을 바꾸어 아라네아를 따라 솟구쳤다. 아라네아는 눈을 크게 떴다.

"읏?!"

아라네아는 경악하면서도 근처의 석주에 실을 쏘고 되감아 공중에서 급가속했다. 몸이 빠르게 움직여 따라오던 빛을 피했다.

"이런, 또 온다!"

하지만 빛은 집요하게 따라왔으며, 새로 발사된 빛과 함께 아라네아를 포착하고자 밀려들었다.

"월! 꽉 잡아!"

아라네아는 천장에서 석주로, 석주에서 암벽으로 실을 날려 비행하듯 허공에서 춤을 추었으며 여덟 개의 다리를 구사한 민첩성과 도약력으로 교묘히 빛을 피해 도주를 이어나갔다.

그러는 동안에도 빛은 세 줄기, 네 줄기…… 계속해서 늘어나, 늘 무감정한 아라네아의 목소리에도 차츰 조바심이 배나오기 시작했다.

"성가신, 마법이네. 어디까지, 따라올── 아윽?!"

그리고 마침내 도망칠 곳이 없는 좁은 수평굴 안으로 들어갔을 때, 미처 피하지 못하고 마법을 맞아버렸다. 실을 사출하고자 했던 오른팔 손목 아래가 날아가고, 허공에서 움직임을 멈춘 아라네아에게 나머지 세 개의 빛이 일제히 날아들었다.

"?! 아라네아──"

"괜찮아! 눈, 감아!"

빛이 직격할 찰나. 아라네아는 거미 꽁무니로 지면을 향해 실을 날렸다. 급강하한 몸은 무리지어 날아온 빛을 아슬아슬하게 피했다. 빛끼리 서로 부딪쳐 폭발해 동굴 안이 한순간 눈부신 섬광으로 가득 찼다. 착지한 아라네아는 온 힘을 다해 달려나가 상대에게서 거리를 벌리고자 했다.

"……?!"

이윽고 눈을 태우는 빛이 사라지고 윌이 주위를 둘러보자, 시야에는 푸르게 빛나는 꽃들이 가득 피어난, 용절란이 아름다운 초원이 펼쳐져 있었다. 습격자는 아직 수평굴을 빠져나오지 못했으며 빛의 화살이 날아들 기미도 없었다.

"따돌린…… 건 아니겠지, 아마."

"응. 거리만 멀어진, 거야. 한쪽 팔도, 사라졌고…… 꽤, 위기. 손목만이라면, 금방 재생할 수 있지만."

마법을 받아 날아간 아라네아의 손목에서는 뼈가 드러났으며 벌써부터 재생이 시작되고 있었다. 하지만 아라네아의 목소리는 밝지 못했다.

"그거 제대로 맞으면, 위험할 거야……. 장소도 안 좋고, 역시 위기. 그러니까 윌——"

엄폐물이 거의 없는 광대한 초원을 둘러보며 아라네아가 윌을 어깨에서 지면에 내려놓았다. 금색 눈으로 정면에서 월을 바라보며 말한다.

"먼저 혼자, 도망쳐."

"도망치라고……."

"응. 월을 지키고 있으면, 싸우기 힘드니까. 월이 안전한 곳에 피난하면, 내가 열심히, 그 나쁜 놈 해치울 수 있어."

"……나도 같이 싸우는 건?"

"안 돼."

낮은 목소리로 자아낸 월의 말을 아라네아는 한 마디로 내쳐버렸다.

"위험해. 전에, 월이 내 『사냥』 따라왔을 때도, 그렇게 죽을 뻔했잖아? 여긴, 나한테 맡겨."

월이 아라네아와 처음 만나고 한 달쯤 지났을 무렵. 월은 식량을 조달하기 위해 둥지를 나간 아라네아를 따라갔다가 하마터면 죽을 뻔한 경험이 있었다.

월은 아라네아에게 도움이 되고자 적극적으로 싸웠지만 궁지에 몰리는 바람에 월을 감싼 아라네아도 중상을 입은 것이다. 평소 같으면 어렵지 않게 쓰러뜨렸을 만한 마수를 상대로 패배해 도망친 아라네아는 분개하며 월에게 한동안 외출 금지령을 내렸다. 그 후 둥지 밖으로 나갈 때도 『아라네아의 지시를 따르며, 무모한 행위는 하지 않을 것』을 굳게 맹세해야만 했다.

아라네아에 비하면 윌은 아직도 나약한 인간이며, 윌이 아무리 그녀에게 힘이 되고자 노력한들 발목만 잡을 것은 뻔했다.

『?! 기다려요, 크레이그 씨! 나도 같이——』

윌이 마수와 싸우던 동료들을 보며 혼자 도망쳤을 때와 똑같다. 그때도 윌이 도망치지 않고 남는다 한들 분명 달라질 것은 없었다. 그러니,

"……하아. 알았어."

윌은 한숨을 쉬고 얌전히 물러났다.

"하지만 아라네아. 한 가지만 약속해줘."

"……약속?"

"그래. 절대 죽지 마."

"윌……."

아라네아가 눈을 깜빡이더니 키득 웃었다. 빨간 근육이 드러난, 하지만 거의 원래 형태로 재생된 오른손을 흔들며 힘차게 대답했다.

"——당연. 난 나약하지, 않으니까…… 그런 걱정, 안 해도 돼. 절대, 안 죽어."

미소 짓는 아라네아의 오른손을 새하얀 피부가 손가락 끝까지 뒤덮었을 때였다. 초원 저편에서 빛의 화살 네 개가 검푸른 어둠 속에 빛나는 꼬리를 끌며 날아왔다.

"가!"

아라네아에게 등을 떠밀린 윌은 온 힘을 다해 초원을 가로질러 달렸다. 숨이 막힐 정도로 짙은 꽃 냄새를 마시며 발을 움직이다 등 뒤를 돌아보았다.

새로 발사된 빛은 네 개 모두 아라네아를 향해 날아들고 있었다. 윌을 쫓아오지는 않았다. 역시 처음부터 아라네아를 노렸던 모양이었다.

"……이 이상."

윌이라는 『짐』이 사라진 아라네아는 거미 다리를 움직여 도약해 빛을 모두 피하더니 스스로 습격자에게 거리를 좁혔다. 갑작스러운 공세에 당황하는 기색을 보인 상대가 빛을 되돌려 등 뒤에서 아라네아를 공격하려 했지만, 그보다도 먼저.

"방해, 하지 마!"

아라네아가 두 팔을 수평으로 휘둘러 열 손가락에서 뻗어나온 실로 습격자의 몸을 갈랐다. 그가 두른 옷과 장비도 순식간에 토막이 나버렸다.

"…………아?"

제어를 잃은 빛의 화살은 애먼 방향으로 날아가 멀리 떨어진 장소에서 폭발을 일으켰다. 초원에 바람이 불어 푸른 꽃들과 아라네아의 긴 머리카락을 흔들었다.

너무나도 어이없는 결말이었다.

"하하…… 뭐야. 정말 쉽게 해치우네, 아라네아 녀석."

발을 멈추었던 월의 입에서 맥 빠진 목소리가 새어 나왔다. 조금 전까지 나누었던 대화가 갑자기 창피하게 느껴졌다. 월은 뒷머리를 벅벅 긁고는, 완전히 거리가 멀어진 아라네아에게 돌아가고자——

"응?"

문득 시야 한구석에서 빛나는 것이 보였다. 초원을 넘어선 저편, 월 일행이 이곳에 올 때 지나쳤던 수평굴 언저리였다. 눈동자의 마문을 발동시켜 응시하니,

"?! 저, 저건……."

까만 가면으로 얼굴을 가리고 후드를 깊이 눌러쓴 검은 옷의 그림자—— 지금 막 아라네아가 쓰러뜨렸던 습격자와 똑같은 차림을 한 인물이 아라네아를 조준하듯 빛나는 두 팔을 내밀고 있었다. 습격자에게는 동료가 있던 것이다.

"……?"

경직된 월을 보고 아라네아가 고개를 갸웃했다. 눈앞의 적을 해치운 그녀는 방심해서 복병이 하나 더 있다는 사실을 전혀 알아차리지 못했다.

"아라네아!"

그리고 월이 외친 순간. 그녀를 노린 두 팔의 마문이 광채를 더하더니 손바닥에서 백금색 빛이 발사되었다. 그것은 화살이 아니라 빛줄기. 일직선으로 허공을 찢는 빛의

급류였다.

"⋯⋯!!"

황급히 돌아본 아라네아는 즉시 이탈하려 했지만, 빛은 그녀의 시야를 가득 메울 정도로 퍼져 도저히 피할 수 없다는 것은 자명했다.

세상이 새하얗게 물든 그때.

"?! 아라네——"

월은 아라네아의 상반신이, 강인한 실로 짠 드레스와 함께 백금색 빛에 타들어가, 증발해서 형체도 없이 날아가 버리는 것을 보았다.

× × ×

"절대, 죽지 말라고⋯⋯?"

죽음에 직면해, 기묘하게도 길게 늘어난 것처럼 느껴지는 시간 속에서. 월은 자신이 과거에 그녀에게 했던 말을 곱씹듯 중얼거리고 눈을 떴다.

"그랬지. 내가 약속했는데."

절대로, 죽지 않는다고——. 그 약속대로, 상반신을 잃었어도 아라네아는 살아있다. 월을 위해 살아남은 것이다.

——그렇다면.

"나도 그 녀석을 만날 때까지는——"

무수한 이빨이 늘어선 마수의 입에 상반신이 물어뜯기기 직전.

"절대 죽을 수 없잖아!!"

반쯤 체념하고 반쯤 삶을 내팽개쳤던 윌은 포효하더니 촉수에 발을 붙들린 채 배에 힘을 주어 상체를 일으켰다. 뒤통수 바로 밑에서 마수의 이빨이 닫히는 소리가 들렸다.

거의 죽은 줄로만 알았던 윌의 끈덕진 저항에 마수의 촉수가 꿈틀거렸다. 미처 먹지 못한 사냥감의 몸을 높이 들어올려 다시 한번 지면에 패대기치려 한다.

'그래, 어디 한번 해보던지! 아무리 몸이 부서지더라도 모조리 《재생 회복》으로 고쳐서 저항하고 또 저항해주마! 그렇게 시간을 끌면——'

쇠고랑을 푼 미저리가 이번에야말로 상황을 타개해줄 것이다. 그렇게 믿고 윌이 충격에 대비하려 했을 때.

갑자기 시야 가장자리를 가늘고 날카로운 빛이 가로지르더니,

——스카아아악!

윌을 붙든 촉수 끝이 잘려 날아갔다. 미저리의 마법으로도 상처 하나 입지 않았던 까만 피부와 함께, 너무나도 쉽게.

"?! 무슨——"

——무슨 일이 일어난 거지?

지금 막 패대기쳐지기 직전이었던 월의 몸은 다리에 촉수를 감은 채 던져져 허공을 날고, 꿈틀대는 촉수의 절단면에서는 비릿한 체액이 솟아났다. 다음 순간.

"으아아아아아아아?!"

시야 밖, 옆에서 날아든 누군가의 팔이 중력에 붙들려 낙하하려던 월을 부드럽게 안아 들더니, 마수의 체액이 쏟아지기도 전에 그 자리를 이탈했다.

"……월."

부드러운 감촉과 그리운 목소리. 바람에 나부끼는 긴 흑발이 뺨을 쓰다듬고 꽃처럼 달콤한 향이 코를 간질였다. 두근. 심장이 크게 뛰었다.

"아…….'

생각과 호흡, 심장 고동까지도 모조리 멎어버리는 듯한 감각에 빠졌다.

눈을 크게 뜬 월의 시야에는 하얀 드레스 자락에서 뻗어나온 여덟 개의 다리, 까만 체모에 뒤덮인 거미의 하반신이 들어왔다.

"드디어, 찾았어."

환청이 아니었다. 거의 1년 만에 듣는 그녀의 목소리가 기쁨의 감정을 담고 귓전에서 울렸다. 월의 허리를 안은 오른팔에 꽉 힘이 들어갔다.

"아라네아?!"

"응. 오랜만, 월. 일단은——"

감정이 북받쳐 이름을 외치는 월에게 짧게 대답한 아라
네아는 자유로운 왼팔 끝에서 동굴 천장으로 날린 실을
되감아 이동해, 쇄도한 촉수를 회피하고.

"……이, 마수."

눈 아래에서 꿈틀대는 촉수의 무리를 노려보며 왼팔을
들더니——

"방해되니까, 해치울래!"

내뱉은 것과 동시에 부웅, 아무렇게나 휘둘렀다. 검광
과도 비슷한 가느다란 광채가 종횡무진 허공을 내달리며
번뜩였다. 그 정체는 아라네아의 다섯 손가락에서 뻗어
나간 실. 머리카락과 다를 바 없는 굵기의 실 한 가닥 한
가닥이 날카롭게 벼려진 칼날과도 같은 예리함을 자랑했
다.

모든 방향에서 월와 아라네아를 에워싸다시피 밀려들었
던 수많은 촉수가 잇달아 잘려나갔다. 하지만 도저히 전
부 막아낼 수는 없었다.

"아라네아! 뒤——"

"괜찮아."

실의 난무를 뚫고 나온 촉수 몇 가닥이 날아들었지만 아

라네아는 침착했다. 거미 꽁무니에서 마수의 몸통을 향해 실을 사출하더니 촉수를 최대한 끌어들이며 되감아 급강하해서 간단히 위기를 회피하더니,

"──이걸로, 끝!"

높이 든 앞발의 독발톱을 착지와 함께 깊이 꽂아넣었다.

그러자 마수의 거대한 몸은 이내 경련하기 시작하고, 몸부림치듯 꿈틀대던 촉수도 금세 힘을 잃기 시작했다.

"주, 죽였어?"

"아니, 재운 것뿐. 기껏 데려온 마수니까."

"뭐? 데려오다니…… 아라네아가?"

"응. 윌, 보고 싶어서."

잘못 들었나 싶어 묻는 윌에게 고개를 끄덕인 아라네아는 꽂았던 발톱을 뽑고, 품에 안았던 윌을 내려놓으며 대답했다.

"윌 친구, 죽였던…… 윌이 해치우고 싶다고, 했던, 마수. 둘이 찾아봤을 때는, 결국 못 찾았던 마수, 아래에서 우연히 찾았어. 그래서 산 채로 잡아서, 가져왔어."

"이 커다란 놈을 일부러 가져왔다고?!"

"응. 독으로 많이많이 약하게 만들고, 실로 둘둘 감아서, 질질 끌고 왔어. 여기 도착한 다음엔 『둥지』에 가두고, 윌 찾는데…… 그 사이에, 도망쳤어. 서둘러서, 여기저기 찾아다녔더니──"

"마침 내가 그『선물』에게 붙잡혀 있었단 말이지…… 그랬군."

사정을 들은 월은 원래 더 깊은 곳에 있어야 할 마수가 이런 얕은 층에 있었던 이유와, 탐굴 중에 느꼈던 위화감의 원인을 깨달았다.

그것은 심층에서 온 절대적인 포식자 때문에 중층의 마수가 겁을 먹고 도망치거나 무리를 형성했기 때문이었다.

"이 마수, 월이 좋아할 거 같아서, 열심히 가져왔……는데."

시선을 돌리며 말을 흐린 아라네아가 쭈뼛쭈뼛 물었다.

"별로, 필요, 없어?"

"…………."

"월?"

"바보."

월은 견디지 못하고 거친 말을 하고는, 다리에 감긴 촉수 끝을 떼어내버린 다음, 불안한 표정을 보이는 아라네아를 힘주어 끌어안았다. 1년 전 형체도 없이 사라져버렸던 육체의 존재를 확인하듯, 강하게.

"나한테 필요한 건 마수가 아니야, 아라네아."

이제와서 원수와 만난들 언짢은 기억만 떠오른다든가, 아라네아가 마수를 끌고 온 탓에 무관한 사람이 수없이 희생됐다든가.

하고 싶은 말이나 해야 할 말은 수없이 떠올랐지만, 결국 월이 이 자리에서 그녀에게 전하고 싶은 마음은 하나뿐이었다.

"——무사해서 다행이야. 정말로…… 죽은 줄 알았어."

아라네아의 뒤에서 빛의 여파에 말려들었던 월이 의식을 되찾았을 때. 아라네아의 하반신은 홀연히 사라졌으며, 검은 가면을 쓴 인물도 자취를 감춘 후였다.

아라네아에게 죽은 첫 번째 인물의 시체도 사라져, 월은 주위를 열심히 뒤진 끝에 영혼이 빠져나간 듯한 심정으로 혼자 지상까지 귀환한 것이었다.

"……나 혼자 내버려둔 채 말도 없이 어디로 가버리고 말이지. 하마터면 진짜로 포기할 뻔했어."

몸을 떼고 눈을 들여다보며 강한 어조로 말하는 월에게 아라네아는 고개를 숙였다.

"미안해. 아래쪽 몸은, 본능으로만 움직여서…… 아마, 생존본능 때문에, 도망쳤을 거야. 위쪽 몸 재생돼서, 머리 잘 돌아가게 될 때까지, 기억이 거의 없어."

"용케도 재생됐네. 허리 위쪽이 고스란히 날아갔었는데."

"……응. 아래쪽 몸의 심장, 멀쩡하게 남아있던 덕분. 양쪽 다 날아갔으면, 그러지 못했을지도."

아라네아에게는 인간과 거미 두 개의 몸에 각각 하나씩

심장이 있다. 두 심장에는 모두 월과 같은 《재생 회복》^Regenerate 마문이 새겨져 있으므로 동시에 파괴되지 않는 한 어떤 손상이나 결손도 고칠 수 있는 것이리라.

"하지만, 몸 처음부터 다시 만드는 거, 엄청 힘들었어…… 시간도, 마력도, 많이 필요했어. 사실은 아직도, 힘 전부 돌아온 거 아니야."

"응? 그래?"

"응. 실도 강하지 않고, 재생 속도도……. 하지만, 약속했으니까. 절대, 안 죽겠다고. 그런데도 많이 걱정 끼쳐서, 미안해."

"괜찮아. 사과하지 않아도 괜찮아."

월은 올려다보는 아라네아의 몸을 다시 한번 가만히 끌어안고 그녀의 감촉과 향기, 온기를 느꼈다. 만감을 담아 속삭였다.

"이렇게 다시 만난 것만으로도 충분해. 어서 와, 아라네아."

"월…… 응, 다녀왔어. 나도, 계속…… 보고 싶었어."

아라네아는 인간의 팔만이 아니라 거미의 앞발로도 월의 몸을 감싸듯 끌어안아 호응했다. 한동안 그대로 말없이 안고 있었다.

그때──

"저기저기! 잠깐만! 너희드을!"

씩씩하게 외치는 듯한 목소리가 들려왔다. 아라네아와
의 포옹을 풀고 시선을 돌려보니, 미저리가 마수의 몸 위
에서 포옹 중인 이쪽을 올려다보며, 한 손에 쥔 대검을 붕
붕 휘두르고 있었다.

"어째 뜨거운 분위기에 미안하지만 말야."

검을 지면에 꽂아 내팽개치며, 해칠 뜻이 없음을 드러내
며 미저리가 웃었다.

"우리도 좀 끼워달라구? 월의, 그러네…… 『친구』로서,
얘기 좀 하고 싶은데!"

× × ×

"월의, 친구……."

아라네아가 멀거니 그 말을 따라하며 월을 보았다.

"어떻게 해? 얘기, 해? 아니면…… 무시, 해?"

일단 월이 미굴에 온 이유, 아라네아와 재회한다는 목적
은 달성했다. 다시 말해, 더 이상 월이 미저리와 시스카에
게 협조할 필요도 없으므로 이대로 무시하고 떠나가도 문
제는 없겠지만──

"……뭐, 이제까지 신세 진 상대니까 마지막에 가볍게
얘기 정도는 해도 되겠지. 내려가자, 아라네아."

"응, 알았어. 월이 그렇게 하고 싶으면, 그렇게 해."

아라네아가 고개를 끄덕이고 윌을 안아 들었다. 그대로 마수의 몸에서 뛰어내려, 여덟 개의 다리로 충격을 흡수하며 착지했다. 미저리가 얼른 달려와서는 흥분을 감추지 못하는 기색으로 여러 각도에서 아라네아의 온몸을 빤히 살펴보았다.

"우, 우와아…… 굉장하다, 진짜로 하반신이 거미야! 이렇게 가까이서 보니 엄청 박력 있네. 게다가 인간 상반신은 엄청 미소녀잖아!"

"……."

"미저리, 진정해. 아라네아가 난처해하잖아."

"아라네아? 그게 애 이름이야?"

아라네아의 뒤로 돌아가려던 미저리가 윌의 말에 우뚝 멈추고 고개를 갸웃했다. 윌은 고개를 끄덕이고 아라네아의 팔에서 내려와선,

"……그래. 애는 아라네아. 2년 전에, 이 문어 같은 마수에게 동료를 잃고 죽을 뻔했던 날 구해주었고――"

초원에 드러누운 거대한 마수를 바라보며 해명했다.

"그 후로도 여러모로 날 도와준 친구야. 사정이 있어서 서로 헤어졌는데…… 나는 애하고 다시 만나기 위해 미굴에 와서 행방을 찾고 있었어."

"――흐응? 그렇구나. 너희는 그런 관계……."

윌과 아라네아를 번갈아 바라보며 미저리는 눈을 가늘

게 떴다.

그녀의 후방, 미저리의 등 뒤에 숨다시피 한 채 주의 깊게 아라네아를 관찰하던 시스카가 "……그렇군요." 하고 말하며 눈을 내리깐 채 중얼거렸다.

"여러 가지로 이해가 됐어요. 동료를 잃은 윌 씨가 어떻게 무사히 생환했는지. 그리고 어떻게 예의 마수를 알고 있었는지…… 후후. 놀랐는걸요."

희미하게 웃으며 시스카가 다시 아라네아를 보았다. 살짝 마문이 떠오른 안경 안쪽의 두 눈에 깃든 빛은——

"몸의 거의 절반이 형체도 없이 날아갔으면서 살아있었다는 것도 놀랐지만, 설마 마수가 인간의 말을 이해하고 인간의 목숨을 구하고…… 인간과 함께 있다니! 역시 어떻게든 손에 넣어 철저하게 조사해야 할 존재로군요. 감옥에게도 마법원에게도 가치 있는『연구재료』예요."

이글이글 타오르는 호기심. 그것은 아라네아라는 미지의 생물을 구석구석까지 조사하고 해명해보고 싶다는 순수한 욕망이었으며,

"……으?!"

전에 윌이 시스카에게서 아라네아에 대해 질문을 받았을 때에도 느꼈던 불온한 그림자와 같은 성질의, 소름이 끼치는 눈빛이었다. 장난감을 발견한 아이 같으면서도 벌레의 머리를 기쁘게 떼어내는 잔학함을 머금은 시선.

아라네아가 흠칫 몸을 떨며 긴장한 목소리로 말했다.

"월! 이 녀석──"

"그래."

──1년 전에 이 초원에서 일어난 사건을 알고 있다. 월이 그 사실을 깨달았을 때, 시스카는 미저리의 가녀린 허리를 안듯 끌어당기더니,

"감찰관 시스카 흐라니카의 이름으로 명령한다."

가장 굵은 목의 벨트에 반대쪽 손을 대며 영창하고 있었다.

"왼손, 오른손, 왼발, 오른발의 형구 및 2번에서 50번의 봉인을 해방하노니──《해정》Unlimit!"

다음 순간 미저리의 손목 발목에 감겼던 새까만 형구에 흰 마문이 떠오르면서 네 개가 동시에 키잉 풀려났다. 그리고.

"──앗!"

상체를 홱 젖히는 미저리의 온몸, 피부와 드레스 위에 감겼던 대량의 벨트가 목덜미에서부터 퍼져나가듯 후두둑 튕겨져나가며 풀렸다.

위기를 느낀 아라네아가 월을 안아 들고 후방으로 크게 뛰어 물러나 미저리와 시스카에게서 거리를 벌렸다. 월은 눈을 크게 떴다.

"시스카?! 너 어쩌자는……."

"후후, 사실은 말이죠~ 저희 감옥에서도 계속 찾고 있었답니다."

동요하는 윌에게 웃음을 지으며 시스카가 말했다.

"지금으로부터 약 1년 전. 미굴의 중층에서 『마수사냥』을 하던 처형부대의 일원이 맞닥뜨렸다가 죽을 뻔하고 놓쳤다는 신종 마수—— 인간의 상반신에 거미의 하반신을 가진 미지의 괴물을요."

"처형부대…… 드레이스가 말했던 감옥 태생의 킬러 말이군. 각인마법의 실험으로 강력한 마문을 새긴 죄수 출신 처형인."

"네. 사람이 적고 마수가 많은 미굴은 『놀이터』로 안성맞춤이라 이따금 이용되는데요…… 그들에게 마수는 자기네의 마법을 시험할 상대일 뿐이었어요. 아라네아 씨와 만났던 처형부대원도 그렇게 생각하고 덤볐을 거예요. 그 결과 어이없이 당해버렸지만요."

"……"

"그 후 다른 처형부대원이 중상을 입고, 표적은 도주. 우리 감옥은 그가 귀환해 올린 보고를 받고, 인간과 비슷한 미지의 마수가 있다는 사실에 강한 흥미가 동했어요. 하지만 반쯤 포기하기도 했지요. 상반신이 날아가 버렸으니, 더 이상 살아있지 못할 거라고……. 미굴에 내려가는 분들 사이에서 예의 그 소문이 돌기 전까지는요."

그것은 우연히도 지상에서 술독에 빠졌던 윌이 아라네
아가 무사함을 알고 재기를 결심했던 경위와 똑같았으며
——

"놀랐어. 설마 너희도 같은 이유로 미굴에 왔다니."

"네, 생각도 못했죠…… 예의 마수에게 동료, 그것도 인
간 동행자가 있었다는 보고는 받지 못했으니까요. 완전히
상상도 못한 사태예요."

시스카가 한숨을 쉬고 윌을 보았다.

과거 윌과 아라네아가 미굴에서 첫 번째 인물과 조우했
을 때는 근처에 동료가 없었고, 두 번째 인물에게 공격당
했을 때는 윌이 아라네아에게서 멀리 떨어진 위치에 있었
다.

빛에 삼켜져 쓰러진 후에는 초원이 몸을 가려주었고, 독
꽃 용절란이 마수의 접근을 막아주었을 것이다. 그야말로
불행 중 다행이었다.

"——그래서 의논드릴 게 있는데요."

시스카가 안경을 밀어올려 빛내더니 말을 꺼냈다.

"윌 씨, 아라네아 씨. 이제부터 저희와 함께 지상으로
귀환해 감옥에 가주시지 않겠어요? 고분고분 따라주신다
면 험하게 대하지는 않을게요. 함부로 다루지도 않을 거
고요. 약속드릴게요. 그러니 부디."

"싫어!"

시스카의 제안을 거절한 것은 아라네아였다. 윌의 몸을 지키려는 듯 끌어안고,

"당신, 못 믿어. 난 이대로, 윌하고 지하로 돌아갈 거야……. 지상 같은 거, 안 가도 돼. 윌하고 평화롭게 살면 돼."

"아라네아……."

"그렇군요. 그럼 교섭은 결렬이네요── 미저리."

별로 기대는 하지 않았다는 듯 고개를 끄덕인 시스카는 품 안의 미저리를 보았다. 시스카에게 허리를 안긴 미저리는 깊이 고개를 숙인 채 서서 침묵만을 지키고 있었다.

그녀의 귓가에 시스카가 속삭였다.

"일할 시간이에요. 죽지 않을 정도로만 죽여주세요. 몸을 반쯤 날리는 정도까지는 괜찮은걸로 하죠. 어차피 재생할 테니까요."

"…………윌은?"

"응? 아~."

안경 너머의 싸늘한 눈동자가 윌을 꿰뚫어보았다. 키득 비웃음을 짓더니 내뱉는다.

"죽여도 상관없어요. 어차피 마지막에는 입막음을 위해 해치우려던 분이었고. 마수가 아낀다는 걸 제외하면 어차피 평범한 인간이잖아요. 지금의 당신이라면 쉽게 죽일 수 있겠죠?"

──최악이자 재앙의 총아, 《금주공주》 미저리 머더.

그렇게 불린 미저리가 숙였던 얼굴을 천천히 들어 월을 보았다. 은색 두 눈은 형형히 빛나고 연홍색 입술은 황홀하게 치켜 올라갔다.

"당연하지."

시스카의 손을 뿌리치고 로브를 벗어던진다.

순백색 맨살을 가린 까만 벨트는 목줄뿐. 옷자락이 짧은 드레스만을 입은 팔다리는 소름이 끼칠 정도로 요염했다.

"이 몸에 새겨진 마문은, 모두──"

말을 이으며 미저리가 천천히 왼팔을 들었다가, 내밀었다.

그러자 왼쪽 상반신, 뺨에서 어깻죽지, 팔에서 손바닥에 이르기까지 백금색의 마문이 빈틈없이 떠올라 가득 메웠다.

"온갖 생물을 온갖 수단으로 죽이기 위한 거거든? 내 마법으로 죽일 수 없는 존재 따위…… 있을 리가, 없잖아."

다음 순간.

"──《소멸의 섬광Gamma Ray》!"

미저리의 몸 절반을 빛냈던 빛이 팔 끝으로 흘러드는 것처럼 수렴되더니 손바닥에서 뿜어져 나왔다. 백금색의 섬광이 일직선으로 허공을 가르고 유성과도 같이 내달렸다.

""……?!""

섬광은 눈을 크게 뜬 월과 아라네아의 옆을 스치더니, 초원 저편에 가로누운 거대한 그림자—— 아라네아가 미굴 깊은 곳에서 끌고 온 마수의 몸통에 직격. 어떤 마법도 통하지 않던 피부를 순식간에 꿰뚫고 증발시키며 송두리째 날려버렸다.

월은 아연실색해 몸통 한복판에 거대한 구멍이 뚫려버린 마수의 주검을 응시했다.

"지, 지금 그 마법⋯⋯은⋯⋯."

심장 고동이 빨라졌다. 미저리의 얼굴에 한순간 까만 가면이 겹쳐졌다.

"미저리? 너——."

"미안, 월."

슬픔을 수반한 분노, 실망과도 같은 절망이 월의 마음에 어두운 그림자를 드리우기 시작했다.

가면처럼 웃음을 가져다 붙인 처형인이 웃음을 띠었다.

"이게 내 일이니까 말야. 너하고 보낸 시간은 즐거웠지만⋯⋯ 이젠 끝. 마지막으로 날 즐겁게 해준 다음 죽어줘!"

"미저리——!"

"윌. 안 돼, 도망쳐야 해!"

격앙한 윌을 안아들고 아라네아가 즉시 도주를 시도했다. 하지만 그 직후 미저리가 높이 쳐든 왼쪽 다리의 허벅지에서 발목에 걸쳐 검붉은 마문이 떠오르더니,

"——《오관의 못자리 Filthy Cradle》!"

주문과 함께 내리찍은 다리에서 넘쳐난 붉은 광채는 미저리를 중심으로 방사형을 그리면서 퍼져나갔다. 돌풍처럼 초원을 휩쓴 검붉은 빛은 도망치는 윌과 아라네아를 순식간에 추월해, 저 멀리에서 격자 형태로 솟아올랐다. 초원 전체를 에워싸듯 전개된 붉은 빛은 상공에서 수렴되어 도망치는 표적을 공간과 함께 가둬버렸다. 그 모습은 그야말로 새장.

"후후, 안 놓칠 거라구? 이 마법은 있지, 마력을 먹는 우리야. 사로잡힌 것들의 마력을 슬금슬금 빨아서 나한테 보내주지."

초원에 피어난 용절란에서 희미한 푸른 빛이 떠오르더니 반딧불처럼 허공을 맴돌기 시작했다. 그

6장

포학살육의 금주공주 =

SINker × SINners

러한 마력의 엷은 빛은 둥실둥실 날아 주위를 에워싼 검붉은 빛의 우리에 빨려 들어갔다. 월과 아라크네의 피부에서도, 상처에서 피가 스며나오듯 마력이 새어 나왔다.

"참고로 말인데, 빛에 직접 닿으면 몸의 마력을 모조리 빨려버리니까 조심해?"

"⋯⋯⋯⋯싸울 수 밖에, 없어보이네."

"월도, 싸울 생각이야?"

"──그래. 싸울 거야. 나도 같이 싸우게 해줘!"

월은 아라네아에게 망설임 없는 목소리로 대답하고 그녀의 품에서 내려왔다. 그리고 떠오르는 쓸쓸한 과거.

'나는 비겁하고 모질고, 겁쟁이에 못난이다.'

강하고 다정한 동료들에게 어리광을 부리고, 마수에 대한 공포에 패배해 도망쳤던 2년 전에도.

자신의 무력함을 변명 삼아 또다시 도망쳤으며, 어느샌가 모든 것을 잃었던 1년 전에도.

월은 그저 남이 지켜주기만 했을 뿐, 남의 도움을 받기만 했을 뿐. 10년 전 미굴에서 크레이그가 구해주었을 때와 하나도 달라진 것이 없었다.

'하지만──.'

지금이라면 알 수 있다. 이제까지의 월은 그 약한 모습에서 눈을 돌리고 술의 힘으로 현실에서 도피하기만 했다. 그래도 마음 깊은 곳에서는 줄곧 그런 자신을 바꾸고 싶다고── 자신도 언젠가 자신을 구해주었던 사람들처럼, 누군가를 구해줄 만한 존재가 되고 싶다고 바라고 있었다.

월은 얼마 전, 리즈를 내버리고 도망치려다 결국 그러지 못했다. 결과적으로는 구할 수 없었지만, 이번에야말로.

"지키고 말겠어. 아라네아도, 내 목숨도. 잃는 건 이제 지긋지긋하니까."

결연히 내뱉고, 월이 두 손을 허리의 칼집으로 뻗으려던 순간.

"──이봐."

저 멀리서 문득 무뚝뚝한 목소리가 들리더니──

"얼간이. 잃어버린 물건이다."

한 줄기 바람과 함께 두 자루의 칼이 날아왔다. 나이프와 소검. 월이 마수의 촉수에 붙들려 바닥에 패대기쳐졌을 때 떨어뜨렸던 무기다. 월은 아라네아와 재회했다는 기쁨에 그 사실이 머릿속에서 깡그리 지워져, 회수해야겠다는 사실조차 잊어버리고 있었다.

"?! 오렐리아……."

회전하며 날아온 무기를 받아쥔 월은 미저리의 후방─── 혼자 멀리 떨어진 위치에서 팔짱을 낀 채 서 있는 여기사를 보았다.

그때까지 방관만 하던 오렐리아가 개입했다는 데에 시

스카는 고개를 갸웃했다.

"뭐 하는 건가요, 오렐리아 씨? 이제부터 해치울 적에게 무기를 던져주다뇨. 혹시 배신할 생각인가요?"

"배신? 흥, 설마."

오렐리아는 나직한 목소리로 묻는 시스카에게 코웃음을 치더니 어깨를 으쓱했다.

"기사로서 무기도 없는 상대를 일방적으로 괴롭히는 건 아니라고 생각했을 뿐이다."

"저항도 못하는 사람들을 검으로 죽여대던 당신이 그런 소리를 해봤자 변명으로밖에 들리지 않는걸요, 《적기사》? 어엿한 배반 행위입니다."

"……."

"딱히 나이프 한두 자루 있다 한들 어쩔 수도 없겠지만…… 이 이상 제멋대로 행동하시면 곤란해요. 조금 교육이 필요하겠네요."

입을 다문 오렐리아에게 한숨을 쉰 시스카는 안경을 밀어올렸다. 그리고 명령한다.

"──오렐리아, 엎드려!"

"흐윽?!"

오렐리아의 이마에서 《예주》가 번뜩이더니 마문의 효력에 의해 억지로 무릎이 꿇어졌다. 시스카는 초원에 이마를 파묻은 오렐리아에게 유유히 다가가 그녀의 뒷머리를

만족스럽게 내려다보고는,

"당신은 제 『의자』가 되어줘야겠어요."

팔다리를 짚고 엎드린 그녀의 위에 어영차 몸을 앉혔다.

"오랫동안 서 있기만 해서 다리가 피곤해졌거든요. 별로 편하지는 않지만 참아야지 어쩌겠어요. 자, 자세 제대로 유지해요!"

"크윽?! 네, 네 녀석……."

시스카에게 엉덩이를 맞은 오렐리아는 수치로 귀를 붉게 물들이며 어깨를 부들부들 떨었다. 그 대화를 보고 미저리가 어이없어했다.

"아니아니, 시스카. 넌 좀 멀찌감치 떨어져 있어. 위험하고, 방해돼."

"에이, 미저리도. 위험한 거야 알지만 보기 드문 기회 잖아요? 옆에서 보게 해주세요. 괴물끼리 서로 죽이는 모습."

"에~, 뭐야 그 개인적인 어리광은. 이 목줄 탓에 시스카가 죽어버리면 나도 죽는데?"

"……!"

미저리의 말에 아라네아가 반응해 시스카를 보았다. 반면 미저리는 약점을 밝혀놓고도 아랑곳 않고, 오히려 재미있어하듯 웃음을 짙게 머금더니,

"뭐, 아무렴 어때. 죽게 놔두지 않으면 되지. 죽일 시간

조차 안 주면…… 응, 그 정도 핸디캡이 없으면 재미없지!
시간은 무제한이지만——"

오른손에 소검, 왼손에 나이프를 들고 자세를 잡은 윌을
향해 왼팔을 내밀었다.

쇠고랑이 풀리고 벨트를 잃어버린 순백색 피부. 아래팔
의 윗면에 붉은색과 오렌지색과 노란색으로 구성된 화염
과도 같은 마문이 떠올랐다.

"오랜만에 마음껏 설치고 마법도 마음껏 쏠 수 있게 됐
으니, 부탁인데 너무 쉽게 죽지 말아줘. 내 몸에 새겨진
마문은 전부 136개니까!"

×　×　×

"——《개신의 소이도Napalm Death》!"

미저리의 팔 주위에서 생성된 50개 이상의 작열하는 단
검이 일제히 사출되었다. 그 붉은 칼날의 대군은 하나하
나가 의지를 가진 것처럼 날아와,

"……?!"

미저리가 마법을 쏘기 전에 움직여 시스카에게 접근하
려던 아라네아에게 짓쳐들었다. 아라네아는 견디지 못하
고 육박을 중단하며 높이 도약——했으나, 칼날은 도망치
는 표적을 따라 순식간에 궤도를 바꿔 솟구쳤다.

이것은 미굴에서 만났던 처형부대의 일원이 사용했던 『빛의 화살』을 방불케 하는 마법이었다.

마법을 조작하는 미저리는 아라네아에게 시선조차 향하지 않고 있었다. 그럼에도 칼날은 여러 개의 무리로 갈라져 에워싸듯 아라네아를 쫓아와선 모든 방향, 모든 각도에서 꿰뚫고자 육박했다.

"큭?! 엄청난, 양——."

아라네아는 거미 꽁무니에서 실을 날려 몸을 이동시키고 동굴 천장에 달라붙었다가 그곳을 지면처럼 달려, 맹렬히 따라오는 붉은 칼날의 무리를 열 손가락의 실로 격추시켰다.

두 쪽으로 갈라진 칼날이 불꽃을 피우며 폭발해 타오르는 점액과 열풍을 뿌렸지만 그것조차 모두 피하며 끊임없이 달려드는 붉은 칼날을 잇달아 떨어뜨렸다.

"아라네아!"

"저기, 한눈 팔 때가 아닐텐데?"

고함을 지르는 월에게 미저리가 말을 걸며, 멀리서 다리를 걸듯 오른발을 수평으로 휘둘렀다.

"——《광기 없는 스카나》!"

월이 얼른 도약하자 그 아래를 가르는 무시무시한 바람이—— 아니, 눈에 보이지 않는 칼날이 지나가더니 초원 저편까지 휩쓸었다. 베여버린 풀과 푸른 꽃잎이 허공에서 춤추고 중간에 있던 암석까지도 버터처럼 절단되어 흘러 떨어졌다. 월의 등줄기에 식은땀이 맺혔다.

"뭐, 뭐가 저렇게 예리해……?!"

"후후. 옛날에 나한테 왔던 기사들을 갑주째 베어버렸 던 참살 마법이야. 간격은 최대 100미터 정도 되려나? 암 석은 물론이고 강철도 파팟 잘라버리니까 잘 피하라구."

──자자, 한 방 더!

미저리는 그렇게 외치며 이번에는 왼팔을 들더니 월에 게 칼날 마법을 내뿜었다. 왼팔 손목부터 손등, 손가락에 걸쳐 새겨진 보라색 마문은 오른팔의 같은 위치에도 떠올 랐으며──

"자자! 더 격렬하게, 미친 듯이 춤추자구?!"

몸을 굴리다시피 해 참격을 회피한 월이 숨 돌릴 틈도 없이 미저리가 오른팔을 내리쳐 다음 칼날을 퍼부었다. 마문은 두 발목에도 새겨져 있는지 미저리가 춤을 추듯 팔다리를 휘두를 때마다 눈에 보이지 않는 칼날이 발생해 소리도 없이 날아왔다.

칼날은 미저리의 팔과 다리의 궤도를 따라가듯 뿜어져 나왔으므로 월은 상대의 동작을 주시해 미리 간파하고, 벌어진 거리를 이루지 못하는 초고속의 참격을 피할 수 있었다.

"뭐, 뭐가 《톱날검의 마녀》^{Which of Chain Saw}야…… 이러면 그딴 대검은

필요도 없잖아?!"

"아하하! 뭐, 그 검은 장난감이니까. 엄마가 나한테 준 놀이도구야."

"——엄마?"

눈살을 찡그리는 윌에게 미저리가 웃더니 맹공을 늦추었다.

"나를 낳아준 엄마이자, 이 육체에 마문을 새겨준 사람이야. 《최악이자 재앙의 마녀》, 킬마리아 크라이스트."

"킬마리아……"

그것은 전에 미저리가 윌의 심장에 새겨진 마문에 대해 물었을 때 말했던 이름이었다. 그때 시스카가 목소리를 높이며 끼어들었다.

"안 돼! 그녀에 관한 정보는 마법원이 은폐한——"

"시끄럽네. 뭐 어때, 어차피 죽일 건데…… 사람이 기분 좋게 죽이고 있는데 옆에서 끼어들지 말아줄래? 갤러리는 얌전히 보고나 있어."

짜증난다는 듯 내뱉고 미저리가 오른손을 시스카에게 향했다. 엄지를 세우고 검지를 쭉 내민 자세. 손끝에서 손등, 팔꿈치에 이르는 부위가 은색백 마문으로 가득 채워졌다.

"——《작렬하는 탄환》!"

미저리의 마문에서 연회색 안개—— 싸락눈 같은 극소

형 금속이 대량으로 생성되더니, 다음 순간 화살을 아득히 능가하는 속도로 일제히 발사되었다.

"……!"

춤추는 붉은 칼날 밑으로 몸을 비집어 넣어 뿌리치고, 시스카에게 덤벼들려 하던 아라네아가 질주를 멈추고 도약했다. 한순간 전까지 아라네아가 있던 초원에 마법이 쏟아지더니 잇달아 폭발했다.

하나하나의 폭발은 소규모지만 그것이 수백 개가 중첩되면 무시무시한 유린이 된다. 마법의 직격을 받은 지면은 깊이 파헤쳐져 함몰되고 풀꽃은 형체도 없이 날아가버렸다.

"으─응? 아라네아짱 꽤 하는걸…….《개신의 소이도$^{\text{Napalm Death}}$》를 피하면서 시스카를 노릴 여유가 있다니! 그렇다면──."

맞았다간 도저히 버틸 수 없을 만한 위력의 마법에 전율한 것도 찰나, 미저리가 즐겁게 말하며 새로운 마법을 준비했다. 쇄골에서 가슴께에 붉은색과 보라색으로 이루어진 마문이 떠오르더니 미저리의 주위에 마문과 같은 색의 구슬── 표면에 가시넝쿨 같은 돌기가 돋아난 사람 머리 크기의 구체가 몇 개나 생성되었다.

"──《부화사구$^{\text{Plague Mine}}$》!"

미저리가 영창했다. 그러자 이제까지 미저리의 주위에서 떠돌던 구체가 날아가,

"?! 또, 뭔가 왔어……."

황급히 회피하는 아라네아를 무시하고 지나치더니, 그 너머에 있는 시스카와 오렐리아를 에워싸듯 전개했다. 다시 정지하고는 스윽, 남김없이 사라져버린다.

그 직후. 표적을 추적하는 붉은 칼날 중 하나가 황망해하는 아라네아의 뺨을 스치며 시스카에게 향했다. 그리고 날아간 칼날은 구체가 사라진 영역에 들어선 순간.

——치이이익…….

불꽃 대신 자주색의 독살스러운 연기를 뿜으며 소실되었다. 폭발하지도 않고, 마치 증발하듯.

"흐흥. 지금 설치한 마법은 완전히 사라진 게 아니라 숨어있는 것뿐이야. 다가오는 걸 감지한 순간 터져서 대상을 부패시켜 죽게 만드는 독살 함정. 그 예쁜 몸이 흉하게 부스러지는 걸 원하지 않으면 함부로 다가가지 말 것."

"미저리!"

"아, 미안. 얘기하는 도중이었지?"

거리를 좁히며 소검을 든 월에게 냉큼 사과한 미저리는 오른팔을 휘둘렀다.

월은 재빨리 옆으로 굴러 칼날을 회피했다. 춤을 추듯 팔다리를 내저어 다시 다가올 여유도 없을 만큼 가혹한 공세를 이어나가며 미저리는 노래하듯 말했다.

"이 몸에 새겨진 마문을 보면 싫어도 알겠지만…… 우

리 엄마 킬마리아는 천재적인 마법사이자 각인사였어. 다른 마법사가 따라오지도 못할 만한 발상으로 새로운 마법을 착착 만들어냈고, 웬만한 각인사는 새기는 것도 어려울 만큼 정밀하고 복잡한 마문을 자기랑 남의 몸에 새겨대는 《최악이자 재앙의 마녀》――.”

"심하게 말하네.”

"엄마가 했던 『창작』은 무허가였으니까. 규칙이나 법률 같은 거 상관하지도 않고 재앙 같은 위력의 마법을 계속해서 만들어냈어……. 벽지의 비경, 어지간해선 사람이 들어오지도 않는 산속에 차린 아틀리에에서 몰래 말이야. 엄마한테 악의는 없었던 것 같지만 그런 사람을 마법원, 나아가서는 국가가 내버려 둘거라 생각해?”

"……아니.”

방치할 리가 없다. 마법과 마법을 일으키는 마문은 만능에 가까운 편리한 기술인 것과 동시에 위험한 무력이니까. 바람처럼 내달리는 칼날을 피하며 질주해 육박할 기회를 노리며 대답하는 윌에게 미저리가 "그치?” 하고 대꾸하며 웃음을 머금었다.

"엄마의 존재를 안 국가는 경고한 다음 즉시 아틀리에로 기사단을 파견해서 신병을 구속하려고 했어. 마법사하나에 각인기사가 500명. 아무리 그래도 너무 많잖아. 아무리 나라고 해도 200명 정도, 반도 못 죽였어. 그 결과 나는 감옥에 붙잡히고, 엄마는 행방을 감춰버리고, 정말 끔찍했지."

"각인기사를…… 200명?"

도저히 믿을 수 없었다. 그도 그럴 것이 각인기사는 하나하나가 기사 중에서 엄선된 정예니까. 그런 부대를 겨우 혼자서 상대하고 수백 명이나 죽이다니──.

"……미저리. 너 정말로 인간 맞아?"

월이 두려움과 함께 중얼거린 말에 미저리가 쓴웃음을 지었다.

"아핫, 너무하네. 난 어엿한 인간인걸, 월? 너랑 마찬가지로…… 후후. 다만 육체에 무기로 쓸 수 있는 마법, 엄마가 만든, 생물을 살육하기 위한 마문을 잔뜩 새겨놨을 뿐 그냥 여자애라구. 그리고──"

미저리가 탄식하며 지친 듯 움직임을 멈추었다. 오른손으로 머리카락을 쓸어넘기더니,

"처음부터 마문을 새기기 위한 그릇으로 낳았던 나한테 새겨진 마문이 『죽이기 위한』 것이라면, 내가 살아가는 이유도 『죽이기 위한』 것……. 살육은 내 존재 이유인 거야. 그런 내가 다른 누구보다, 무엇보다 죽이는 데 뛰어난 건 당연하잖아? 엄마한테 받은 몸과 마문으로 어떤 존재든 죽이고 말 거야! 인간이든 마수든, 괴물이든."

큰소리를 치며 미저리가 아무렇게나 왼팔을 휘둘렀다.

초고속의 칼날이 허공을 가르며 날아가,

"……윽?!"

거미 꽁무니에서 뻗어나온 아라네아의 실을 절단했다.

"아──."

마법을 최대한 끌어들였다가 실을 날려 몸을 움직여 피할 생각이었는지. 공중에서 움직이지 못하게 된 아라네아에게 《개신의 소이도》가 몰려들고, 다음 순간 무시무시한 폭발을 일으켰다. 불꽃에 싸인 그림자가 저 멀리 초원에 털썩 떨어졌다.

"아라네아아아아!"

마법이 멈춘 틈을 타 미저리에게 육박하려 했던 월은 절규하며 낙하지점으로 달려갔다. 살이 타는 냄새가 코를 찔렀다.

"아라네아! 야, 살아있어?! 아라네아!"

"…………위……일…….."

월의 목소리에 대답한 아라네아는 살아있는 것이 신기할 정도로 끔찍한 몰골이었다. 인간의 상반신은 어깨에서 허리에 걸쳐 오른쪽 절반이 드레스와 함께 날아가버렸고, 간신히 무사한 부분도 무참히 타버렸다. 거미 하반신은 다리가 넷밖에 남지 않았으며 매끄러운 색의 내장이 튀어나와 있었다. 게다가 온몸 곳곳에 달라붙은 시커먼 점액은 아직도 격렬하게 타올라 아라네아를 태워버리려 했다.

――꺼지지 않는 불꽃과 퍼져가는 화상. 하지만 다행히 심장은 둘 다 무사했으며 극채색으로 빛나는《재생 회복》 의 마문이 간신히 목숨을 붙들어놓고 있는 상태였다.

지금은 약간이나마《재생 회복》이 우세한지 육체는 조금씩 재생되는 듯했지만, 그것이 언제까지 버틸지는 알 수 없었다.

윌과 아라네아의 몸속을 흐르는 마력은 초원을 에워싼 새장 같은 검붉은 빛에 시시각각 빼앗기고 있었다. 여유 는 얼마 없다.

"……기다려. 금방 끝내고 올 테니까."

청백색 마력의 빛이 허공을 넘실대고 하늘로 올라가는 가운데, 윌은 두 손의 무기를 단단히 쥐고 천천히 뒤를 돌 아보았다.

"오, 다행이다! 아라네아쨩, 살아있나 보네. 죽이는 건 익숙하지만 죽이지 않는 건 처음이니까 말야. 죽지 않을 정도로 죽이는 것도, 쉽진 않네."

밝은 목소리로 천진난만하게 웃으며 미저리가 다가왔 다.

그녀의 주위에는 아라네아를 쫓아다니던 붉은 칼날이 모여들어 미저리를 에워싸듯 선회하고 있었다. 찔리면 폭 발해 타오르는 단검은 아라네아에게 격추당해 수가 상당 히 줄었지만, 아직도 스무 자루는 될 것 같았다.

게다가 미저리의 온몸에는 이것 말고도 미지의 마문이 더 있다. 200명이나 되는 각인기사를 혼자 학살했다는 온갖 각인마법이. 하지만.

"미저리."

월은 겁내지 않고 미저리와 마주서더니 빈사의 아라네 아를 등 너머로 감싸며 두 눈과 팔다리를 심장——《시각 강화》와 《근력강화》, 그리고 《재생 회복》의 마문에 쏟을 수 있는 모든 마력을 쏟아부었다. 자세를 낮추고 무기를 들며 상대를 노려본다.

"아까 그랬지. 너는 죽이기 위해 태어났고, 살아간다고. 그러니 어떤 존재든 죽이고 말겠다고…… 하지만."

월의 시선에 꿰뚫린 미저리가 발을 멈추더니 당황한 듯, 한 걸음 물러났다. 찰나.

"——나는 죽어도 죽일 수 없을걸?!"

월은 격앙해 달려나갔다. 도망치기 위해서가 아니라 맞서기 위해, 소중한 존재를 지켜내기 위해.

×　×　×

월이 지면을 박찬 순간 미저리의 주위를 맴돌던 붉은 칼날이 사출되어 일직선으로 날아왔다. 수는 넷. 원래 같으면 시인할 수도 없는 속도로 날아드는 마법을, 월은 강화

된 시력으로 완벽히 포착하고 최소한도의 움직임으로 피했다.

동시에 시야 밖에서 우회하듯 날아든 다른 칼날도 몸을 굴려 피하고, 피한 칼날이 돌아서 쫓아오기도 전에 다시 땅을 박찼다. 피아간의 거리는 약 20미터.

미저리의 표정에 조바심이 떠올랐다.

"윽?! 너도 의외로 잽싸잖아, 윌! 그렇다면──"

다음으로 날아든 칼날은 두 배인 여덟 자루. 역시 전부 피할 수는 없다. 섣불리 피하려 들면, 오히려 조금 전에 피했던 칼날에게 따라잡혀 협공당한 끝에 폭발에 휩쓸려 죽을 것이다. 즉시 그렇게 판단한 윌은 억지로 피하지 않고 질주의 기세를 유지한 채, 짓쳐드는 칼날의 무리에 정면으로 돌진했다.

"크아악?!"

소검을 쥔 윌의 오른쪽 아래팔을 붉은 칼날이 관통하며 폭발했다. 무시무시한 폭압은 오른팔만이 아니라 윌의 오른쪽 상반신마저 헤집듯 날려버렸다. 쏟아져나와 몸에 달라붙은 뜨거운 점액이 요란하게 타올랐다. 윌의 몸은 옆에서 얻어맞은 것처럼 날아가 초원에 나뒹굴었다. 그때.

"──《교반하는 뇌송곳》!"
Plague Drill

머리를 꿰뚫으려 날아든 창 같은 마법을, 즉시 일어나서 피한 윌은 타오르는 불꽃에 휩싸인 채, 이제 10미터도 남지 않은 미저리를 향해 돌진했다.

설령 마법을 맞더라도 다리가 남아있으면 달릴 수 있다. 무기를 쥔 팔 하나만 남아있으면 싸울 수 있고, 안구가 한 쪽만이라도 무사하다면 상대를 놓치지 않는다. 그리고 심장이 맥동하는 한——

"——《재생 회복》!"

외친 순간 월의 심장에 새겨진 마문이 빛나고 극채색 빛에 휩싸인 우반신이 쑥쑥 재생되었다.

"?! 정말 말도 안 되는 치유마법이라니까!"

미저리가 남은 붉은 칼날을 한꺼번에 날리며 월을 요격하려 했지만, 조바심 탓인지 궤도가 정확하지 못했다. 월은 마법을 피하며 단숨에 거리를 좁혀 왼손의 나이프를 미저리의 머리 위로 집어던졌다. 그 직후 붉은 칼날이 왼팔을 꿰뚫으며 폭발했다.

"크윽?! 아아아아아아아아아아악!"

질주가 멈춰버린 월은 발을 버티고 어떻게든 충격을 견딘 후 전후좌우에서 밀려드는 마법을 피하기 위하 강화된 각력으로 높이 도약해,

"미저리이이이이!"

던졌던 나이프를 재생된 오른손으로 붙들며 역수로 쥐고, 눈 아래의 미저리를 노려보았다.

목표는——

"아아, 과연⋯⋯."

미저리는 윌의 안광을 받아내며 냉철한 태도로 눈을 가느다랗게 떴다. 입가가 치켜 올라가고, 오른손 손목에 새겨진 보라색 마문이 빛을 뿜었다.

"──심장이구나."

미저리가 중얼거리더니 오른팔을 휘둘렀다. 모든 것을 갈라버리는 참살마법 《광기 없는 스카나 $^{\text{Sanity Edge}}$》가 살과 뼈와 심장을 양단하고자 비스듬히 날아올랐다.

공중에 있어서 몸을 움직이지 못하는 윌은 피할 방법이 없었다. 칼날은 윌의 상반신에 꽂혀, 나이프가 미저리에게 꽂히기도 전에 숨통을 끊었다── 원래는 그래야만 했다.

하지만 칼날은 윌의 셔츠와 조끼를 가르는 데서 그치고 튕겨나갔다. 윌의 가슴께에 감긴 하얀 로브에.

그것은 오렐리아와 싸울 때 윌이 한쪽 팔에 감아 건틀렛처럼 활용했던 로브.

과거 아라네아가 강인한 실로 짜서 윌에게 선물해준 물건이었다.

미저리의 마법을 막을 수 있을지 어떨지는 솔직히 도박이었지만, 이 로브는 머리카락 정도 굵기의 실을 수십 가닥이나 꼬아 만들어 질기기로는 실 한 가닥에 비할 바가 못 된다. 반드시 막아낼 수 있을 거라 믿고 뛰어든 것이었다.

필살의 마법이 튕겨나가 미저리는 "에엣──"굳어버렸다. 이제는 회피나 반격이 가능한 거리가 아니었다. 윌은 오른손의 나이프를 꽉 쥐고,

'──잡았다!'

눈을 크게 뜬 채 멍하니 굳어버린 무방비한 미저리의 가슴에, 모든 것을 끝낼 칼날을 꽂으려 했다. 그때 문득 온갖 추억이 뇌리를 스쳤다.

나타나자마자 흉악한 대검으로 죄인을 참살하고 피를 뒤집어쓰며 웃는 처형인.

무섭고도 든든한 협력자인가 싶으면 묘하게 자신만만한 데다 어리광쟁이고, 탐굴에서는 몇 번이나 애를 먹였다. 틈만 있으면 쓸데없는 소리를 하고 시시한 농담을 늘어놓으며 친한 척 들이대는 그녀가 진심으로 짜증이 났고, 귀찮았고, 늘 화나게 만드는 것만 같았다.

그녀가 품은 광기나 비밀, 피비린내 날 정도로 강렬한 혈기에 공포를 느낄 때도 많았다.

그런데도, 어째서일까. 이럴 때 떠오르는 것은 선혈과 살의에 젖은 처형인의 표정이 아니라 천진난만한, 친근한 웃음뿐이라──

"윌……."

혼신의 힘을 담아 휘두른 나이프의 칼날이 가슴에 꽂히기 직전. 넋이 나간 듯 정지한 채 자신의 이름을 부르는

가녀린 목소리를 들은 순간.

"―――――큭?!"

월은 눈을 감으며 언어로 표현하기 어려운 절규를 질렀다. 꽃을 질끈 밟으며 착지했다. 달콤한 냄새와 피비린내. 월은 천천히 눈을 떴다.

"빌어먹을."

내뱉었다. 월이 쥔 나이프는 미저리의 왼쪽 가슴에 닿을락말락한 위치에서 멈춰 있었다. 팔이 움직이지 않아, 칼날을 꽂아 넣을 수 없었다.

"…………설마, 못 죽이는 거야?"

그녀의 질문에, 숙였던 얼굴을 들었다. 월을 내려다보는 은색 눈은 형형히, 흉흉히 빛나고 있었다. 크게 뜨인 동공 안쪽에서 강한 살의가 소용돌이쳤다.

"그럼, 시범을 보여줄게."

――바이바이.

보라색 마문에 싸인 오른손을 들며 속삭인 것과 동시.

망설임도 없이 내리친 처형인의 수도(手刀)가, 마치 단두대의 칼날처럼 월의 목을 베어 떨어뜨렸다.

×　×　×

머리를 잃은 월의 몸이 중심을 잃고 앞으로 고꾸라졌다.

단면에서 솟아나는 선혈을 뒤집어쓴 미저리의 옷을 검붉은 색으로 더럽혔다.

미저리는—— 움직이지 않았다. 수도를 휘두른 자세 그대로 굳어버린 채, 말 없는 주검으로 전락해버린 윌의 몸통을 응시한다. 입술이 치켜 올라가고, 웃음이 새어 나왔다.

"……아하."

쪼그리고 앉아, 자신의 손으로 베어버린 머리를 가만히 주워들었다. 초점을 맺지 않는 연갈색 눈을 들여다보며 웃더니,

"아하하하, 하하하…… 저기. 죽은…… 거야, 윌……?"

말을 걸었지만, 반응은 없었다. 당연하다. 죽은 자와 산자의 시선이 마주칠 일은 없으며, 주검이 대답하는 일도 없다. 윌의 목숨이 끊겼음을 이해했는지 미저리의 웃음이 깊어지더니, 머리를 든 두 손에 힘이 꽉 들어갔다.

"……그렇구나. 죽어버렸구나…… 후후. 그렇구나아…… 그렇겠지. 내가, 죽였는걸. 하하…… 하하하하……."

중얼거리는 목소리는 꺼질 듯했으며, 흘러나오는 웃음은 공허한 울림을 띠었다. 피에 젖은 손가락으로 뺨을 쓰다듬으며 미저리가 표정을 지웠다.

"——윌."

이름을 부르며 머리를 가슴에 안았다. 가느다란 목소리로 물었다.

"어, 어째서……일까아? 가슴이――"

미저리의 얼굴이 일그러졌다. 말문이 막혀 입술을 깨물었다. 끌어안은 월의 머리에 투명한 물방울이 떨어졌다. 흐느끼는 목소리가 흘러나왔다.

"아파."

흐느낌은 어느샌가 통곡으로 바뀌고, 미저리는 눈물을 쏟아냈다. 월의 머리를 끌어안은 채 이제는 전할 수 없는 마음을 토로했다.

"……어째서냐구. 이런 적은…… 지금까지 한 번도 없었는데! 죽이고 나서, 이렇게…… 힘들고, 괴로운 마음이 드는 건…… 흐흑. 어째서냐구, 대체…… 왜냐니까, 월? 난 죽이기 위해 태어났고, 죽이기 위해 살아가는데, 왜…… 난 네가―― 살았으면 좋겠다고, 죽지 않았으면, 좋겠다고…… 그런 생각이 들어버리는 건데에에에에?!"

미저리는 절규하며 월의 머리를 부서져라 끌어안았다. 탄식에 맞춰 떨리는 어깨를 누군가가 톡톡 두드렸다.

"――우?"

미저리는 고개를 들고, 다음 순간, 눈을 동그랗게 떴다.

미저리의 어깨에 얹힌 손은 월의 오른팔. 머리를 잃고 고꾸라졌던 몸통의 것이었다.

"우아아아아아아악?!"

끌어안은 머리를 내팽개치며 엉덩방아를 찧은 채, 미저리는 뒤로 물러났다. 내던져진 월의 머리가 "아야." 소리를 내며 낯을 찡그렸다.

"버리지 마. 소중한 머리니까 좀 더 살살 다뤄."

"아…… 아아아, 아……."

월은 딱 벌어진 입을 뻐끔거리는 미저리 앞에서 머리를 주워들더니 일어나, 한 손으로 원래 위치에 가져다 대고 단단히 붙였다. 미저리는 지면에 주저앉은 채 월을 가리키며 덜덜 떨었다.

"위, 월…… 너, 죽은 거……?"

"응, 죽었어. 잠깐이지만."

쓴웃음을 지으며 머리에서 손을 뗐다. 목을 뚜둑 울리며 대답했다.

"죽어서 심장이 멎었으니까, 심장에 새겨진 재생 마문──《재생 회복Regenerate》가 발동했던 거야. 설령 머리가 베여 날아가도 심장만 무사하고 마력이 남아있는 한 죽지 않아. 어떤 손상이나 결손도 고치고 되살려내지……. 내가 그랬잖아? 난 죽어도 죽일 수 없다고."

그렇다고는 하지만 《재생 회복Regenerate》은 몸의 손상이 심할수록, 고치는 속도를 높일수록 소모되는 마력도 크게 올라간다는 단점이 있다.

날아가버린 우반신을 눈 깜짝할 사이에 재생시켰던 윌의 몸속에 남은 마력은 얼마 되지 않았으며, 지금도 만신창이다. 부상을 입은 육체를 조금씩 치유하는 것이 고작인 상태였으므로 왼팔은 여전히 없었다. 언제 마력 고갈을 일으켜도 이상하지 않았으므로, 지금 이 순간 머리를 날려버린다면 이번에야말로 윌의 목숨은 끊어질 것이다. 하지만, 그렇다 해도——

"——어떻게 할래?"

윌은 여유 있는 태도로 미소를 짓더니 붉게 부은 눈을 바라보며 물었다.

"더 할 거야, 미저리?"

"……"

미저리가 고개를 숙였다. 윌의 목을 베었던 손을 바라보며 힘없이 웃고는,

"……으응. 이젠 됐어…… 이젠, 됐어. 내가 진 걸로 해줄게. 난, 너를 죽이지 못해…… 죽이고 싶지 않은, 것 같으니까."

미저리가 그렇게 중얼거리자 주위를 뒤덮었던 검붉은 빛의 새장이 사라지고, 허공을 떠돌던 청백색 마력의 빛이 윌과 초원에 드러누운 아라네아의 몸으로 빨려 들어갔다.

고갈될 뻔했던 마력이 돌아오고 부상이 금세 재생되었다.

"내가 너희한테 할 수 있는, 최소한의 사과야. 그게 내일이었다고는 해도, 많이 다치게 했으니까…… 미안해, 윌. 아라네아도, 미안해."

바로 조금 전까지 적이었던 상대에게 사과를 받자, 그때까지도 재생이 진행 중이던 몸을 일으킨 아라네아가 눈을 깜빡거렸다.

"됐어."

윌은 뺨을 긁적거렸다.

"하마터면 죽을 뻔했지만, 결과적으로는 안 죽었으니까, 뭐…… 일단은 너그럽게 봐줄게. 오히려 너야말로 괜찮겠어, 미저리?"

"괜찮겠냐니?"

"아니, 저 녀석……."

윌이 시선을 돌린 곳에서는 오렐리아의 등에 앉아있던 시스카가 일어나 무시무시한 표정으로 이쪽을 노려보고 있었다. 오른손에는 소검을 들고 있다.

"미저리!"

"응? 왜, 시스카?"

"왜는 무슨 왜예요! 뭐 하고 있어요?! 얼빠진 소리 관두고, 그 방해물을 제거한 다음 목표인 마수를 포획하세요! 안 그러면——"

"——안 그러면, 뭐?"

시스카의 노성을 가로막으며 미저리가 으르렁거렸다.

"날 억지로 무릎 꿇리고 강제로 명령을 듣게 만들려고? 후훗…… 《예주》도 없이 어떻게? 네가 가진 그 채찍 같은 장난감으로 벌이라도 줄 생각일까나? 그런 미적지근한 벌에 내가 복종할 것 같진 않은데."

"엑……."

검을 손에 들고 다가오려던 시스카가 입을 딱 벌린 채 굳어버렸다. 위협이 아닌 진심 어린 살의를 받아 당황하는 시스카에게 미저리가 말했다.

"난 월을 죽이고 싶지 않아. 그러니까 죽이지 않아……. 누구한테 명령을 받더라도. 절대 따르지 않을 거라구?"

"큭?! 이, 이 건방진…… 감찰관인 나한테 설마 이렇게까지 반항적인 태도를 보이다니…… 후후후, 좋아요. 그러면 어쩔 수 없죠."

시스카가 탄식했다. 뺨을 긁으며 험악한 기척을 누그러뜨리더니 쓴웃음을 지었다.

"죽이지 않아도 좋아요, 미저리. 당신이 그렇게까지 말한다면야 해치우지 않아도 괜찮아요. 목을 베어도 죽지 않는 마문에는 역시 연구의 가치가 있으니까요. 죽이지 말고 반만 죽여서 감옥까지 끌고 돌아가죠."

"싫어."

시스카의 말을 내치면서 미저리가 어깨를 으쓱했다.

"그렇게 하면 또 힘껏 저항할걸? 난 월을 죽이고 싶지 않고, 다치게 하는 것도 싫어. 그러니까——"

미저리가 눈을 가늘게 떴다. 그리고.

"너희하고는 여기서 작별해야겠어."

그렇게 선언했다.

"——뭐라고요?"

눈을 크게 뜨는 시스카에게 미저리가 말을 이었다.

"뭐, 경우에 따라서는 처음부터 그렇게 할 생각이었지만 말야. 난 어디까지나 나를 위해 너희를 이용했던 거고. 서로 의견이 맞지 않는 이상 결렬은 어쩔 수 없지……. 난 내 목적을 위해, 이대로 월이랑 아라네아랑 탐굴을 계속하면서 안으로 가볼게."

"…………배신하는건가요?"

시스카가 스윽 표정을 지우더니 어두운 목소리로 말했다.

"죄인으로 사로잡은 당신을 정중히 대접하고, 어리광도 실컷 들어주고…… 서로 돕는 『협력관계』였던 우리 감옥을. 배신하고, 도망치겠다고요?"

미저리는 대답하지 않았다. 그러나 그 침묵이 대답을 들려주고 있었다. 시스카가 한숨을 쉬고 눈을 내리깔았다. 안경을 벗더니 두통을 참는 것처럼 이마를 짚고는,

"이렇게 어리석을 수가."

안경을 고쳐 쓰고 내뱉은 다음, 미저리에게 왼손을 내밀었다. 손바닥에 순백색 마문이 떠오른 것과 동시에 미저리의 목에 감긴 벨트에도 마문이 떠올랐다.

"그러면 죽으세요. 당신의 목줄에 새겨진 《주살》마문은 내 목숨이 사라지지 않아도 발동시킬 수 있다는 걸 잊었나요? 이게 마지막 경고예요, 미저리. 지금 한 말을 취소하고 명령에 따르세요. 그렇지 않을 경우——"

시스카가 웃음을 띠며 목줄의 마법을 발동시키려는 순간.

"……목줄? 아, 이거?"

미저리가 검지로 목줄을 긁자 벨트는 어이없이 끊어져 버렸다.

참살마법 《광기 없는 스카나》의 칼날을 날리지 않고 손가락 끝에 둘렀던 것이다. 벗겨진 벨트를 아무렇게나 버리고, 이번에는 미저리가 웃음을 띠었다.

"이딴 건 마법을 쓸 수 있는 상태에선 아무짝에도 쓸모없어. 이제까진 이해관계가 일치해서 얌전히 따르고 사이좋게 지내줬던 거지만."

"미, 미저리……."

"그럴 필요도 없어졌으니, 안 봐줄 거다?"

답례라는 양 시스카에게 왼팔을 뻗으며 미저리가 덧니를 드러냈다. 어깻죽지에서 손가락 끝까지 팔 전체에 마문이 떠오르며 백금색으로 빛났다.

"히익?!"

시스카가 비명과 함께 뒤로 물러나며 두 팔을 내밀고 필사적으로 미저리를 달랬다.

"자, 자자자자, 잠깐만 기다려보세요! 설마 절 죽이려고요?! 그럴 마음은 없겠죠, 위협하는 거죠?!"

"──그렇게 생각해?"

미저리가 입가를 일그러뜨리며, 가지고 노는 듯한 어조로 말했다.

"그럼 냉큼 도망쳐, 시스카. 쓸데없는 저항은 집어치우고 꺼지는 거야. 내 마음이 바뀌기 전에 말이지?!"

"······!"

시스카는 냅다 몸을 돌려 초원에 떨어진 백팩을 주워들고는 온 힘을 다해 도망쳤다. 중간에 이쪽을 돌아보고는,

"두, 두고 봐요, 당신들?! 감옥을 적으로 돌린다는 건 왕국과 마법원을 적으로 돌린다는 것과 마찬가지라고요! 반드시 후회하게──"

"──《소멸의 섬광》!"

그 순간 미저리의 손바닥에서 뿜어져 나간 섬광이 고함을 질러대는 시스카의 곁을 스치고 저 멀리 암벽을 꿰뚫었다.

"히이이이이이이이이익?!"

시스카가 놀라서 구르는 바람에 백팩 안에 있던 물건들이 사방으로 흩어졌다.

미저리는 풉 웃음을 터뜨리며 팔을 내렸다.

"아핫, 쫄았다 쫄았어. 이제까지 신세 많이 졌으니까 특별히 봐주는 거야. 바이바이, 시스카."

허겁지겁 일어나 곁눈질도 하지 않고 도망치는 뒷모습에 손을 흔들며 미저리가 중얼거렸다.

"봐주는 건 상관없는데…… 혼자 지상까지 돌아갈 수 있을까?"

"……글쎄? 운이 좋으면?"

일반인이라면 마수의 먹이가 되겠지만 미저리의 감찰관을 맡을 정도의 인물이니 그만한 실력도 있을 테고, 어지간히 위험한 마수와 맞닥뜨리지 않는 한 살아서 지상에 돌아가는 것도 불가능하진 않을 것 같았다. 그보다 지금은——

"미저리."

월은 혼자 남은 미저리와 마주 선 채, 은색 두 눈을 바라보았다.

"너 아까 이대로 우리와 탐굴을 계속하고, 미굴 안으로 갈 생각이라고 했지? 목적은 뭐야? 그리고 감옥을 이용하고 있었다는 건……."

"흐흥."

질문을 받은 미저리가 웃음을 짓더니 윌의 두 눈을 마주 바라보았다. 표정이야 웃고 있지만, 눈은 진지함 그 자체였다. 미저리가 대답했다.

　"킬마리아 크라이스트. 3년 전 습격 이후 행방불명된 우리 엄마를 찾아내는 거야. 나는 그러기 위해 감옥과 마법원과 손을 잡고, 미굴에 와서…… 아라네아를 찾고 있었어."

"——행방불명된 킬마리아를 찾는 것. 내가 그렇게 바라듯, 그녀의 두뇌와 재능을 얻고 싶어 하는 감옥도 똑같이 그녀를 찾고 싶어 했어. 그래서 난 사로잡힌 후에도 그들에게 힘을 빌려주고 엄마의 행방을 추적했던 거야."

마력을 흡수당해 빛을 잃고 퇴색한 꽃이 핀 조용한 초원에서. 상처를 치료하며 지친 몸을 쉬던 월과 아라네아에게 미저리가 담담히 말했다.

"뭐, 난 사로잡힌 몸이었으니까 할 수 있는 건 정보제공 정도밖에 없었지만."

"응? 하지만 처형부대가 돼서 밖에 나갈 기회는 몇 번이나 있었을 거 아냐. 1년 전에 미굴에도 왔고——"

"어? 난『처형인』이지만 처형부대는 아닌걸?"

미간에 주름을 짓는 월에게 미저리가 고개를 갸웃하며 말했다.

"전에도 말했잖아. 난 3년 전에 사로잡힌 후로 계속 감옥에 있었고…… 밖으로 나간 적은 물론 미굴에 들어간 적도 없다고."

"……그렇긴 했지만. 미굴에서 우릴 공격했던

SINker
×
SINners

놈은 너랑 같은 마법을 썼는걸? 아까 네가 시스카에게 썼
던 빛 마법 말야. 아라네아는 그걸 맞고 상반신을……"

"아. 걔는 내 『모조품』이야."

"——모조품?"

"내 몸에 새겨진 마문을 연구하고 분석해서 마문의 일
부를 다른 사람의 몸에 카피해서 만들어낸 처형부대
원…… 《레플리컨트》라고 그랬지 아마?"

미저리는 헐렁하게 걸친 로브 속으로 드러난 위팔을 쓰
다듬으며 말했다.

"내가 감옥에 갇힌 후로 만들어지기 시작한 애들이야.
엄마가 내 몸에 남긴 마문은 절호의 연구재료였으니까 말
이지. 난 엄마를 절대 다치게 하지 않고 생포할 것을 조건
으로, 엄마가 남긴 작품인 내 몸을 어느 정도 마음대로 하
게 해줬어."

"……그, 그랬구나."

그래서 같은 마법을 썼던 거구나.

첫 번째 처형부대원이 썼던 《개신의 소이도》[Napalm Death]를 연상케
하던 빛의 화살도 미저리의 마문에서 만들어낸 것이라면
비슷한 것도 이해가 간다.

월은 수긍과 함께 안도하고 미저리에 대한 경계를 늦췄
다.

"후후, 오해가 풀려서 다행이네…… 아무튼 뭐 그렇게

됐던 거야. 나 자신은 오랫동안 감옥에서 시간만 보내고 엄마의 행방에 관한 단서도 전혀 찾지 못했지만. 1년 전, 아라네아 얘기를 듣고 감이 딱 왔어. 상반신은 인간이고 하반신은 거미. 그 기묘한 마수와 엄마는 뭔가 관계가 있지 않을까 하고."

"……!"

아라네아가 흠칫 숨을 들이마셨다. 그녀의 몸은 이미 거의 원래대로 돌아간 것 같았지만 내장은 아직도 재생 중이라 완치에는 이르지 못했다.

긴장으로 굳어버린 아라네아를 흘끔 보며 미저리가 말을 이었다.

"그래서 계속 궁금해했을 때 그 폭동 사건이 일어나고, 더 운 좋게 아라네아가 목격됐어. 난 탈옥자를 해치우기 위해, 그리고 아라네아를 확실하게 잡기 위해 미굴에 와서…… 거기서 우연히 윌하고 만났어."

"지금 생각해보면 엄청난 우연이었지."

"아하하. 그야말로 운명의 만남이었지?"

미저리는 농담처럼 말하며 웃었다.

"그런 윌이 아라네아하고 이어져 있을 줄은, 만난 직후에는 생각도 못했지만…… 처음으로 마음에 걸렸던 건, 네가 오렐리아랑 싸운 직후였어."

"내가 너희와 함께 행동하면서 처음으로 《재생 회복》을 썼을 때니까. 넌 내게 마문에 대해 물었고, 킬마리아라는 이름을 말했지——."

"응. 그때는 월에게 마문을 새긴 게 엄마가 아닐까 짐작했거든. 그래서 캐물었는데, 실제로는 아니었어. 그건 아라네아가 새겨준 거였지?"

"……그래. 2년 전, 미굴 심층에서 죽어가던 내 목숨을 구하기 위해 아라네아가 새겨준 마문이었어."

"——흐응? 역시 그랬구나."

월의 대답을 들은 미저리가 은색 두 눈을 빛냈다.

"그럼 물어보겠는데. 미굴에 사는 아라네아쨩 어떻게 인간이 고안한 마법을 쓸 수 있어? 네 정체는 대체——."

"몰라."

"모, 몰라……?"

"아라네아에게는 기억이 없어."

월은 즉시 거들고 나서, 의아해하는 미저리에게 사정을 설명했다.

"자신이 대체 누구인지, 어디서 어떻게 태어나 왜 미굴에 살고 있었는지…… 아라네아 자신이 누구보다도 그걸 알고 싶어해."

"……그랬어?"

미저리가 눈을 동그랗게 뜨고 아라네아를 보았다. 아라네아는 고개를 끄덕였다.

"응. 나한테 있는 건, 어중간한 『지식』뿐. 그래서 난, 나랑 닮은 월을 구해서, 월이 살던 지상 세계에, 가보려고 했어. 그러면, 뭔가 알 수 있을지도 모른다고."

".........흐응?"

미저리가 턱에 손을 대고 생각에 잠겼다. 침묵이 이어진 후,

"이건 내 추측인데 말이지—— 아라네아는 나랑 마찬가지로 킬마리아가 만든 존재가 아닐까 해."

그렇게 말했다. 추측이라는 전제를 깔았지만, 어조에는 확신이 담겨 있었다.

"뭐?"

"……어째서 그렇게 생각해?"

아라네아가 놀라는 반면 월은 냉정하게 물었다. 이야기의 흐름으로 보건대 왠지 예상은 갔다. 문제는 미저리가 그런 결론에 이른 이유였다.

"이유는 역시 심장이야."

"——심장?"

"응. 그 엉터리 같은 치유의 마문은 월이랑 아라네아의 심장에 새겨진 거잖아? 월은 그런 마문에 대해 다른 데서 들어본 적 있어? 육체의 표면이 아니라 안쪽, 그것도 몸의 핵인 심장에 새기는 마문."

"아니…… 본 적도 들은 적도 없어."

"난 알아."

그렇게 말한 미저리는 자신의 왼쪽 가슴을 손으로 눌렀다. 윌은 눈을 크게 떴다.

"?! 설마——."

"바로 내 심장에 새겨져 있거든. 그 마문의 이름은 《타락한 자의 축복》^{Bless the Fall}—— 혈액과 함께 몸속을 도는 마력을 폭발적으로 증대시키는 마문이야. 이게 없었으면 난 옛날에 마력 고갈을 일으켰을걸. 설령 《오관의 못자리》^{Filthy Cradle}의 은총이 있어도."

"그, 그건 그래…… 그렇게 강력한 마법이니까. 한 방만 써도 상당히 많이 소모될 텐데."

전투 도중에는 화려한 마법에 의식을 빼앗겨 신경을 쓰지 못했지만, 정말로 비상식적인 것은 그런 마법을 연발할 수 있는 미저리 자신인지도 모른다.

"……그랬구나. 미저리도 심장에 마문을……."

어떤 부상이라도 고쳐버리는 마문, 온갖 마법의 원천인 마력을 대폭으로 높이는 마문. 종류는 다르지만, 양쪽 모두 무섭도록 유용하다.

그리고 그런 것이 같은 위치, 보통은 마문을 새길 생각조차 하지 못하는 내장기관에 존재한다는 사실은.

"이젠 알겠지, 윌? 아라네아는 나랑 마찬가지로 킬마리아의 작품이고…… 그녀는 지금도 미궁 깊은 곳에서 살고 있어. 아무에게도 방해받는 일 없는 심층에서 몰래, 연구를 계속하고 있는 게 분명해."

기도와도 같은 목소리로 중얼거리며 미저리가 가슴에 가져다 댄 손을 꽉 쥐었다. 강한 의지의 빛이 깃든 눈으로 월을 바라보더니,

"그러니까 난 미궁 심층으로 갈 거야. 누가 방해하더라도, 무엇이 가로막고 있더라도 꼭 엄마를 찾아낼 거야. 그러기 위해 다시 한번 네 힘을 빌려줄 수 있을까?"

"음……."

일그러지지 않은 올곧은 눈빛으로 부탁하는 미저리에게 월은 눈을 깜빡거렸다. 미저리는—— 자신의 목적을 위해 감옥을 이용하고 배신한 처형인 소녀는 발랄한 표정으로,

"감옥의 처형인이 되어서 죄인 사냥도 즐기고 엄마도 찾는 것도 나쁘진 않았지만…… 너희와 손을 잡는 게 더 확실하고 빠르게 바닥까지 갈 수 있을 거 같고 말이지? 후훗."

"……감옥 다음엔 우리를 이용하려고?"

"이용이라니 듣기 나쁘게."

월이 비꼬자 부루퉁해졌던 미저리가 이내 쓴웃음을 지었다.

"그야 감옥은 처음부터 이용만 해주려고 생각했지만. 내가 감옥이 아니라 너희한테 붙은 이유는 목적만을 위해

서가 아냐. 위, 월하고······."

그리고는 갑자기 말을 흐리더니 미저리가 시선을 돌렸다. 붉어진 뺨을 긁으며, 멋쩍은 듯이 말을 이었다.

"월하고 같이 있고 싶어, 더 많이, 재미있게 탐굴하고 싶어······ 그렇게 강하게 느낀걸. 널 죽인—— 죽였다고 생각했던, 그 순간에."

"············그랬, 구나."

"너희를 다치게 했던 건 정말 미안해. 그러니까, 화해하고 싶어······ 아, 안 될까?"

"······."

"아, 물론 거저는 아니고?! 나도 너희한테 힘을 빌려줄 거구, 그걸로도 모자란다면 이 매력적인 몸을——"

"바보냐. 필요 없어, 그딴 거."

조바심이 나서 이것저것 더 제시하려는 미저리를 가로막고 월은 한숨을 내쉬었다.

"매력적인 몸은 무슨. 쓸데없는 자신감하고 지방만 들어찼으면서."

"······너무하는 거 아냐?"

"네 어머니가 아라네아와 관계가 있을지도 모른다면 우리 목적하고도 같아. 심층으로 가서, 그 킬마리아란 마법사를 찾아 아라네아에 대해 물어볼 거야. 그러기 위해선 협조하지 않을 이유도 없겠지."

솔직히 나도 너와 했던 탐굴은 싫지 않았던 것 같고——

라는 말까지는 굳이 입에 담지 않았지만. 미저리를 죽이려 했을 때, 자연스럽게 머리에 떠올랐던 웃음을 돌이켜 보며 월은 표정을 부드럽게 풀었다.

월의 가차 없는 말에 볼을 부풀렸던 미저리가 "월!" 하고 환성을 지르며 안기려 했다.

"대신에."

이를 저지하며 월은 아라네아에게 시선을 돌렸다.

"아라네아가 용서한다면."

".................."

금색 두 눈으로 미저리를 바라보는 아라네아는 완전히 무표정.

월은 일단 용서했으나, 월보다도 더 심하게 다쳤던 아라네아가 미저리의 동행을 인정해줄지 어떨지는 알 수 없다. 마른침을 삼키며 대답을 기다리는 미저리를 말없이 빤히 응시한 후, 아라네아는 짧게 대답했다.

"용서 안 해."

거부당한 미저리는 울 것처럼 얼굴을 일그러뜨렸다.

"하지만, 월이 용서한다면, 용서해. 나도, 나에 대해 알고 싶어. 이제는, 위험한 느낌도 없으니까…… 응, 좋아. 화해, 할게."

아라네아가 눈을 가늘게 뜨며 고개를 끄덕였다.

"아, 아라네아쨔앙······."

미저리는 눈물을 머금었다. 윌은 두 사람의 대화를 듣고 안심하며 시선을 돌려,

"──오렐리아는, 어떻게 할래?"

혼자 멀리 떨어진 곳에서 팔짱을 낀 채 서 있던 《적기사》에게 물었다.

"시스카는 가버렸으니 처형인 일을 도와줄 이유도 사라졌는데, 앞으로는 억지로 따라올 필요는 없어."

"······흥. 그건 그렇군."

윌의 말을 곱씹듯 오렐리아가 눈을 감았다.

"내 목적은 사람을 베는 것. 그렇다면 간수가 사라진 지금, 굳이 너희와 동행해 심층까지 갈 의미는 없다. 다만──"

오렐리아가 눈을 뜨고는 어둡고 탁한 푸른 눈으로 윌을 돌아보았다.

"여기서 작별한다 쳐도 딱히 갈 곳은 없다. 그렇기에 당분간은 함께 하도록 하지."

"어, 응······ 그래? 그럼 잘 부탁해. 이유야 어쨌든 힘을 빌려주는 건 고마우니까. 이번에도, 여러모로 도움을 받았고."

"아하하, 결국 오렐리아도 윌하고 같이 있고 싶은 거잖아. 뭐, 그랬겠지······ 안 그러면 시스카한테 대들고 무기

넘겨주고 그러지도 않았을 거 아냐? 결과적으로는 의자였지만 멋진 활약이었어, 응."

"닥쳐. 그 굴욕은 반드시 갚을 테다."

오렐리아는 느물느물 웃으며 놀리는 미저리에게 내뱉었다. 두 사람의 눈치를 살피던 월은 자리에서 일어나며 중얼거렸다.

"……자, 그러면."

한때 월에게서 동료를 앗아갔던 마수와 희생자들의 주검이 놓인 초원, 아라네아와 헤어졌던 악연의 장소를 둘러보며 눈을 감고 심호흡했다.

풀꽃의 향기와 주검의 냄새, 미굴의 쉰 공기를 들이마신 다음 내뱉고, 말했다.

"──갈까."

새로운 『동료』들을 바라보며 월은 말을 이었다.

"감옥을 적으로 돌렸다는 건 우리도 현상범과 같이 쫓기는 몸이 됐다는 소리지. 마수, 죄인, 그리고 추적자……골칫거리는 지금보다도 더 많아질 거야. 일단은 어딘가 푹 쉴 만한 곳까지 이동해서 다시 얘기해봐야겠지."

그레일란트 대미굴. 그곳은 빛도 들지 않는 지하 밑바닥에서 짐승들끼리 끊임없이 서로를 잡아먹고, 인간들끼리 끊임없이 칼부림을 벌이는 가혹한 세계다. 그래도 월은 어쩐지──

"예썰! 하지만 걱정할 필요는 없어, 윌. 이제 난 완전히 자유의 몸이니까. 마수도 죄인도 추적자도, 뭐가 오든 모조리 죽여줄게!"

"후후후, 그렇군. 죽일 상대가 끊이지 않는다니 기쁜걸."

미저리는 대검을 휘두르며 신나게 걸어 나가고, 오렐리아가 그 말을 받았다. 그런 두 사람의 뒷모습을 바라보는 아라네아의 손을 가만히 잡은 윌이 웃음을 지었다.

"돌아가자, 아라네아. 그리운 지하로."

──탐굴자와 처형인, 영웅이었던 살인귀와 이형의 소녀. 유별난 탐굴대가 걸어갈 심층으로 향하는 여정은 분명 즐겁겠지…… 윌은 낙관적인, 그런 예감을 품고 있었다. 새로운 위협이 바로 코앞까지 다가왔다는 사실도 모른 채.

×　×　×

시스카 흐라니카는 짜증을 내고 있었다. 거추장스러운 돌멩이를 걷어차고 성큼성큼 걸으며, 이곳에는 없는 상대를 향해 온갖 욕설을 퍼부었다.

"그 빌어먹을 걸레년! 뭘 배신하고 앉았냐고요, 죽어! 3년 전부터 당신을 담당해서 온갖 뒷바라지를 다 해줬던 나를…… 순식간에 버리고 겨우 며칠 같이 지낸 남자한테 갈아탄다니, 진짜 이게 말이 돼요?! 이 가벼운 여자야아아!"

고함을 질러대는 시스카의 오른손에는 피투성이 소검이 있었다. 은백색 칼날과 하얀 옷을 검붉게 물들인 것은 마수의 피. 만나는 마수를 배신자 소녀와 그녀의 동료들이라 생각하며 분풀이로 모조리 베어버렸던 것인데,

"아아아, 빌어먹을…… 짜증난다고요오?!"

조금 전부터 전혀 마수가 나타나질 않았다. 어째서일까 의문을 품었을 때 문득 생각이 났다. 시스카가 지금 있는 동굴은 통칭 『용의 소굴』── 탐굴자 소년이 말하기를 이곳에는 마수가 거의 서식하지 않는다고 한다. 둥지의 주인, 어마어마하게 강대한 존재인 지룡을 두려워해서.

"……."

시스카는 자기도 모르게 발을 멈추고 욕설을 꼴깍 삼켰다. 몸이 크게 부르르 떨렸다.

"흐, 흥! 딱히 겁먹은 건 아니거든요? 괴롭히는 보람이 없는 마수뿐이라 지루했던 참이에요. 꼭 좀 만났으면 좋겠네요?! 네?! 지룡 씨?!"

시스카는 목소리를 높여 외치고는 손에 쥔 검을 휘두르며 빠르게 걷기 시작했다. 분명 지룡은 둥지에 한 마리밖에 없어 맞닥뜨릴 일은 어지간해선 없다고 했다. 그래도

── 아니, 그렇기에 시스카는 강경한 태도를 보이며 외쳐댔고,

"야, 나오지 못해! 빌어먹을 지룡! 토막을 쳐줄 테니까요?!"

──까강! 옆의 거대한 암석을 향해 분노에 맡겨 휘두른 칼날이 단단한 손맛과 함께 튕겨났다.

시스카의 마검 《백망의 쟈바라 검 White Serpent》은 킬마리아의 아틀리에에서 가져온 물건이며 암석 정도는 아무렇지도 않게 갈라버리는 명품이다. 그런 마검이 튕겨나오자 시스카의 머릿속에 공백 상태가 생겨났다.

"엥?"

시스카는 중얼거리며, 보기 좋게 칼날이 빠져버린 검에서 시선을 들었다.

그 순간, 눈이 마주쳤다. 검게 빛나는 암석의 표면에 뚫린 파충류의 눈과.

한참 고개를 들어야 할 정도로 거대한 그 암석의 표면은 자세히 보니 무언가 비늘 같은 것으로 빼곡하게 덮여 있었다. 긴 목이 올라가고, 둥글게 말렸던 팔다리가 움직이는 광경을 보며 시스카는 간신히 이해했다. 그녀가 바위라고 생각해 검을 휘둘렀던 상대는── 휴면 중인 둥지의 주인, 지룡의 몸이었던 것이다.

"으……와아아아아아악?! 자, 자자자자, 잘못했어요오

오오오오오오와악!"

시스카가 절규하며 온 힘을 다해 도망친 것과 지룡의 턱이 따악 맞물린 것은 거의 동시. 등 뒤에서 무시무시한 포효가 터져나와 시스카의 온몸을 저릿저릿 마비시키는 듯한 충격이 엄습했다.

'최악이야, 최악이야, 최악이야, 최악이야……!'

공포와 절망에 졸도할 것 같았지만 시스카는 정신없이 발을 움직여 미로 같은 동굴 안을 마구잡이로 달려갔다. 공연히 크고 무거운 백팩을 내팽개칠 틈도 없었다.

지진처럼 격렬한 진동이 쿠웅, 쿠웅 지면을 흔들고,

"우, 웃기지 말라고 그래! 왜, 왜 내가 이런 꼴을 당해야…… 아아아, 진짜 싫어어어어! 죽고 싶지 않아아아아! 제발, 누가 좀…… 누가 좀 살려줘! 미저리, 미저리이이이이이?!"

지룡의 입이 바로 뒤까지 밀려왔다. 죽음을 각오한 순간 무의식중에 자신을 버린 소녀의 이름을 외쳐버린 것이 분하고 굴욕적이었다. 그런 시스카를 조롱하듯 돌멩이가 발끝에 걸려 시스카는 요란하게 넘어졌다. 시스카의 몸과 지면에 내팽개쳐진 백팩이 데굴데굴 굴러갔다.

"?! 앗——."

——끝났다.

그 순간 마음이 꺾여버린 시스카는 땅바닥에 주저앉은

채 체념하고 눈을 감았다.

그 직후, 포효가 뚝 끊어졌다. 사냥감을 잡아먹어야 할 입은 언제까지 기다려도 덤벼들지 않았다. 대체 어떻게 된 걸까—— 의문으로 여긴 찰나, 용의 머리가 위턱의 위치에서 어긋나더니 쿠웅 소리와 함께 떨어졌다. 머리의 위쪽 절반을 잃은 거구가 천천히 쓰러졌다.

"히익?! 으흐이이이이이아아악?!"

턱이 빠질 정도로 입을 벌린 채 굳어버린 시스카는 영문을 모른 채 뒤로 기어가 사방으로 흩뿌려진 선혈의 비를 피했다. 그때——

"어라어라아? 누군가 했더니 시스카 선배 아니세요~? 뭐 하시는 건가요, 이런 데서 혼자서. 길이라도 잃으셨나요?"

등 뒤에서 끈적끈적 달라붙는 듯 늘어지는 남자의 목소리가 들려왔다. 귀에 익은 그 목소리에 시스카는 흠칫 어깨를 떨고 돌아보았다.

"알베르토……."

시스카와 같은 카르타그라 마도감옥의 제복을 입고 휘장이 달린 모자를 쓴 소년은 동료이자 후배인 알베르토 핀셔였다.

그의 등 뒤에는 온몸을 칠흑색 갑주로 감싼 기사 같은 인물이 서 있었다. 기사는 장검 한 자루를 들었으며 갑옷

과 마찬가지로 새까만 검신은 보라색으로 빛나는 마문에 덮여 있었다. 그 문양이 눈에 익었다. 참살마법《광기 없는 스카나》^{Sanity Edge}—— 미저리의 육체에 새겨진 강력한 마문 중 하나다.

그 순간 시스카는 모두 이해했다. 지룡을 없앤 것이 무엇이었는지, 검은 갑주의 인물이 어떤 존재인지, 그리고 왜 간수 동료가 미굴에 있는지.

"내, 내 말 좀 들어봐요, 알베르토! 미저리가…… 미저리가, 배신했어요!"

"……뭐라고요?"

눈살을 찌푸리는 알베르토에게 시스카가 사태의 전말을 이야기했다.

형구에서 풀려난 미저리가 모반했던 것, 예의 괴물에게는 인간 동료가 있다는 사실. 그리고 그 인간에게 새겨진, 죽여도 죽지 않는 마문에 대해——.

"그렇구나. 사정은 잘 알았어요…… 다시 말해 우리가 해치우면 되는 거죠? 배신자 말괄량이랑 동료들을……."

"네, 네! 산 채로 잡으면 그보다 좋을 게 없겠지만요, 어쩔 수 없을 때는 죽여버려도 상관없어요. 부탁해요, 알베르토. 저는 이대로 지상에 돌아가서 감옥에 이 사실을 전할게요! 혼자서라도 반드시 미굴을 빠져나가서——"

"아, 괜찮아요. 그럴 필요는 없거든요오?"

싸늘한 목소리와 함께 푸욱, 하는 충격이 시스카의 가슴을 꿰뚫었다. 비명을 지르지도 못한 채 뒤로 날아가 벌렁 나자빠진 시스카의 가슴에는 구멍이 뻥 뚫려 있었다.

"어…… 아…… 컥……."

목소리가 나오질 않았다. 목 안쪽에서 밀려 올라온 피가 울컥울컥 소리를 내고 피거품이 되어 입에서 넘쳐났다. 벌어진 눈을 깜빡거리는 시스카를 내려다보며 알베르토가 비웃었다.

그의 오른팔에는 사위스러운 건틀렛과 창을 조합한 듯한 기묘한 무기가 장착되어 있었다. 시스카의 피로 붉게 물든 무기를 보여주듯 쳐들고는 말했다.

"그 애가 배신한다는 건요, 처음부터 예상했던 거였어요."

──라고.

세밀한 마문이 새겨진 청동색 눈을 가늘게 뜨더니,

"그녀와 우리 감옥은 어차피 이용하고 이용당하는 관계였을 뿐이에요. 가치가 사라지면 내팽개치고 버리는 건 피차 마찬가지였죠. 그러니 형식적으로 구속해놓고, 죽어도 상관없을 만한 버림말을 붙여 미굴에 보냈던 거예요. 왜 그랬는지 아세요오, 선배?"

알베르토는 허덕이는 시스카의 가슴을 부츠로 밟으며 혀를 내밀었다.

"네, 안됐네요! 답은요오…… 안 가르쳐 주우우지이이 이이이이이!"

"아아베르도오오오오오오오오오!"

"히얏하하하하!"

피를 토하며 외치는 시스카에게 귀에 거슬리는 웃음을 터뜨리며 알베르도가 발을 치웠다. 가학으로 가득 찬 달짝지근한 목소리로 속삭인다.

"뭐, 걱정은 마세요. 선배를 배신한 《금주공주》라면 제가 확실하게 죽일 테니까요. 죽을 만큼 고통을 주고 망가질 때까지 괴롭혀서…… 한껏 후회하게 만든 다음 당신에게 보내줄게요. 그러니까."

알베르토는 시스카의 이마를 조준하고 오른팔을 들며, 눈을 가늘게 뜨더니——

"안심하고 가세요."

"…………미저, 리……."

——푸욱. 눈물과 함께 그녀의 이름을 중얼거린 순간, 충격이 세상을 뒤흔들고, 시스카의 의식은 어둠 속에 잠겼다.

후기
=

처음 뵙겠습니다. 혹은 오랜만입니다. 미즈시로 미즈키라고 합니다.

본 작품 『죄인낙원』은 제가 MF문고J에서 처음으로 쓴 소설이며, 말하자면 새로운 명함 대신이라고도 할 만한 작품입니다.

그러므로 제가 좋아하는 것들을 보란 듯이 듬뿍 욱여넣고 꽉꽉 담아봤습니다. 살인귀, 익스트림 뮤직, 고어, 타투, 전기톱, 은발 히로인, 이형 히로인, 촉수, 구속구, 슴가…… 등등등.

이렇게 무슨 『올 토핑』 같은 작품입니다만 어떠셨는지요? 너무 많이 얹어서 정리하느라 고생도 했지만 작가는 즐겁게 썼답니다.

이 후기를 읽어주시는 독자 여러분들께서도 즐겨주셨다면 그보다 더한 기쁨은 없겠습니다.

세상에 나온 수많은 작품 중에서도 졸저를 읽어주셔서 고맙습니다. 괜찮으시다면 부디 앞으로도 계속해서 이 시

리즈를 잘 부탁드려요.

　또한 본 작품은 데뷔작 때부터 이따금 신세를 졌던 나마니에 선생님이 일러스트를 담당해주셨습니다.

　나마니에 선생님의 일러스트를 보고 있으면 데뷔 당시의 일이 떠오릅니다. 태어나서 처음으로 나온 캐릭터 디자인을 봤을 때의 흥분과 감동은 그 후로 약 6년이 지난 지금까지도 선명하게 기억합니다.

　그리고 이번에 『죄인낙원』의 캐릭터 디자인과 일러스트를 보고 다시금 멋지구나 하는 생각이 들었습니다. 월과 미저리, 아라네아 같은 캐릭터들에게 저자의 취향을 핀포인트로 후벼파는 듯한 그림으로 영혼을 불어 넣어주셔서 정말 고맙습니다. 전부 다 마음에 들지만, 그 중에서도 리즈가 너무 귀여워서…… 진짜…….

　그리고 담당 편집자 T님. 집필 속도가 느린 작가와 거듭되는 수정, 유행을 따라간다고는 하기 힘든 작풍의 기획에 동참해주셔서 고맙습니다. 늘 많은 도움을 받고 있습니다. 하다못해 마감은 늦지 않도록 열심히 할게요.

　끝으로. 이 작품 『죄인낙원』에는 『SINker×SINners』라는, 커버에만 기재된 은근한 부제가 있습니다. 광탐자×죄인들, 대문자 SIN은 『죄』를 뜻하죠. 죄와 죄, 탐굴자와 살인귀가 엮어내는 유쾌(?)한 이야기.

　그 결말을 따뜻하게 지켜봐 주시기를 바라며, 다음 권에서 다시 뵙겠습니다.

미즈시로 미즈키

———

죄인낙원 罪人樂園

초판 1쇄 ┃ 2020년 06월 25일

지은이 미즈시로 미즈키 ┃ **일러스트** 나마니에 ┃ **옮긴이** 김하연
펴낸이 서인석 ┃ **펴낸곳** 제우미디어 ┃ **출판등록** 제 3-429호
등록일자 1992년 8월 17일 ┃ **주소** 서울시 마포구 독막로 76-1 한주빌딩 5층
전화 02-3142-6845 ┃ **팩스** 02-3142-0075 ┃ **홈페이지** www.jeumedia.com

ISBN 978-89-5952-934-6
*파본은 구입하신 서점에서 교환해 드립니다.

┃ **제우미디어 트위터** twitter.com/Jeumedia

만든 사람들
출판사업부 총괄 손대현 ┃ **편집장** 전태준
책임편집 서민성 ┃ **기획** 박건우, 안재욱, 양서경, 이주오
디자인 총괄 디자인그룹 헌드레드 ┃ **제작, 영업** 김금남, 권혁진